ACTRICE

DU MÊME AUTEUR

LA VIERGE DE POCHE, roman, Rivages, 1992.
LA PERRUQUE DE MON PÈRE, roman, éditions Joëlle Losfeld, 2000.
L'AIR DE QUOI ?, roman, éditions de L'Olivier, 2002.
LE CHOC DE LA MATERNITÉ, essai, Actes Sud, 2008.
RETROUVAILLES, roman, Actes Sud, 2009 ; Babel n° 1132.
LA VALSE OUBLIÉE, roman, Actes Sud, 2012.
L'HERBE MAUDITE, roman, Actes Sud, 2017.

Ouvrage publié avec le soutien de Literature Ireland

LITERATURE IRELAND
Promoting and Translating Irish Writing

"Lettres anglo-américaines"

Titre original :
Actress
Éditeur original :
Jonathan Cape, Londres

ISBN 978-2-330-17200-8

ANNE ENRIGHT

Actrice

roman traduit de l'anglais (Irlande)
par Mathilde Bach

ACTES SUD

N'importe, au fur et à mesure que j'applaudissais, il me semblait que la Berma avait mieux joué.

MARCEL PROUST,
À la recherche du temps perdu.

Les gens me demandent : “Comment était-elle ?” et je tâche de saisir le sens de leur question : comment était-elle en vrai, dans ses pantoufles, à manger des tartines de confiture, quel genre de mère était-elle, ou bien quel genre d’actrice – nous n’utilisions pas le mot star. La plupart du temps, cela dit, leur question porte sur celle qu’elle était avant de basculer dans la folie, comme si leur mère à eux aussi pouvait se gâter dans la nuit, telle une bouteille de lait qu’on aurait oublié de remettre au frais. Ou comme si eux-mêmes, sans le savoir, ne tournaient pas rond.

Un glissement s’opère pendant qu’ils me parlent. J’ai l’habitude maintenant. Cela fait son chemin lentement ; leur curiosité grandit, et peu à peu ils ont l’air, émerveillés, de retrouver un ancien amour après des années de séparation.

“Vous avez ses yeux”, disent-ils.

Les gens l’aimaient. Les inconnus, je veux dire. Je voyais comme ils la regardaient, hochaient la tête à chacun de ses mots sans pourtant en entendre un seul.

Et oui, j’ai ses yeux. Du moins mes yeux sont-ils de la même couleur que ceux de ma mère ; une nuance de noisette que, dans son cas, les gens préféraient appeler vert. En réalité, chaque fois qu'un journaliste a plongé dedans, des paragraphes entiers de marais et de pâturages ont tenté d'épuiser la couleur de ces yeux. Nous partageons aussi cette même manière de refermer les paupières, lentement, tendrement, comme si nous étions en train de penser à quelque chose de très beau.

Je le sais parce que c'est elle qui m'a appris à le faire. "Pense au vent, m'a-t-elle dit, au vent dans un cerisier en fleur." Il m'arrive d'y penser, effectivement.

Tels sont les dons que j'ai reçus de Katherine O'Dell, star des planches et du grand écran.

"Comment vas-tu, ô ma mère ?

— On ne peut mieux", répondait-elle, et les bourgeons éclos venaient frôler le tronc du cerisier tandis qu'elle me regardait.

Un homme dans la cuisine de Dartmouth Square (tous les événements marquants de ma vie semblent s'être produits dans cette cuisine) raconta qu'il connaissait quelqu'un qui avait couché avec Marilyn, et ne s'était "jamais lavé". Un soir de mon enfance, j'ai été cueillie par cette information en descendant les escaliers, et elle sortait de la bouche d'un vieil homme si sympathique que j'en suis restée marquée pour toujours. Alors quand les gens demandent : "Comment était-elle ?" je m'empresse de répondre : "Assez propre sur elle, en fait", avant d'ajouter : "Enfin, pour l'époque."

Allons-y, donc. La voilà, Katherine O'Dell préparant son petit-déjeuner, attendant du frigo et des placards qu'ils lui fournissent les ingrédients de son repas avec un succès mitigé. Où est-ce que c'est, où est-ce que c'est, c'est là ! Oui ! La confiture. Le soleil entre par la fenêtre, la fumée de sa cigarette monte et s'enroule en une élégante double volute. Que puis-je ajouter ? Lorsqu'elle mangeait ses tartines de confiture, elle ressemblait à n'importe qui qui mangerait des tartines de confiture, sauf que la frontière entre ses lèvres et sa peau demeurait d'une extrême précision, même une fois sortie d'un écran de quatre mètres de large.

La voilà donc, mangeant des tartines. À toute vitesse. Elle maintient la tranche de pain à hauteur de sa bouche, mord, mâche, mord encore. Avale. Recommence trois ou quatre fois peut-être, avant de la reposer sur son assiette. Elle croque une dernière fois dedans : l'abandonne. Après quoi un dernier élan d'amour échappe à la tartine, sa main balaie l'air, légère, dans un flottement entre rejet et désir. Non, elle ne veut plus de sa tartine.

Elle décroche le combiné du téléphone et compose un numéro. À la seconde où elle avait le téléphone en main, tout était "merveilleux !", il fallait se faufiler sous le long fil usé et tout entortillé qui la reliait à cet objet beige fixé au mur de la cuisine, tandis qu'elle faisait les cent pas, cigarette à la main, lançant des "merveilleux !" au téléphone et des clins d'œil à mon intention, pour que je lui passe son café ou son verre de vin hors de portée et qu'elle me montrait du doigt en faisant des moulinets de sa main libre.

"Simplement merveilleux", dit-elle sans doute.

Ou bien elle me parle. Moi, petite fille de huit ou neuf ans assise devant la table dans une robe de coton rose rapportée d'Amérique. Sa conversation englobe même le chien qui attend sous la table, comme les chiens dans les films qui guettent les restes, les miettes. Mais surtout elle s'adresse au plafond, à la limite entre mur et plafond. Ses yeux vagabondent le long de cette ligne comme s'ils cherchaient des idées là-haut, ou une justice. Oui, c'est cela qu'elle veut. Elle baisse la tête un instant pour allumer une autre cigarette. Elle recrache la fumée.

La tartine ne l'intéresse plus du tout désormais. La tartine est morte pour elle. La chaise est rangée sous la table, la cigarette écrasée dans l'assiette. Elle se redresse et s'en va. Quelqu'un d'autre s'occupera de tout ça. Il me semble bien avoir mentionné le fait que ma mère était une star. Pas seulement sur grand écran ou sur scène, à la table du petit-déjeuner aussi, ma mère, Katherine O'Dell, était une star.

Une heure et quelques plus tard, elle réapparaît dans la cuisine, furieuse, Bon sang, bon sang. La vaisselle s'entrechoque. Elle pourrait bien balancer la tartine par la fenêtre ouverte ou même casser l'assiette sur le rebord de l'évier. Kitty n'est pas là. Kitty fait des courses pour le dîner, Kitty a pris une journée pour s'occuper de sa sœur cancéreuse. Kitty n'est jamais là quand on a besoin d'elle, pourtant Kitty a toujours été là. Et lorsqu'elle arrive enfin, les bras chargés ou triste, l'assiette était un accident et Kitty est un trésor qu'il faut choyer, bichonner. Notre gouvernante, Kitty, faisait le ménage tous les jours, elle avait un balai mécanique dernier cri, elle eut même l'un des premiers lave-vaisselles du pays. Arrivé à temps pour mon vingt et unième anniversaire, l'événement a été immortalisé : sur la photo, ma mère ouvre la porte dans un nuage de vapeur, tandis qu'en arrière-plan Kitty se cramponne à ses opinions et à son gros évier en céramique.

Ma mère m'a fait mettre une robe pour l'occasion. Entre-temps les cotons roses américains ont cédé la place à la robe-tablier trois boutons ou à la robe taille basse courte d'où dépassent mes genoux malingres et cagneux. J'ai vingt et un ans. Mes bras sont mous, d'une blancheur marbrée : je suis trop grande. Pour mon anniversaire, j'arbore une tenue vert marécage et rose nausée avec des pompons en tulle sur une jupe longue, en tulle elle aussi. Ma mère – la voilà, brandissant le gâteau d'anniversaire bien haut – est tout en noir. En face d'elle se tient une petite foule, dont je suis. Il y a quelque chose de saturé sur les visages de cette deuxième photo. Je les observe, à des années de distance, leurs joues couperosées, leurs yeux fixes, et je me demande ce qu'ils ressentent.

Éblouis.

On pourrait détailler leurs traits longtemps.

Derrière un masque de ravissement, leurs yeux la scrutent, et ce regard dit moins l'attraction que le désastre. Certains sourires s'étirent douloureusement, jusqu'à l'envie en puissance. En particulier ceux des femmes. Inutile de le nier – ma mère rendait les femmes particulièrement sévères pour elles-mêmes.

Au milieu du groupe, mon visage, à vingt et un ans, tétanisé par les feux de sa rampe, mais attendri en même temps par son attention. Les flammes des bougies, petites et droites. Je suis captive de son regard, tandis qu'autour de nous se déchaînent les fervents et les sauvages. Ou bien est-ce l'alcool qui leur donne cet air-là. Une foule de visages se masse autour de nous.

Ce fut une fête épouvantable. Du moins pour moi. J'avais obtenu mon baccalauréat cet été-là et la plupart de mes amis du lycée étaient déjà éparpillés aux quatre vents. Deux filles de l'école s'étaient présentées, trop tôt, dans des robes empruntées, l'air emprunté elles aussi, pensai-je, à cause de tout le fatras qui s'entassait dans la maison, mais sans doute surtout à cause de la taille de la maison. Elles s'étaient installées dans le salon du haut, une pièce meublée d'un bric-à-brac glané au hasard des scènes dublinoises, de sorte qu'on pouvait être certain d'être toujours assis dans le fauteuil d'un personnage, sans pour autant jamais savoir lequel. Un canapé en velours bleu marine piqué, une chaise en bois sculpté, parfaite pour un Borgia, un petit tabouret scandinave peint. Perchées sur ces vestiges de scénario, nous échafaudions le récit de nos propres malheurs – fiancés inconstants, amies traîtresses, mères cauchemardesques. Au moins mes camarades d'école parlaient-elles de leurs mères : j'ai toujours été, en la matière, d'une timidité bien inspirée. Mes efforts, ce soir-là, furent passablement gâchés par l'écho qui nous parvenait de la cuisine, où ma mère jouait les célébrités sous des flots de whisky et un brouhaha qui montait crescendo.

Difficile de trouver le ton juste.

Une poignée d'élèves de l'école d'art dramatique traînèrent dans les fauteuils passé dix heures du soir. Quelqu'un baissa les lumières et monta le volume de la musique, et Melanie de l'école termina la soirée à rouler des pelles au président du club de théâtre contre la porte des toilettes. Ce genre de choses se produisait déjà à la fin de l'été 1973. Il arrivait qu'on soit prise de court. Partie pour se recoiffer, on se retrouvait à fourrager dans des froissements de vêtements, collée contre un mur.

Quand minuit approcha, les spectateurs qui sortaient du Gate commencèrent à débouler, ils se regroupèrent autour du piano droit, et la fête se transforma en numéro de chant éméché, comme si souvent les samedis soir à Dartmouth Square. Tous, ils se déportèrent vers le salon où mes amis les ignorèrent consciencieusement car trop âgés pour eux. Ou bien tous les hommes faisaient-ils vieux à cette époque, avec leurs vestes de sport trop larges et leurs paquets de cigarettes, il n'y avait aucune différence entre un homme de vingt-cinq et un de quarante-cinq ans, tout le monde portait une cravate.

Année après année, ma mère reçut dans sa grande cuisine à l'ancienne une bande fluctuante de soiffards costauds, tous affables, certains célèbres. Ce qui les attirait chez elle, c'était le refuge qu'elle représentait, sa conversation, son insouciance, et le genre de permissivité qu'aucun homme sensé ne pouvait espérer sous son toit à cette époque. Ainsi étaient les hommes qui ont envoûté mon enfance. Ils me glissaient des billets d'une livre sterling, me récitaient des poèmes de Yeats avant de dormir, me prenaient sur leurs genoux pour me chatouiller, ou me glisser des réflexions complices. *Tu vois celui-là là-bas ? Il a chanté pour le pape.* J'aimais certains d'entre eux, et certains d'entre eux – pour se venger de ma mère peut-être – avaient une sincère affection pour moi.

Cependant, à ce moment-là, je ne les aimais plus. À vingt et un ans, ils ne m'impressionnaient plus. Peut-être ne formaient-ils plus une bande aussi séduisante qu'autrefois. Des *types* variés. Quelques épouses féroces. Et les filles qui traînaient dans leur sillage étaient soit des touristes – reconnaissables à leurs pulls torsadés – soit trop intelligentes et beaucoup trop ivres. Ces hommes sur lesquels elles jetaient leurs griffes crochues étaient des hommes de théâtre, des intellectuels, des musiciens, des écrivains – ils écrivaient tous, d'une manière ou d'une autre –, et se considéraient tous, d'une manière ou d'une autre, comme des gens importants. Ils travaillaient pour l'*Irish Times*, ou bien ils "sévissaient" à l'UCD*. Est-ce que *tu sévis à l'UCD* ? L'université se trouvait à environ trois kilomètres plus loin sur la route. Hughie Snell "sévissait à Montrose", ce qui signifiait qu'il travaillait pour la télévision, et aucun d'entre eux, cela va sans dire, ne "sévissait" dans d'autres secteurs.

Leur modèle était Niall Duggan, un mondain tout en jeux de mots, ironie, avec un accent irlandais outré et des bribes de latin surjouées et sonores, qui déclenchaient un enthousiasme massif, *Carpe, oui, carpe en effet*. Des conneries de haut vol, assez formelles, sans allusions sexuelles, sans obscénités à l'encontre des femmes. Sans même les mentionner, maintenant que j'y pense. À part en face à face, là, il était souvent grossier.

Difficile à expliquer.

Tout était référence. O'Boyle le Silencieux, par exemple, devait son surnom à la chanson de Thomas Moore et à un incident survenu dans les urinoirs du Bar Palace. *Silencieux, O'Boyle, soit le rugissement de tes flots***... Le tout était à la fois ignoble et bizarrement noble, même leur débauche était stylisée à l'excès. O'Boyle le Silencieux entretenait mon sein droit des merveilles de Baudelaire, avant de s'adresser – au cas où il se sente exclu – à mon sein gauche et de lui

* University College of Dublin : université de Dublin. *(Toutes les notes sont de la traductrice.)*

** Traduction libre d'un vers de cette chanson datant du XIXe siècle et racontant un épisode mythologique sur un sort jeté aux enfants d'un roi transformés en cygnes et réfugiés dans les eaux tourmentées du détroit de Moyle. Le vers en question est donc : *Silent, oh Moyle, be the roar of thy water.*

délivrer un alléchant aperçu du jeune Rimbaud. Puis Duggan lui-même m'alpaguait : "Tu t'le taperais, toi, ce personnage de Faulkner ? Et Salinger ? Oui bien sûr. Tu baiserais cette pitoyable giclée d'ennui et le cours des lettres américaines – ne me contredis pas tout de suite – en serait irrémédiablement changé. Tu lui sauverais la vie et tu foutrais en l'air son livre. C'est tout le problème, tu vois. Toute la perfidie." Quand j'étais en première année, Duggan, qui était bien sûr l'un de mes maîtres de conférences sévissant à l'UCD promit de m'inscrire au tableau d'honneur en échange de ma virginité, à quoi ma mère répondit : "Elle ne cédera jamais, il faudrait que tu lui abandonnes toute ta fortune, Niall, et encore." Avant de poursuivre : "Laisse la petite tranquille."

Ils buvaient jusqu'à ce que leurs yeux se figent – on aurait presque dit de la gelée – aveugles à la somme de leurs impossibilités. Du moins, est-ce ainsi que je le voyais, à vingt et un ans, quand, n'aimant pas le goût de l'alcool, je ne buvais pas. Ces hommes, alors, pouvaient bien me reluquer tant qu'ils le voulaient, je m'en fichais, ils étaient si vieux, et j'étais déjà amoureuse de toi.

À un moment donné, son ami Hughie Snell se mit à chanter comme il le faisait toujours, d'une voix haut perchée de ténor.

Quand d'autres lèvres et d'autres cœurs
Te conteront leurs amours légendaires

Son corps se voûta sur ses vers ; sa bouche s'ourlait dans les méandres des voyelles, de sorte qu'elles se contorsionnaient merveilleusement.

Dans un tel mooooment, je t'en implooooore
Souviens-toi de moooooiiii !*

C'était une aria extraite de *The Bohemian Girl* et qui avait la préférence (et il nous en avait rebattu les oreilles) du jeune Jimmy Joyce, Hughie se prétendait désespérément amoureux de ma mère, ce dont personne ne lui tenait rigueur car il était si manifestement homosexuel. Il mettait dans son chant, une chose magnifique, toute son âme tourmentée et sa voix faisait entrer la nuit immense dans la pièce.

Même la bande des universitaires se tut. Je m'appuyai contre le mur, les larmes aux yeux, et je pensai à toi, à bord de l'InterRail dans l'automne jeune encore, avec ton Anglaise, Olivia. Je me demandais où tu étais : Pise, Vérone ou Bratislava. Tu m'avais quittée, pour de bon cette fois. Notre amour était impossible, disais-tu. Ou peut-être pas. Tu avais juste besoin de vacances, et Olivia était la personne idéale pour cela. Olivia n'avait aucun problème.

En fait, tu ne m'as jamais raconté comment cela s'était passé. Pas d'anecdote de wagons sordides, de *pensions* italiennes aux abat-jours gansés de dentelle rose. Et tu ne m'as jamais raconté non plus comment elle était au lit, malgré mes questions insistantes (j'avais l'impression qu'il y avait un piège dans tout cela), tu te contentais de sourire et de répondre : "Pas comme toi."

* "Then You'll Remember Me", chanson de Michael William Balfe, datant de 1869.
Les vers cités sont des propositions de traduction des vers suivants (avec la déformation des voyelles) : *When other lips and other hearts / Their tales of love shall tell (…) / In such a mow-mint I bu-hut ask / Thot yoou'll re-memburr meee!*

Hughie Snell étira la dernière note entre ses lèvres pincées, il haussa légèrement les sourcils, comme s'il se surprenait lui-même à la tenir si longtemps. Il y eut quelques applaudissements. À l'issue desquels le pianiste resta suspendu aux aiguës avec une mélodie toute simple ; comme un appel auquel une voix répondit des escaliers. Nous nous tournâmes vers la porte pour apercevoir un crépitement de lueurs jaunes, suivi des flammes éclatantes d'un gâteau d'anniversaire, que ma mère apportait dans la pièce. Elle s'avança vers moi, d'un pas chaloupé et lent. Une *procession*. Qu'elle avait choisi d'accompagner de ce glorieux marronnier de la chanson : *Que sera sera.*

Il faut savoir qu'à cette époque, elle chantait rarement, et certainement plus sur scène. “Je suis trop vieille”, disait-elle, se remémorant, peut-être, les souvenirs d'une indépassable perfection qui avait mis le public à ses pieds à Londres, New York ou Dublin. Mais, Dieu du ciel : la voix de ma mère se diffractait dans l'univers. Elle s'échappait de sa bouche et vous revenait de l'extrémité de la pièce. Katherine O'Dell ne chantait pas tant qu'elle aspirait le chant hors des murs. En convoquait l'existence, en saturait l'atmosphère.

Après quoi – Ne les souffle pas tout de suite ! –, nous posâmes pour le photographe ; un officiel, venu avec le chroniqueur mondain de l'*Evening Press*. Maman offrit son dos et son visage de trois quarts à l'objectif. Une mise en scène parfaite. Aucun doute sur le fait que l'heure du gâteau avait été planifiée, tout comme la procession et le cliché. Je le sais. Mais je sais aussi que ma mère, ce soir-là, ne chantait que pour moi.

Nous avons tous entonné un “Joyeux anniversaire” de rigueur, et j'ai soufflé les bougies. Le gâteau venait de chez Tea Time Express*, il était bourré de crème.

Maintenant que j'ai le cliché sous les yeux, je me rends compte que ma robe était assez jolie en fait ; tout ce trac de tulle terne. J'avais l'air pâle et intrigante dedans. Quant à la robe de ma mère, c'est un modèle indémodable. Jupon large, corset étroit, manches trois quarts. Avec un col bateau double pli en satin blanc qui tourne, tandis qu'elle pivote face à l'objectif, et relie deux points puritains juste sous ses omoplates pour former un col inversé. Dévoilant au passage le plus de peau possible. Début des années 1950, je dirais. Dior peut-être.

Le gros titre annonce : KATHERINE O'DELL CHEZ ELLE, il y a également une deuxième image, plus petite, de ma mère avec son nouveau lave-vaisselle, “l'un des premiers en Irlande, apparemment !”, elle affiche un air ravi dont on devine qu'il signifie : “Je suis incapable de faire fonctionner cette machine !”

KATHERINE O'DELL RAVIE DE SA CUISINE DERNIER CRI, DANS L'ÉLÉGANT QUARTIER DE DARTMOUTH SQUARE.

Il me reste si peu de coupures de presse, et bien entendu ma mère me manque, chaque jour qui passe. Pourtant je ne peux pas lire ces torchons, c'est au-dessus de mes forces. Tout bonnement insupportable. Celui-ci – que je chéris ! – a été rédigé par un petit escroc vénéneux qui traînait son smoking et son nœud papillon en ville. Il avait une voiture et un

* Célèbre boulangerie dublinoise encore en activité à ce jour.

chauffeur, et les femmes de la classe moyenne gloussaient à son passage, lorsqu'il daignait assister à leurs soirées et réceptions. Sur les coups de trois heures du matin, il rentrait à Burgh Quay et s'asseyait tel le penseur de Rodin avant de pondre, par exemple, ceci :

> De retour de son dernier triomphe à Broadway, Katherine O'Dell a pris le temps cette semaine de s'entretenir avec notre chroniqueur Terry O'Sullivan de sujets théâtraux et domestiques. Elle a récemment réceptionné un lave-vaisselle : "Le premier du pays, enfin, je le crois." L'idée lui est venue en Amérique où ce genre d'équipement est la norme, du moins c'est ce que prétendent les muses cosmopolites d'écrivains aussi variés que Samuel Beckett et Arthur Kopit. Des nouvelles d'Hollywood ? Un peu moins, ces derniers temps. "Rien ne surpasse à mes yeux le frisson de la scène."

Sous la photographie du gâteau, il légende :

> LE PASSAGE À L'ÂGE ADULTE. Une assemblée prestigieuse pour la fête d'anniversaire de sa fille Carmel, parmi lesquelles Christopher Cazenove, tout juste sorti de scène au Gate, son collègue comédien Hughie Snell, l'agent de cinéma Boyd O'Neill, l'architecte Douglas Kelly, sa femme Jenny et leur fille Máire qui vient d'obtenir son diplôme avec tableau d'honneur à l'UCD. Máire prévoit d'entamer une carrière dans l'industrie du tourisme.

Máire est bien sûr la plus jolie fille de l'assemblée. Elle ne s'est jamais lancée dans l'industrie du tourisme. Elle s'est mariée et a déménagé à Monkstown.

Le journaliste s'est également trompé sur mon nom, le soir de ma propre fête d'anniversaire. Je ne m'appelle pas Carmel, d'où que lui soit venue cette idée. Mon nom est Norah FitzMaurice.

Je regarde cette coupure de presse et je me demande pourquoi, de tout ce qui aurait pu demeurer, c'est cette chose qui perdure là où tant d'autres ont disparu, perdues à jamais. L'image était tellement factice, même à l'époque, et cependant les années l'ont patinée de vérité : le dos nu de Katherine, si élégant, les visages en face d'elle, si vivants, mon propre visage (plus bas, au niveau du gâteau, assise sur une chaise peut-être) relevé vers elle, confiante et lumineuse. Son profil élégant penché vers moi.

Le titre, l'article, tout converge vers ce sujet : l'actrice éclipsant son enfant. L'image illustre le mensonge qui veut que je ne sois qu'une pâle copie de ma mère, qu'elle ait été intemporelle, classique, contrairement à moi – l'icône enfantant une simple mortelle. Mais les choses n'étaient pas ainsi entre nous. Ce n'était pas ainsi que nous les ressentions.

Une belle robe, cette supposée Dior, je m'en rends compte à présent, mais dans mon souvenir de cette soirée, elle portait un postiche qui m'avait mortifiée. Elle se teignait les cheveux, à une époque où aucune autre femme ne le faisait, ou bien pas aussi foncés, et son visage, d'après elle, s'était fané. Katherine O'Dell avait quarante-cinq ans. Elle n'avait pas quarante-cinq ans de la même manière que les autres gens de nos jours. Elle fumait trente cigarettes par jour, et commençait à boire à dix-huit heures pour continuer jusqu'à l'aube. Ma mère n'avalait jamais le moindre légume à moins d'être au régime ; elle ne possédait pas, à ma connaissance, une seule paire de chaussures sans talons. Elle parlait toute la journée et s'assombrissait le soir, quand le vin lui enflait le visage et lui verdissait les yeux.

Malgré cette séance photo qu'on croirait tirée du magazine *Life*, avec ces nouveaux équipements flambant neufs, la vérité, c'est qu'à quarante-cinq ans, Katherine O'Dell était finie. Professionnellement, sexuellement. Pour les femmes de cette époque, une fois passé le cap de la trentaine, il ne restait plus qu'à rentrer à la maison et refermer la porte sur soi.

Il faut donc porter au crédit de ma mère ce refus de se coucher et de se laisser mourir. Cette fête qu'elle organisa, l'argent qu'elle mit dans une robe Ib Jorgensen pour moi, et la peine qu'elle se donna pour en trouver une au fond de ses vieilles malles dans laquelle elle rentrât encore. Encore une dernière fois.

Elle était enceinte pour le premier tour de piste de cette robe. Je me souviens d'elle me racontant cela tandis que nous nous apprêtions pour la soirée. Elle tira sur le tissu sous la taille haute en disant : "Regarde. Il y a de la place pour deux."

Nous étions là, debout devant le miroir de sa chambre, moi, hors de cette robe, dans laquelle elle se souvenait de m'avoir portée en elle. Elle m'expliqua alors que tout ce dont elle avait besoin, enceinte, c'était de quelques centimètres de triche. Et un bustier plus haut. Les bretelles resserrées, et tout le monde au balcon ! dit-elle. Plus haut, toujours plus haut ! Personne n'avait besoin de savoir.

Elle ne précisa pas pourquoi il était nécessaire de dissimuler une chose pareille, je ne demandai pas. Je savais que j'avais été sa joie secrète.

“Plus haut ! Toujours plus haut !” dit-elle en ramenant mes cheveux au sommet de mon crâne.

J’étais ce qu’il lui était arrivé de mieux.

“Tu es ravissante”, dit-elle tandis que je ramassais un pompon vert marécage sur mes genoux, et le laissais tomber au sol.

J’avais eu droit au tableau d’honneur, au fait. Non que cela ait une quelconque importance à présent. Pas la moindre. Mais tard ce soir-là, enragé après l’épisode du gâteau sans doute, Duggan décréta que c’était à cause de mes seins. J’avais vraiment des seins qui respiraient l’intelligence.

“Va te faire foutre, Niall”, dis-je.

Et c’est l’autre chose que je suis incapable d’expliquer : pourquoi j’étais si attirée par lui. Peu importe l’endroit où je me trouvais, c’était toujours à lui que j’avais envie de parler.

“L’imagination est un meurtre, déclara-t-il. Mais tu le sais, n’est-ce pas. Tu le sais dans ta chair.

— L’imagination est l’imagination, dis-je.

— Qui vas-tu tuer ?” Il tendit la main vers les gens autour de nous.

“Que dirais-tu de toi, Niall ? Je pourrais te tuer, toi, si tu veux.

— Tu l’as déjà fait, ma chérie. Tu l’as déjà fait.”

Et de fait, l’homme exsudait la sueur sous une peau si épaisse et blanche qu’il me semblait déjà mort.

Il n’avait que quarante-huit ans. Si incroyable que ce fût. J’ai dû vérifier. Niall Duggan buvait, dessoûlait, puis rebuvait, il agressait ses étudiants, leur rugissait dessus. Il entubait ses pairs pour donner du travail à ses amis, dont bon nombre étaient médiocres. Quand j’avais vingt et un ans, je le pensais déjà fini, mais il persista – il continua de sévir – durant trente années encore.

Ma mère est morte en 1986. Autant en finir avec les faits dès maintenant. Elle avait cinquante-huit ans.

Et le soir de mon vingt et unième anniversaire, d'après mes souvenirs, je ne supportais pas de l'avoir à côté de moi. Autour de sa taille, de fins bourrelets menaçaient de faire exploser les coutures de sa robe noire, et sa tenue entière dégageait une odeur de fond de garde-robe. C'étaient les années 1970, nous étions beaucoup trop modernes pour le noir, et le mot vintage n'avait cours que dans le domaine des voitures anciennes. La robe était un déguisement, à mes yeux elle avait l'air d'une folle là-dedans. Et nous y voilà. Savais-je déjà qu'elle était folle ? De même que toutes les mères ont toujours tort aux yeux de leurs filles, toutes les mères sont un peu folles.

Passé un certain stade de beuverie, les visages se mirent à parler au ralenti et la pièce se remplit d'une atmosphère pénible. Les gens bégayaient les mêmes histoires, ou bien s'en allaient brutalement. Au moment où l'on basculait dans le poisseux – une bagarre s'était déclenchée dans un coin, une femme pleurait sur le palier –, un nouveau genre de musique vint tout recouvrir. Au rez-de-chaussée, la fête repartait en cuisine ; quelques musiciens avaient déboulé d'un pub des environs après leur dernière prestation, ils distillaient la prime douceur des cordes d'une mandoline, de légers frissons, les balbutiements de chansons à venir.

Dans une soirée comme celle-ci, la politique avait sa part. La règle empirique voulait que le dernier arrivé fût le plus complaisant envers la cause républicaine, et ces musiciens, en l'occurrence, étaient arrivés les derniers. Un petit groupe d'hommes vêtus de vestes en daim et cravates larges, aux barbes diversement taillées – ainsi qu'ils apparaissaient, d'ailleurs, sur la pochette de leur premier album, sorti un peu plus tard cette année-là. Ils avaient des favoris, de grandes moustaches en fer à cheval ; l'un d'entre eux arborait de petites touffes torsadées sur chaque joue. En les rassemblant, songeais-je, on pourrait lui reconstituer une barbe complète.

À la fin d'une chanson, le silence retomba tandis que nous attendions – et l'attente semblait se matérialiser parmi nous – Máire Rahilly : *Allez. À ton tour.* À côté de cette chanteuse, ma mère avait presque l'air d'une banlieusarde ; elle avait une voix ardente qui vous transperçait, elle était une vivante affliction, pure et sauvage. Et la chanson que Máire Rahilly chanta, lorsqu'elle leva la tête pour l'entonner, était en irlandais. Mes camarades de l'université grimacèrent quand ils comprirent, se mirent à chercher des excuses pour s'en aller.

Mais personne ne partit. Personne ne quittait jamais, ni contraint ni de son fait, une fête à Dartmouth Square. Personne ne prenait jamais congé, ils s'évaporaient. Et ma mère avait beau traverser toutes ces nuits un verre à la main, elle redevenait, peu à peu, merveilleusement sobre. Les anecdotes du lendemain ne figuraient jamais une Katherine O'Dell en Prospera prise dans une tempête d'alcool et d'illusion. Elle était l'hôtesse, la touche finale, celle qui se tenait en retrait de la laideur et la laissait passer son chemin.

Je n'ai pas le souvenir de préparatifs intenses, de séance de torture autour de la liste d'invités. Elle décrochait son téléphone, appelait une douzaine de personnes, il s'en présentait soixante, ou cent soixante, qui se connaissaient toutes, au moins de réputation. Certains ennemis jurés – de l'hôtesse elle-même parfois. J'ai appris très jeune à venir à son secours : ma mère levant les yeux au ciel, appuyée contre un mur, coincée par un ancien camarade de classe : "Je ne t'ai jamais aimée, Katherine, des années durant. Je ne sais pas pourquoi. J'ai essayé de t'aimer. Mais je ne peux pas."

Dublin était une petite ville à l'époque, même les tyrans y étaient de petits tyrans, mais il y avait une quantité prodigieuse de ragots, et j'ai beau savoir que c'était malsain, cela me manque. Depuis, nous avons pris nos distances les uns des autres, et retrouvé la raison, au passage.

Et même s'il figure sur la photographie, je n'ai pas de souvenir prégnant de Boyd O'Neill ce soir-là. Il était grand. Dans une foule, il avait tendance à surnager. Parfois, vers minuit, on l'apercevait dans un coin débattant avec son adversaire de toujours, Niall Duggan. Des coqs de combat, ces deux-là ; O'Neill, impressionnant et élancé, en col roulé et veste, Duggan, débraillé dans un costume taché. D'un côté une longue mèche, de l'autre un petit nœud, à ras du sol. C'est ainsi que je les rêve aujourd'hui, comme une caricature du *Dublin Opinion*, tout en vanité et violence comique, mais ils étaient également dangereux. Je veux dire, ils s'insinuaient en vous.

Et bien entendu, vous ne pouviez pas les en empêcher. Pourtant je n'ai jamais laissé beaucoup de place à Boyd O'Neill. Qui, par ailleurs, était beaucoup trop beau pour moi. En revanche, j'étais attirée par Duggan, il était capable d'entrer en vous avec une habileté rare – avec ces yeux gris légèrement globuleux qu'il avait – et c'était comme s'il se débattait pour retrouver son chemin et réussir à se sortir de votre peau. J'étais une jeune femme, plus jolie que je ne pensais l'être, mais je crois que Niall Duggan ne voulait pas tant me posséder ou pénétrer en moi, qu'*être* moi. Ou cesser d'être moi.

Ça se fait ? Comme dirait ma fille. Ce genre de choses se fait vraiment ?

Et je crois que c'était affreux pour lui. Affreux. D'être ainsi incapable de parler à une femme intelligente de vingt et un ans, sans cette clameur sous son crâne qui l'empêchait de s'entendre penser.

Si vous étiez remonté à l'étage ce soir-là, cramponné aux derniers lambeaux de la fête, si vous étiez allé chercher une veste ou un sac oublié, vous auriez trouvé les pièces de réception vides et saccagées, les meubles renversés, et partout, jonchant les tables et les étagères, des cadavres de bouteilles et des verres abandonnés, pareils à un paysage urbain miniature. Épique. Au petit jour Kitty se fraierait un chemin parmi les décombres, ignorant les tessons de verre qui se glisseraient sous son balai et sa brosse, feignant de ne pas voir pour ne pas juger le contenu des cendriers. Ma mère ferait semblant peut-être d'en être mortifiée, mais je savais que nos vies n'inspiraient aucune peine à Kitty. Les détails ne l'intéressaient pas. Elle avait son lot de problèmes.

Mais je me suis trop avancée, déjà.

Le fait est assez connu, ma mère fut admise à l'hôpital psychiatrique central en 1980 après avoir agressé ce même Boyd O'Neill, un producteur de cinéma plus célèbre en Irlande qu'en dehors de ses frontières. Elle lui avait tiré une balle dans le pied – dans le même temps, une bonne centaine de plaisanteries dublinoises trouvèrent leur chute dans ce pied. L'affaire fut plus désespérante et bouleversante encore que les faits, et O'Neill n'était pas le moins à plaindre, qui dut prouver, au risque d'y compromettre sa réputation, la tentative de meurtre. Le numéro que ma mère joua après son arrestation donna de l'espoir à son avocat – c'était si surjoué, si mauvais que ce ne pouvait être que vrai. Elle riait à des moments incongrus, fredonnait pour elle-même, s'arrachait les cheveux. Lorsque son cas fut examiné par un tribunal, nous réussîmes à trouver non pas un mais deux psychiatres qui la déclarèrent folle ; elle quitta le tribunal dans le même fourgon blanc qui l'y avait conduite. Au bout de trois ans supplémentaires, elle fut libérée de l'asile, les poches pleines de pilules – une femme profondément diminuée et bientôt mortellement malade, invisible aux yeux des passants qui la croisaient dans la rue.

Durant ces mêmes années, O'Neill – et c'est très important pour moi de le dire – dut endurer des hospitalisations répétées. Il passa presque autant de temps dans des institutions diverses que ma mère. Ce que les journaux avaient décrit comme la perte de son gros orteil était, en réalité, une blessure compliquée, les os du pied étaient éclatés en mille morceaux, qu'une opération chirurgicale de cinq heures avait grossièrement rapiécés et dont il ne se releva jamais vraiment. Il y eut quatre amputations distinctes, tandis qu'ils tentaient de venir à bout du mal qui rongeait sa jambe droite. Il vécut sous antibiotiques. Ne travailla plus jamais. La dernière amputation, et la plus concluante, lui sectionna la jambe jusqu'au-dessous du genou, mais il trouvait la prothèse amovible très désagréable et des douleurs foudroyantes le privaient de sommeil. Ma folle de mère avait tiré dans le pied de Boyd O'Neill et le monde entier trouvait ça drôle. Même si "drôle" n'est pas le mot. Ou bien n'est-ce qu'un des mots. Pour ce qu'il s'est passé.

J'avais vingt-huit ans au moment de l'agression. J'ai lutté l'année qui a suivi, plus peut-être, jusqu'au jour où je n'ai pas pu me rendre au travail. J'écrivais un livre, disais-je. Et puis c'est devenu la réalité. J'ai écrit non pas un, mais de nombreux livres. Mais je n'ai jamais écrit celui que j'avais besoin d'écrire, celui qui hurlait en moi pour que je l'écrive, l'histoire de ma mère et de la blessure de Boyd O'Neill.

Il y a quelques mois, j'ai reçu un mail d'une dénommée Holly Devane me demandant une interview au sujet de ma mère. Typiquement le genre de choses que j'aurais refusé à une époque. Mais je commençais à être nostalgique des interviews – cela faisait un moment – et je m'en voulais aussi de ne jamais avoir été très douée à ce jeu-là. En tant que romancière, je veux dire. Même si cela n'avait aucune espèce d'importance. Les articles paraissaient quand même. Les livres se vendaient, plus ou moins. C'était une petite agonie, des plus banales.

J'invitais donc Holly Devane à venir me rendre visite chez moi à Bray, et lui donnais des indications précises car les GPS ne trouvent jamais, et c'est un des nombreux avantages de cette petite ville au bord de la mer, qu'il y ait encore des coins et des culs-de-sac que seuls les locaux, si vieux, si reclus, connaissent.

Le matin de sa venue, je contemplai ma vie autour de moi et la trouvai satisfaisante. Je lissai les photos écornées, passai un chiffon sur les plinthes. Je me composai une attitude digne, prête à l'emploi, face aux accusations qui ne manqueraient pas d'être proférées. Ou pas. Parfois, ils ne vous accusent de rien. Ils n'essaient pas de vous extorquer quoi que ce soit, ni de vous extirper de quoi que ce soit – de votre coquille, de votre complaisance. Parfois, ils ne s'embêtent même pas à vous mettre en doute (quelle énergie cela doit demander, pensais-je autrefois), ils se contentent d'une conversation normale, prennent des notes, et s'en vont. Après quoi ils rédigent un papier d'une parfaite mauvaise foi, juste histoire de vous rappeler à l'ordre.

Enfin. Pas toujours.

Holly Devane se présenta à ma porte un matin froid et venteux de printemps. Elle avait abandonné, plus que garé, sa voiture le long du mur du voisin. Elle me semblait une enfant : caban foncé, écharpe et bonnet d'où s'échappaient des mèches blondes. En matière d'hommes, elle était, me dit-elle vingt minutes plus tard : "Pas vraiment." "Elle n'était pas vraiment. Elle était en fait." Elle appréciait (les hommes), expliqua-t-elle, et parfois elle sortait (avec des hommes), mais pas vraiment, en fait, pas dans le sens hétéronormatif des choses.

Je me demandais comment une conversation au sujet de ma mère avait débouché là-dessus, et si vite. J'avais préparé un feu dans l'âtre et une cafetière prête à sauter sur un plateau, où l'attendaient des galettes aux flocons d'avoine qui avaient l'air faites maison. Holly avait tiré un tabouret et installé une petite caméra toute fine, ou bien était-ce son téléphone, orienté de manière fort peu flatteuse afin de garder trace de ce qu'elle réussirait à me soutirer. Puis elle n'avait pas réussi à la mettre en marche. Cela étant dit, elle était extraordinaire : douce, intelligente, décoiffante d'enthousiasme ; elle ferait une excellente prof de littérature, pensais-je. Et elle était bien informée. Elle rédigeait sa thèse de doctorat sur ma mère, et mon cœur, dans l'espoir que soit, pour une fois, rendue justice à Katherine O'Dell, en tressaillit. J'abordais donc cette fille avec un vif intérêt, tout en faisant semblant de ne pas la regarder : ce corps menu et musclé, en mouvement, cette intelligence en puissance qui était passée si près de la stupidité. Sa jeunesse.

Holly n'avait pas encore de titre mais elle espérait bien que sa thèse deviendrait un livre un jour. Quand j'entendis le mot "livre", je lui proposai l'assiette de galettes, mais elle déclina. Elle me posa une question, puis une autre. Je dis : "Oh, ça. Vous savez, c'était juste", et il me fallut encore vingt minutes (un bon moment après sa sortie sur l'hétéronormativité) pour comprendre qu'il s'agissait, comme toujours, moins de "Katherine O'Dell" que d'"Holly Devane", et, de manière plus cruciale encore, de son refus de l'hétéronormativité, quoi que ce fût : Adam et Ève en leur Jardin, et les quarante mille années de conneries qui avaient suivi.

"Quel genre de mère était-elle ?

— Eh bien, dis-je. Elle était ma mère."

Elle flairait l'enfant à travers mes pores, comme font souvent les gens, en quête de quelque cruauté maternelle, de narcissisme, de négligence, et il aurait été trop facile de la trahir sur ce plan-là. J'ai des années de pratique en la matière, et pas uniquement avec les journalistes – ma mère était, de toute éternité, adorée d'un certain type d'hommes gays irlandais. Mais l'angle d'Holly était neuf. Elle s'intéressait à la façon dont ma mère définissait sa féminité, à la façon dont elle définissait son style sexuel, et ce n'était pas un sujet que j'avais très envie de creuser.

“Elle couchait avec des hommes”, dis-je.

Tout à coup je ne savais plus pourquoi j’avais laissé cette fille entrer chez moi. Une fois de plus, je me retrouvais prise au piège de la curiosité d’une autre personne, trahie par ma propre solitude, ou, en l’occurrence, par la solitude de ma mère – cette sensation de béance que seule la tombe procure. Elle était morte depuis si longtemps. Et pourtant, j’aurais donné n’importe quoi, encore aujourd’hui, pour l’arracher à l’ombre.

Ces pensées, la morsure que j’en éprouvais, détournèrent mon attention d’Holly Devane, qui en était à m’expliquer que cela ne l’intéressait pas de voir ma mère comme un miroir, mais comme une ac-trice (elle découpa le mot en deux syllabes bien distinctes). Elle ferait le portrait de ma mère dans toute sa radicale subjectivité, ce qui signifiait dans sa bouche qu’elle voulait la délivrer de son statut d’icône et la montrer pour le rôle qu’elle avait joué dans le monde. Les choses qu’elle avait faites.

“Tirer sur des gens, dis-je.

— Oui. Entre autres”, répondit Holly, avant de marquer une pause silencieuse.

Je pensais qu’elle allait bifurquer sur la question des opinions politiques. Au milieu des années 1970, ma mère traînait volontiers avec des membres de l’IRA à New York et Boston – mais principalement, avais-je envie de dire à Holly Devane, dans une visée hétéronormative. Il n’était pas question de tirer sur qui que ce soit, ni de terrorisme, même si cela avait causé quelque scandale à Dublin à l’époque. “Embarras” serait un mot plus juste peut-être, car il n’y avait rien de proprement scandaleux à chanter des chansons révolutionnaires pour des Irlando-Américains nostalgiques. En revanche, aucune nostalgie n'avait sa place dans l'aile orthopédique de l'hôpital de Belfast, aucune nostalgie dans les explosions de bombes ou les rotules torturées. Pour la plupart des gens, le côté romantique de la chose avait disparu très vite, mais pas pour ma mère, qui continuait coûte que coûte de croire à une Irlande unie.

Je repris mon souffle pour me lancer dans cette explication, mais c'était trop laborieux.

"Je pense qu'ils se sont juste servis d'elle à des fins politiques", dis-je.

Holly cligna des yeux. Elle était trop jeune pour se souvenir des Troubles, l'Irlande du Nord ne l'intéressait pas. Pas même l'IRA ne l'intéressait. Au lieu de cela, elle se lança, après quelques circonvolutions sur la piste de décollage, dans une question désormais devenue presque obligatoire.

"Je voulais juste vous demander, je suis désolée d'avoir à poser cette question. Mais je pensais que ce serait peut-être, vous savez, une question légitime. Vous êtes-vous jamais demandé si elle avait été abusée enfant ?

— Non, jamais, dis-je. Vraiment. Je vous remercie de me poser la question."

Je finis par réussir à me débarrasser d'elle. Aimable jusque sur le seuil de la maison. Formulant des promesses que je ne tiendrais pas. L'envie de la pousser dans le dos quand elle se tourna vers le portail, l'envie de la rappeler à la dernière minute. Et une dispute quatre heures plus tard, quand tu me répondis que je devrais écrire ce satané livre moi-même.

Nous étions dans la cuisine après le dîner. Un soleil bas perçait à travers mes plantes sur le rebord de la fenêtre au-dessus de l'évier, où je disposais des piments dans un pot en fer jaune et la coriandre du supermarché. À un moment, la fenêtre derrière s'alluma, renvoyant un éclat argenté pareil à un rideau de gaze chargé de poussière et de crasse, si sale qu'elle en devenait opaque.

J'étais de fort méchante humeur.

"Pourquoi tu ne l'écris pas toi-même ?" as-tu dit.

Et pas – si tu permets que je relève – sur un ton gentil. Pas sur le ton du mari de l'auteur souffrant de trop se taire. Non. Tes mots étaient lestés d'un agacement sans fond, comme si le fait que je ne parvienne pas à écrire ce livre était à mettre sur le même plan que mon incapacité à remplir le lave-vaisselle, tâche sur laquelle tu t'échinais tout en parlant.

J'étais là, à manger la dernière galette et à déblatérer sur l'incroyable jeunesse d'Holly Devane, ce qui nous donnait un coup de vieux à l'un comme à l'autre. Et si je n'étais pas en train de débarrasser, c'était parce que le chagrin que m'inspirait ma mère me rendait momentanément incapable de m'acquitter des corvées domestiques, ce qui, entre autres choses, faisait manifestement de toi un martyr. Et par ailleurs, cette saleté de casserole qu'il fallait faire tremper, c'était, dans ces circonstances (un homme vieillissant livré, seul, au remplissage du lave-vaisselle), plus que tu ne pouvais supporter.

"Pourquoi tu ne l'écris pas toi-même ? as-tu dit.

— C'est-à-dire ?

— Rien, c'est bon.

— Mais, qu'est-ce que tu veux que j'écrive ?"

Tu levas les deux mains en l'air.

Plus tard, je me suis réveillée en pleine nuit et tu ne dormais pas non plus. Je t'ai entendu avaler ta salive – trahi par ta glotte dans le noir.

Nous en étions là.

Il devait être dans les quatre heures du matin. La nuit était claire dehors, et les contours de la pièce dessinaient des formes sombres, sur lesquelles je refermai les yeux pour tenter de me rendormir. Tu étais sur le dos, le visage tourné vers le plafond. Après un petit moment, tu as de nouveau avalé ta salive.

Autrefois, c'était un signal de désir. Quand nous avions dix-neuf ou vingt ans et que nous commencions tout juste à nous voir, nous étions assis côte à côte sur le canapé à bavarder, et lorsque la conversation se tarissait, nous regardions droit devant nous, d'une manière désinvolte, amusée. Nous arrivions à tenir un moment à regarder en l'air, autour de nous, comme si nous examinions les rideaux, à faire semblant de rien jusqu'à ce que notre jeu fût trahi par le va-et-vient étouffé de ta salive. Minuscule et tonitruant. Je savais exactement ce qu'il signifiait. Avant d'avoir eu le temps d'y penser, nous nous retrouvions nus – tu étais en train d'y penser, en ce moment même, en train de te demander comment provoquer les choses. Et le temps d'essayer de m'en empêcher, j'avais dégluti moi aussi.

Mais il était quatre heures du matin à Bray, dans le comté de Wicklow et nous n'avions plus vingt ans. Tu n'étais pas en train de penser au sexe, réveillé en pleine nuit, seul. Ce n'était pas ma présence qui était venue te cueillir dans l'obscurité.

C'était autre chose.

Tu dis souvent qu'il devrait y avoir un mot pour décrire le fait d'essayer de rester endormi alors qu'on a besoin d'aller aux toilettes. Ce besoin de se relever en pleine nuit, c'est récent, c'est le signe de l'âge, ou pire, alors tu te cramponnes au sommeil comme si c'était à la jeunesse même que tu te cramponnais. Hors de question de te lever même si tu es déjà éveillé. Car tu crois qu'en demeurant parfaitement immobile, il ne sera jamais le moment de mourir.

"Tu es réveillé ? dis-je.

— Hum, bon Dieu."

Tu te soulèves et bascules sur le côté. Tu chancelles en passant devant la chambre où notre immense adolescent dort ses dix heures d'affilée, devant celle de sa sœur, désormais vide pendant la semaine. Tu tires la chasse, ouvres le robinet. L'eau circule sous les murs et ne s'interrompt pas avant que tu ne sois de retour sous la couette chaude, à te tourner vers moi pour un dernier baiser, et t'endormir. Aussi facilement que cela. Tandis que je reste allongée, les yeux grands ouverts, songeant à cette vie que nous avons construite, si simple et inattendue. Quelque chose d'autre, à présent, enfle dans le noir.

Mon livre.

Le lendemain matin, j'allai sur internet réserver un vol pas cher pour Londres, Gatwick, et pris un moment avant de sélectionner la date. Le 23 avril. Je prendrai l'avion le jour de l'anniversaire de ma mère (si tant est que les morts aient des anniversaires) et j'irai à Londres parce que – inutile d'y aller par quatre chemins – c'est de là qu'elle venait. Oui. Katherine O'Dell, l'actrice la plus irlandaise du monde, était techniquement britannique.

Elle est née à Londres, elle y a passé son enfance – et ni les cheveux roux, ni le châle écossais, ni la poésie n'y changent rien. Ni même les chansons rebelles :

La mer, oh la mer
*Qu'elle demeure immense entre l'Angleterre et moi**.

Deux semaines plus tard, je regardais par le hublot la surface lointaine et pommelée de la mer irlandaise, fendue ici et là par la proue d'un bateau minuscule.

* Traduction libre de ces deux vers d'une chanson traditionnelle : *The sea, oh the sea, it's the grá geal mo chroí / Long may it stay between England and me.*

"Dieu merci, nous sommes entourés par les mers."

Personne ne savait où elle était née, personne n'aurait pu savoir ; c'était un grand secret, un secret compliqué. Je m'interrogeais, tout en traversant cette simple étendue bleue : pourquoi s'était-elle donné autant de mal.

Bien entendu, elle ne voulait pas révéler son âge, ce qui constituait une théorie valable. Si personne ne savait où elle était née, personne donc ne pourrait mettre la main sur son certificat de naissance. Elle était actrice, elle était douée pour ce genre de choses.

Une dame n'avoue jamais ces choses-là, mais à présent je le peux. À présent que la mort a fracassé les aiguilles de l'horloge dont elle tentait d'inverser le cours. Et je déteste la clouer ainsi au sol. Vraiment, le sentiment de ma propre trahison me ronge douloureusement tandis que je révèle au monde qu'elle était née en avril 1928 à Herne Hill, une banlieue de Londres. Baptisée en l'église toute proche des Saints Philip and James, elle y avait reçu le nom de Katherine Anne FitzMaurice.

Plus tard, elle choisirait de prendre le nom de sa mère, Odell, comme nom de scène, qui fut transformé et irlandisé en O'Dell sur le sol américain, lorsqu'elle avait vingt ans. Époque à laquelle ses cheveux virèrent au rouge par nostalgie pour ses terres d'origine.

Ma mère était une grande simulatrice. C'était aussi une artiste, une rebelle et une romantique – on pouvait donc l'affubler de tous les noms, mais anglaise non, c'était l'insulte suprême. Et c'était également, malheureusement, vrai.

Après l'atterrissage à Gatwick, je pris un métro pour Victoria, puis un autre pour Herne Hill, l'Angleterre me fit une impression positive. Le cliquetis charmant des transports londoniens. Plus que positive. Les jardins soignés, les rangées de maisons presque parfaites, les foules matinales de travailleurs en route vers les bureaux, propres sur eux et courtois. Si c'était cela que ma mère fuyait, alors je ne comprenais pas ce qu'elle fuyait.

Je trouvai très facilement l'endroit. Milkwood Road est une rue de maisons mitoyennes modestes en briques jaunes, à cinq minutes à pied de la gare. De nos jours, la rue est séparée de la voie de chemin de fer par les entrepôts du domaine industriel Mahatma Gandhi, mais en 1928, la rue devait donner directement sur les allées et venues des trains. La maison où Katherine est née se trouve à l'embranchement de Poplar Road. Je marchai jusqu'à l'intersection puis longeai le mur qui fait l'angle vers l'arrière. Il n'y avait pas de jardin à proprement parler, ni devant la petite maison, ni derrière. Ma mère est née en avril. Toute sa vie, elle a adoré les magnolias, chaque année elle guettait avec passion l'apparition au printemps de la glycine à Dartmouth Square, et je n'avais jamais réussi à savoir si cette ardeur pour la floraison était une réelle affection ou bien une affectation jusqu'au jour où je décidai sur un coup de tête de ce pèlerinage à Herne Hill, pensant, tandis que j'observais les deux fenêtres et leurs voilages crasseux à l'arrière de la maison, que je n'irais pas plus loin.

Ses parents étaient des comédiens itinérants qui louaient des chambres d'un endroit à l'autre : la maison qu'ils occupaient en 1928 était manifestement encore en location à ce jour. Je refis le tour vers l'avant, pris une inspiration, et franchis le trou dans le muret pour frapper à la porte. Ou juste la toucher. Le bois était chaud et, en sentant sa chaleur, je fus clouée au sol, comme vidée de mes forces.

C'était ici qu'elle était née.

Le soir du 23 avril, son père, Menton FitzMaurice, était sur scène au Daly's, un théâtre sur Leicester Square. Il y avait eu un élancement, quelques contractions. Fitz en avait parlé à une voisine sur le chemin de la gare mais la situation paraissait sans urgence ; le temps que cette femme décide de s'enquérir de son état, ma grand-mère hurlait sur le palier. C'est ce qu'on m'a toujours raconté. La porte d'entrée était restée ouverte, un groupe d'enfants s'étaient attroupés à l'extérieur, tandis que ma grand-mère, le ventre bombé, se cramponnait à la rampe de la balustrade, poussant et réfrénant un mugissement profond et étouffé. Elle m'apparaît comme dans l'illustration du jour dans un journal : les quatre fers en l'air, chapeau sur la tête (avec sa plume absurde toute de travers). Dans mon imagerie, ses jupons soulevés et désordonnés dissimulent ce qu'il peut y avoir d'eaux et de sang, tout comme l'incongru sommet de la tête de ma mère, son crâne compressé se forçant un chemin entre les chairs, tandis que ma grand-mère se soulève et se ratatine, cahotant sur les marches, l'autre main cherchant de l'aide derrière elle, alors que les enfants demeurent saisis par la solennité du spectacle devant la porte en bas.

Pendant ce temps, mon grand-père joue le comte Belovar dans une pièce charmante qui s'appelle *The Lady of the Eglantine*. Il déclame son texte, le torse bombé dans sa veste de hussard et ses pantalons taille haute tandis que ma grand-mère se débat en gémissant. Fitz était incontestablement superbe – il faut bien le mentionner quelque part, au sujet de mon grand-père, et pourquoi pas maintenant, alors que les pieds de sa femme trébuchent sur une marche derrière elle et que ma mère fait son entrée dans le monde en dévalant les escaliers. En arrière. Ma grand-mère fouille sous ses jupons, et trouve Katherine Anne – le visage tourné vers le ciel, bougeant déjà, rattrapée par la voisine à genoux sur les premières marches. La voilà sortie. En arc de cercle. Sortie et tombée. La voisine crie : "Oh, Dieu du ciel. Tenez bon, tenez bon. Ne poussez pas." Mais ma grand-mère pousse quand même et le placenta se renverse une marche plus bas, suivant de près le bébé. La voisine le soulève. Elle se retourne pour le montrer à la sage-femme du quartier qui tente de se frayer un chemin parmi les enfants amassés dans l'entrée.

Regardez, une fille !

The Lady of the Eglantine est une comédie musicale, le genre avec des costumes pastel, des soldats qui ont l'air de jouets et des dames en crinolines d'été. L'intrigue est une réécriture joyeuse de la parabole biblique de Judith et Holopherne. Dans cette version, au lieu d'embrasser l'ennemi (joué par mon grand-père) avant de le décapiter, Judith embrasse le bel envahisseur et laisse tomber le poignard. Elle est tombée amoureuse. Il est tombé amoureux. C'est certainement une bien meilleure manière de mettre fin à une guerre. Je ne sais pas ce qu'ils font du poignard finalement, peut-être le suspendent-ils au-dessus du lit conjugal.

Le critique du *Spectator*, qui avait adoré toute la production sauf la prestation de mon grand-père – et ne le mentionnait même pas –, est du même avis : "La comédie musicale s'adresse au ventre du peuple britannique ; c'est la forme d'art bourgeoise par excellence." Et quoique le spectacle paraisse trop idiot et la critique trop maligne, il y a quelque chose de rassurant dans le ton désinvolte et moderne qu'elle emploie. Bien entendu qu'elle ne lui coupe pas la tête. On est en 1928. Ces gens sont déjà comme nous, plus ou moins : ils savent ce que sont la lutte des classes, la guerre, ils s'y entendent pour chanter en chœur "A Lady's « No! »", ou "Thinking and Dreaming of You".

Plus tard dans l'année le spectacle fut joué à New York, sous le titre *The Lady of the Flowers*, et mon grand-père suivit comme doublure. Ma mère était trop jeune pour se souvenir de ce premier voyage en Amérique. Il existe une photo d'elle, dans un berceau américain dernier cri sur le perron d'un immeuble en *brownstone*. Remplissant son office, elle braille sous un petit chapeau cloche pareil à un clapet pour bébé, avec une bande de dentelle *noisette* sur une oreille.

New York vivait alors les derniers jours trépidants d'un boom. La prohibition était toujours de rigueur, toute la ville était ivre en permanence, le choc fut tel que ma grand-mère refusa de se présenter comme actrice, préférant rester à la maison. Dans les années qui suivirent, elle devait surtout se souvenir du froid terrible et que la chaleur, lorsqu'elle arriva, n'était guère préférable. Son mari, disait-elle, était saisi par l'Amérique, sous emprise. Il fut question d'un rôle dans un film en Californie, mais quelque chose empêcha le projet de se faire, et à la fin des représentations, quatre mois plus tard en juillet, la famille rentra en Angleterre.

Le marché boursier s'écroula peu après, mon grand-père, ne voulant rien savoir, persista à se languir de ne pas avoir saisi sa chance américaine. C'est ce qui fit de lui un acteur raté, un acteur qu'on avait privé de sa gloire. Ma mère qui ne prêtait aucune attention à sa déception décrivait son père comme le genre d'imposteur qui ne connaissait des pièces qu'il jouait que ses propres répliques. Et lorsqu'à son tour elle connut la célébrité à Broadway, elle s'immergeait toujours dans son rôle autant que dans le reste de la pièce. Ma mère recherchait la protection de son art, en ce sens elle était plus moderne que son père, mais elle avait hérité de sa beauté – ils dégageaient la même "aura spectaculaire", cette capacité à tutoyer les sommets rien qu'en se tenant debout.

Et elle savait manifestement ménager ses apparitions.

Regardez, une fille !

Peut-être à cause de cette chute originelle dans les escaliers d'Herne Hill, ma mère a toujours eu le vertige. Elle avait peur de l'écart entre les ombres des coulisses et la lumière de la scène, lorsqu'elle sortait du champ, elle avait l'impression de sauter dans le vide, disait-elle, dans le vide ou dans l'oubli. Pour sa première représentation sous le nom de Katherine Odell au Royalton Theatre de Londres, elle avait dix ans. Elle jouait un crocus dans un chœur de fleurs printanières. Elle portait une jupe en pétales avec des collants couleur safran et une casquette verte dont elle était très fière, à cause de l'intrigante petite tige qui dépassait au sommet. C'était tout ce dont elle se souvenait. Le reste – le script, le titre de la pièce, l'intrigue – demeura un mystère jusqu'à la fin de ses jours. Il y avait un homme qui était un poète, dit-elle, du moins c'était ainsi qu'il était dénommé "Le Poète", et une femme avec un rouge à lèvres brillant, qu'on appelait "La Tarte", ce qui l'avait fait rire deux fois, une fois petite, et une autre fois des années plus tard, lorsqu'elle comprit que le nom n'avait rien à voir avec un gâteau. Mais l'expérience qu'elle avait vécue en entrant dans la peau de ce crocus était trop intense pour qu'elle saisisse quoi que ce soit de ce qui se passait autour d'elle. Elle était entièrement concentrée sur le fait de dire sa réplique au moment exact : *"And spring shall have her ding a ling a ling"* ou je ne sais quel autre vers stupide sur le chant du printemps, avant de sortir de scène comme si le vent l'avait soufflée en coulisses. Elle n'avait aucune idée des mots qui étaient sortis de sa bouche, disait-elle, et elle savait aussi que plus rien d'autre ne lui semblerait aussi réel après cela.

Je faisais mes devoirs à la table de la cuisine à Dartmouth Square tandis qu'elle me contait ainsi les légendes de sa jeunesse. Je faisais presque semblant de ne pas écouter. J'avais mes feutres dans leur trousse en plastique et je repassais les frontières de l'Irlande sur les cartes géographiques, illustrais la liste des lacs de montagne : Paternoster, Turlough, Corrie. Et tout en rebouchant et rangeant mes feutres par couleur, je ressentais parfois comme un affront le fait que, malgré tout son *cinéma*, ce qu'il y avait de plus réel dans la pièce, c'était moi. J'étais juste là.

J'étais là, depuis le début.

Car, niché quelque part en elle, le jour où elle avait fait son entrée fracassante dans le monde, se trouvait un embryon de moi. Encore une chose qu'elle m'avait racontée, tandis que je coloriais d'un bleu vif le cours du fleuve Shannon. Elle me raconta que je nichais en elle, depuis le jour où elle était née, telle une petite poupée russe.

Vingt-quatre ans plus tard, je sortis d'elle dans un foyer de soins de Brooklyn après des heures d'un long, douloureux et courageux travail. Il était tard le soir, ma mère était étourdie par quelque médicament qu'on lui avait donné, mais elle se souvenait très clairement de l'obstétricien, un homme en costume, qui n'avait même pas pris le temps d'ôter ses boutons de manchette et s'était saisi d'une *chose*, "qui ressemblait à une ventouse de toilettes" pour m'aspirer hors d'elle. Au passage, il avait aspiré mon crâne avec, où se dessinait une emprise ronde. J'étais sortie toute cabossée, et totalement étrangère à elle. Puis j'avais ouvert les yeux, comme si j'étais prête à rempiler pour un nouveau tour de piste, et elle avait su que tout irait bien.

"Tout irait bien."

Ce qui me semblait parfaitement raisonnable.

"Une pauvre petite chose, un nouveau-né nu", dit-elle en prenant une pose. Et elle ressemblait à s'y méprendre à un chérubin, debout dans notre cuisine, tenant une trompette imaginaire entre ses mains ; les yeux levés au ciel, les joues gonflées, tandis que les œufs rebondissaient l'un contre l'autre, et contre les parois métalliques de la casserole d'eau bouillante.

Brava !

Ma mère était capable d'entrer et de sortir d'un personnage, là, sous vos yeux. Un mouvement d'épaule, la bouche revenue à la normale, quelque chose qui passait derrière ses yeux. Et une part profonde, filiale, de moi en rosissait de plaisir.

Encore, maman ! Encore !

Les soirs d'été, nous emportions une couverture et un panier en osier et allions nous installer sur le petit carré de verdure au centre du square. "Allez, on va se mettre dans l'herbe", disait-elle, et nous contournions le portail pour aller nous prélasser dans l'herbe. Les autres résidents tiraient une certaine fierté du parc mais ils ne le fréquentaient pas tellement, sans doute parce qu'il était offert à la vue de tous. Ce qui ne dérangeait pas du tout Katherine qui adorait être la femme dans le square, avec sa couverture de Foxford, son pique-nique et sa charmante petite fille servant des tasses de thé imaginaires à ses poupées. Mais son goût de la mise en scène me mettait mal à l'aise, de même que les façades muettes pour lesquelles nous jouions cette mascarade. Quel besoin avait-elle de jouer à être ma mère alors qu'elle était déjà ma mère. De la chantilly sur la crème.

Je préférais de loin nos quartiers d'hiver, dans la cuisine d'en bas, à l'abri des regards. Il y avait là un vieux piano à gaz, avec une grosse chaise confortable à côté, et une étagère sur laquelle étaient entreposés de vieux journaux et des objets oubliés, dont un chien en porcelaine et une boule à neige de New York, recouverts d'une brume de graisses de cuisson. Le sol était habillé de carreaux noirs et rouges, les rouges étant un peu plus poreux et usés de sorte que les chaises en bois y adhéraient. J'adorais me balancer sur ces chaises ; me relever, redresser la chaise, me réinstaller.

L'autre grande chambre au sous-sol était celle de Kitty, d'où nous parvenait le bruit de ses savates en cuir. Kitty ne se déplaçait pas vite, mais elle était rarement immobile. Sa chambre était toujours un peu sombre et dégageait une odeur qui me repoussait – je pense qu'elle gardait un pot de chambre sous son lit.

Quand il se mettait à faire vraiment froid, la cuisine était la seule pièce où il faisait bon, alors Kitty triait, faisait des piles, et nous laissait là, ma mère assise à lire ou parler, à fumer cigarette sur cigarette, son verre de vin posé sur la partie la plus fraîche du grand poêle. Je crois qu'elle descendait ses bas sur ses jambes. C'est assez peu ragoûtant, mais il me semble qu'elle repoussait parfois ses "collants", comme elle les appelait, roulés à ses pieds en une couronne de brouillard scintillant autour de ses chevilles. Pour une raison mystérieuse, elle ne pouvait pas les ôter complètement. Peut-être par respect des convenances.

Les livres qu'elle lisait étaient surtout des grands formats, des Mémoires, des biographies, certains drôles. J'aimais bien ceux qui avaient des illustrations : *My Hat Blew Off (Mon chapeau s'est envolé)*, une série en bandes dessinées de John D. Sheridan parues dans des journaux, *The Egg and I (L'Œuf et moi)* de Betty MacDonald. *For the Life of Me (Malgré tous mes efforts)* était le titre d'un autre livre, mais je suis incapable (malgré tous mes efforts) de me souvenir de quoi il s'agissait. Elle aimait aussi les essais à sensation : *The World's Most Wicked Women (Les Femmes les plus diaboliques du monde)* – Élisabeth Báthory, la Grande Catherine ou Lizzie Borden et sa hache. Tant qu'à faire, elle préférait toujours que le méchant soit une méchante, plus encore si elle était irlandaise : *The Staining of the Green* comportait des chapitres sur la prostituée meurtrière, Dorcas Kelly, la célèbre avorteuse, Mamie Cadden, et deux pilleuses de tombes, Higgins et Flannagan.

Des années après, je ruminais encore cette prédilection pour le gore.

Celle qui la fascinait le plus, c'était Dorcas Kelly, une michetonneuse de Dublin qui avait tué cinq de ses clients et été condamnée à mort en 1761.

L'exécution eut lieu sur Baggot Street, qui se trouvait au bout de notre rue. Quand nous passions par là, ce qui nous arrivait de temps en temps, ma mère se contentait de dire : "Tu sais, une femme a été brûlée vive ici. Juste là, sous les feux rouges." Le jour de l'exécution de Dorcas Kelly, un rassemblement de prostituées dublinoises tourna à l'émeute dans Copper Alley. Peut-être trouvaient-elles qu'elle aurait dû en tuer cinq de plus.

Katherine lisait constamment. Elle adorait les biographies de dictateurs, et traversa une longue phase Staline lorsqu'elle découvrit, fascinée, non pas l'existence des goulags ou la conférence de Yalta, mais le suicide de sa femme, son goût pour les vins géorgiens, et sa manie, à la fin des dîners, de faire aboyer *Le Beau Danube bleu* à ses ministres, comme s'il s'agissait de braves chiens. Elle citait sa fille Svetlana : "Il était Sagittaire, vous savez, à l'orée du Capricorne."

Je préparais mes affaires pour le lendemain matin, mon cartable : ma pile de cahiers, mes livres, mes feutres – de couleurs légèrement trop franches sur le papier, mais splendides dans leur étui en plastique transparent et souple. Quand je la quittais, vers la fin de la bouteille, pour aller me coucher, je m'inquiétais qu'elle trébuche sur ses collants et tombe en se levant.

Staline à l'orée d'un décan. Et de quarante millions de morts.

C'était le genre de tache indélébile pour moi, Vierge coincée, l'exemple typique de ce qui me faisait enrager chez ma mère.

Elle croyait que les petites oreilles désignaient un homme comme *serial killer* et que le jaune était la couleur de la folie. "Regarde Van Gogh !" (Je me tracassais pour mes lobes d'oreilles inexistants ; c'était un vrai souci. Je me tirais dessus face au miroir pour pousser correctement.) Et j'avais beau être une Vierge tardive, mon ascendant Balance la réconfortait, car il signifiait que j'étais secrètement créative. Peut-être un peu ennuyeuse – c'est ce qu'elle me disait quand elle avait l'alcool trop solitaire – mais j'étais aussi son bâton et sa houlette, son ange et le meilleur d'elle-même.

Et j'étais bel et bien une enfant consciencieuse. J'aimais les faits, les cartes, l'arithmétique et les sciences. Ce qui était sans doute une autre raison de mon pèlerinage à Herne Hill. J'ai toujours trouvé la réalité très rassurante. Ce fut un réconfort énorme de pouvoir toucher de mes mains la porte derrière laquelle elle était née, sentir sous mes doigts la densité du bois, sa température exacte, la peinture vert foncé à sa surface, patinée par des années d'intempéries.

Ceci. Cela.

La journée était couverte et chaude. Une poubelle sur roues était calée entre la baie vitrée et le muret bas, il s'en échappait une odeur sucrée de pourriture. Un camion blanc sortit du domaine industriel et je l'observais tandis qu'il descendait sur Milkwood Road.

Je me retournai vers la porte et frappai, je compris au silence qui me répondit que la maison était vide – peut-être depuis un bon moment d'ailleurs. C'était l'inverse d'une porte de conte de fées. Il n'y avait rien derrière, rien que la forme de l'air qui peuplait les lieux où elle avait paru pour la première fois ; une rambarde ondulant jusque dans un hall étroit.

Une fois par an, le soleil chauffait le bois exactement aux mêmes endroits que le jour de sa naissance.

Et j'avais beau me contrefiche de la position des planètes dans ce ciel, j'éprouvai, debout devant cette porte, le sentiment immense de la place précise qu'occupait la Terre dans cette vaste ronde.

J'avais cinquante-huit ans. À quelques mois seulement de mon cinquante-neuvième anniversaire, un de plus que ceux qu'elle avait fêtés sur cette terre. J'effectuerai ainsi une rotation au-delà d'elle, dans l'espace inconnu. J'étais sur le point de devenir plus vieille que ma propre mère.

Un groupe d'écoliers passa devant nous, leurs chemises sorties de leurs pantalons d'uniforme gris, leurs cravates dénouées. Ils se chamaillaient et se montraient de main en main un message sur un écran de téléphone. Il y eut une bagarre, une course, ils se balançaient leurs cartables et leurs vestes.

"Trou de balle, Philips est un trou de balle. Un trou de balle débile."

Elle avait vécu à Herne Hill pendant sept mois, puis brièvement à New York, avant de revenir s'installer dans les rues de Londres, dans des maisons ou des appartements peu avenants loués à Hammersmith, Hackney, Notting Hill. Elle grandit libre, selon ses propres dires, choyée par sa mère, adorée par son père, bavarde, cracra, difficile à habiller. Et elle était gentille, disait-elle. Elle insistait sur ce fait. Elle était une petite fille *si* gentille.

Le ton de sa voix quand elle disait cela m'intriguait, car moi aussi j'étais gentille, et je ne comprenais pas en quoi cela pouvait être un problème. Mais cela semblait la rendre triste – comme si la vie lui avait joué un mauvais tour.

J'écoutais, assise sur ma chaise à la table de la cuisine, et l'observais, tandis qu'elle s'avançait sur le seuil de la porte arrière pour admirer les couchers de soleil dégoulinants des jours de brouillard sur Dublin. En rentrant, elle me racontait des histoires de son enfance pour que la mienne irradie à son tour. Le chien qui l'avait presque mordue mais finalement non. La souris blanche qui s'était perdue dans les plants de framboises (ou était-ce un rat ?). La méchante fille de l'école (qu'était-elle devenue ?). L'exhibitionniste. Ce que sa mère lui avait dit à propos de l'exhibitionniste (Tu vas pas en mourir). Des histoires de survie, de dangers évités et de monstres vaincus. Il y avait, quand on y pensait, très peu d'histoires sur le fait d'être *gentille*.

Elle avait volé un kart quand elle avait trois ans. Il appartenait à un garçon qui habitait plus haut dans la rue. Il y avait une petite planche en bois blanc pour s'asseoir et de vraies rênes pour diriger les roues d'un côté ou de l'autre, il avait l'air abandonné, posé là, au bord de la route, comme s'il attendait que quelqu'un de bien vienne lui faire faire un tour.

Alors c'est ce qu'elle avait fait. Elle avait pédalé, poussé sur ses petites jambes dodues jusqu'à ce qu'elle soit lancée. Et lorsqu'elle avait tourné, avec force cris et cahots, pour faire demi-tour vers son point de départ, elle s'était rendu compte qu'elle ne savait pas comment rentrer. Autour d'elle, tout se ressemblait.

"Est-ce que tu es perdue, petite ?"

L'homme qui s'était arrêté pour lui parler faisait douze mètres de haut, avec le front bas et un regard ténébreux. Il avait un grand parapluie noir, avec lequel il la bouscula, avant de s'en servir pour accrocher la poignée à la corde du volant. Puis il se retourna et tira. L'obligeant à dégager ses jambes du pédalier (souvent elle s'aidait d'une chaise pour raconter cette histoire), à se cramponner aux rebords de la boîte, tandis qu'il la traînait derrière elle, jusqu'à ce qu'elle ne pût plus rien faire. Elle bascula le visage vers le ciel, leva les yeux vers les cieux indifférents et hurla.

Comme par magie, deux femmes déboulèrent dans la rue, dont l'une se mit à frapper l'homme : "Éloignez-vous de cette petite !" tandis que l'autre attrapait le kart sous ses fesses : "Descends de là tout de suite !" et c'étaient sa mère et la mère du petit garçon. Alors son ténébreux sauveur se proclame outragé, récupère son parapluie et part à grandes enjambées. Le petit salaud à qui appartient le kart lui envoie un coup de pied avec ses bottes renforcées de métal, et sa mère l'empoigne par le bras, et la fait rentrer de force en disant : "On ne parle pas aux inconnus, tu m'entends ? Jamais de la vie." Et c'était tellement difficile de savoir si c'était l'histoire d'un homme méchant ou d'une petite fille méchante – je ne sais pas combien de fois je l'ai entendue avant de comprendre enfin.

"Ce n'est pas ce qu'elles ont dit."

Elle me regarde. Je dois être adolescente à cette époque. L'ère du soupçon.

"Elles n'avaient pas l'accent irlandais."

Elle réfléchit un moment. Quelque chose passe sur son visage – peut-être un relent de colère. Elle est choquée par elle-même, ainsi qu'on est choqué quand on se rend compte qu'on perd la mémoire.

"Non. Mon Dieu. C'est vrai."

Elles avaient l'accent de Londres. Elle a réécrit son enfance et perdu le premier jet.

Son accent irlandais était simulé, il est devenu symbolique, puis avec le temps, presque ordinaire. J'ai du mal en fait à me souvenir de son intonation

– dans le sens où je ne saurais pas la replacer socialement ou géographiquement. Même dans l'intimité – en particulier dans l'intimité – sa voix était fabuleuse. On en aurait mangé.

Arrivée à l'âge adulte, je croyais vraiment qu'elle parlait un irlandais typique du sud de Dublin, l'accent des nouvelles à la radio, des médecins, avec une insanité ici et là. Je me souviens que quand elle était authentiquement surprise – quand une chaise tombait ou que le lait débordait de la casserole – il y avait des accents cockneys dans ses jurons.

Ainsi je réhabilite un peu l'enfance anglaise qu'elle avait abandonnée ou reniée. Déambulant dans une rue ordinaire d'Herne Hill, j'emmagasine les images : la boîte aux lettres rouge qui attend le facteur dans son camion rouge, la balise Belisha, le passage piéton, la confiserie au coin avec une enseigne promettant des crèmes glacées. Toutes ces images dispersées aux quatre vents pour être remplacées par d'autres bribes d'enfance ; une petite ville de campagne irlandaise, peut-être, un ciel tardif et tourmenté, un lange dans lequel on enveloppe l'enfant, et une voisine avec de gros bras érodés par les lessives disant : "Oh, Dieu du ciel, oh, Dieu du ciel" (que pouvait-elle dire d'autre) tandis que ma mère était projetée dans ce monde. En aspirait sa première bouffée d'air.

"La scène m'a choisie, tu sais."

Et recevait sa première ovation bien méritée.

Son père, Menton FitzMaurice, était né en 1899. Il était le fils d'un capitaine irlandais de l'armée britannique, en poste à Fermoy, dans le comté de Cork, et d'une femme du coin, une dénommée O'Brien. Il est possible qu'ils n'aient pas été mariés, bien que la question n'ait pas été soulevée pendant un long moment – le capitaine John FitzMaurice mourut durant la seconde guerre des Boers alors que son fils n'avait que deux ans.

Certaines précautions avaient dû être prises car le garçon fréquenta de modestes écoles publiques en Irlande puis en Angleterre. Arrivé à l'âge adulte, il n'en finirait jamais de jouer des rôles de soldats.

Pour l'Irlande, sa situation financière était confortable ; en Angleterre, elle était beaucoup plus juste. Mon grand-père était un petit homme que l'uniforme rendait plus massif. Il pouvait aussi bien se visser un monocle à l'œil et aboyer avec les autres Anglais, que jouer en irlandais, à la demande. En particulier quand il était à Londres ; il agitait les jambes dans toutes sortes de cabrioles. Il écartait les coudes, tirait sur les revers de sa veste et sifflait des airs traditionnels irlandais, *Toor-Aye-Ay*.

Fitz était un bâtard, comme le sont souvent les acteurs, mais sa mère crut en lui toute sa vie et il conserva précieusement cette confiance sans jamais s'en départir. Mon grand-père était catholique, et c'était une affaire importante à ses yeux. Où qu'il soit, quelle que soit la ville, Londres, New York ou Castlebar, il assistait à l'office du dimanche. Il perpétuait sa pratique religieuse comme un orphelin chérit une extraction secrètement noble.

Cette remarquable piété fut un grand atout quand Fitz parcourut toute l'Irlande avec les troupes itinérantes des *fit-ups*, ce qui l'occupa durant les deux guerres mondiales. Ces troupes de théâtre exportèrent Shakespeare et le mélodrame dans toute la province irlandaise, soulevant au passage les déchirements et les élans des cœurs de toutes ces campagnes. Ils arrivaient en ville en procession : les rôles principaux dans la "voiture royale", puis le reste de la compagnie dans un gros camion brinquebalant, d'où ils s'égaillaient pour se trouver des planques moyennement décentes avant de revenir se préparer pour le spectacle du soir. Ils donnaient deux spectacles par jour, et jamais deux fois le même. *Othello*, *Trilby*, *Œdipe* : jalousie, inceste, sang et désir. Les *fit-ups* n'étaient pas très populaires auprès du clergé local, dont ils avaient pourtant besoin pour jouer leurs pièces dans les écoles et les salles paroissiales, ainsi, dès qu'ils avaient assez de réservations, on envoyait Fitz assister à la messe. Ou prier.

Ce dont il s'acquittait, à la perfection. Fitz faisait une entrée silencieuse, une génuflexion discrète mais appuyée. Avec son pardessus bien coupé et son apparence humble, on pouvait ne pas le remarquer, jusqu'au moment des chants, où il prenait toute sa dimension.

"Fay-haith OF *our Fa-ha-the-errs,* HOL*-y Faith"*, Fitz avait une voix d'une grande pureté, de nature à intimider et exalter à la fois la congrégation entière, à la traîne de plusieurs mesures. Et chacune des femmes qui l'avaient entendu ne pouvait s'empêcher de visualiser la pièce de six pence au fond du panier à couture, le shilling caché au-dessus de l'armoire, qui paierait le ticket pour le spectacle du soir.

Sa femme, Margaret Odell, était aussi petite et jolie, assortie à lui quoique de manière peu convaincante. D'après le récit de ma mère, c'était une femme douce, qui parlait à voix basse avec un léger accent du Yorkshire. Je n'ai aucun souvenir d'elle, bien qu'elle ait vécu avec nous pendant un moment, et durant les années qui suivirent, je demandais souvent comment elle était. Ma mère disait qu'elle était adorable, et quand je demandais en quoi, elle répondait juste : "Adorable. Tu vois."

Il existe une photo d'elle me tenant dans ses bras, bébé, elle porte un chemisier à fleurs, un imprimé serré, violet et vert foncé. J'ai un accroche-cœur et sur le visage la réplique parfaite quoique gingivale du sourire gêné de ma mère, un sourire qui semble dire "sortez-moi de là".

À part sa capacité à pencher la tête juste ce qu'il faut face à l'objectif, je n'ai aucune idée du genre de personne qu'était ma grand-mère. Pour une raison qui m'échappe, mon cerveau n'a pas transformé sa présence en souvenir.

"Est-ce qu'elle était gentille ?

— Bien sûr !"

Mais gentille comment ? Il me semblait me souvenir d'une histoire de gâteaux.

"Est-ce qu'elle faisait des blagues ?

— Oh oui, dit ma mère, dont le sens de l'humour était si torve qu'il confinait à la fuite. Elle pouvait être assez…

— Méchante ?

— Non. Non.

— Mais drôle ?

— Oh oui. Elle avait une façon de, tu sais", sur quoi elle haussait les épaules gaiement mais avec un air chagrin, dans une sorte d'atermoiement d'épaules, comme pour dire : "Au fond, peu importe." Ma grand-mère apparaissait, dans tous ces gestes ressuscités, sous les traits d'une enfant douce, légèrement triste. Et je ne sais pas si c'était juste sa manière d'être ou si c'était un trait essentiel de sa personnalité. Le tournoiement d'un parasol, un petit saut, puis un autre. Un soupir.

Hey nonny no.

Elle jouait la laitière, la fiancée abandonnée. Un critique avait écrit de son Ophélie qu'elle "ressemblait à quelqu'un qui a oublié d'ôter le dîner du feu". Sur une photo de scène que j'ai retrouvée sur internet, elle porte un kimono et un chapeau à glands qui évoque un abat-jour sorti d'un bordel de Shanghai ; ses petites dents blanches en dessous esquissent un sourire figé et doux.

Un couteau est caché dans cette grande manche, comme en rêve : son air gentil n'est que momentané. Dans la réalité bien sûr, elle était toujours gentille. Sa carrière plus tardive, elle la passa à chanter Gilbert et Sullivan dans des pantoufles à bijoux aux pointes qui rebiquent, une femme à la poitrine plantureuse dans un costume de petit Chinois. Comment pouvais-je avoir oublié ce décolleté, si imposant et si laiteux ? J'avais cinq ans à sa mort.

Comment elle était ? disais-je. Comment elle était ? pleurnichais-je. Comment elle était ?

“Elle était adorable”, répondait ma mère de sa voix triste. Il me serait bien impossible de trouver la moindre preuve du contraire.

Pas plus que je ne me souviens du moindre gâteau.

Je me souviens en revanche d'un moment passé sur les genoux de mon grand-père, deux minutes, avant de me tortiller à ses pieds, et je me souviens qu'il m'adorait. Je le voyais à la façon dont sa main tremblait tandis qu'il fouillait dans la poche de sa montre de gousset pour me donner une pièce, ou bien se mettait à quatre pattes pour me chatouiller avec sa vieille tête. Il existe une petite aquarelle de nous deux faite à la va-vite par Tisdall, qui était un ami de ma mère. Elle est réapparue il y a quelques années à l'occasion d'une exposition à la National Gallery du Dublin's Merrion Square. Très simple, absolument charmante : mon grand-père est assis au soleil, les yeux fermés, je suis juchée sur lui comme sur un accoudoir, un bon endroit pour lire un livre.

Il m'arrive encore de tomber sur lui à la télévision, les dimanches après-midi ou tard le soir quand je cherche à fuir les chaînes de téléachat dans des chambres d'hôtel. En plein décalage horaire, déconnectée de tout, je me retrouve devant un film anglais des années 1950 et je sais que Fitz ne va pas tarder à apparaître, la plupart du temps en uniforme. Il joue le vieux général rigide, ou le colonel fantoche de la Royal Air Force qui raye les avions perdus sur un tableau noir. Il est le lâche, le menteur, celui qui prend la mauvaise décision avant de sortir de l'écran content de lui. Peut-être que c'est sa bouche. Fitz s'exprimait de manière fausse, et on pouvait se dire que c'était son jeu, mais en fait il sonnait tout aussi faux dans chacun de ses rôles.

Même à cette époque, vers la cinquantaine, il portait sa beauté comme un cadeau non désiré – l'offrant au monde sans pouvoir jamais s'en débarrasser.

Certains des hommes dans ses films avaient réellement servi dans la bataille d'Angleterre, mais pas Fitz. En septembre 1939, il était sur scène à Tuam, le jour où la guerre avait été déclarée. À la fin du mois d'octobre, les meubles de Londres étaient rassemblés dans un entrepôt. Sa femme et sa fille avaient fait le voyage pour le rejoindre dans l'Irlande en paix et Katherine était inscrite dans une école irlandaise – Kylemore Abbey dans le comté de Galway – où elle resta comme pensionnaire durant les cinq années suivantes.

L'éducation de Katherine avant cela avait été pour le moins approximative. Plusieurs écoles préparatoires à Hammersmith et Notting Hill s'étaient succédé. Elle avait passé un an à St Teresa, un pensionnat catholique dans le Surrey, et suivi les cours de l'école de théâtre De Leon à Greenwich durant un moment. Soudain, à l'âge de onze ans, on l'avait emmenée dans un château près d'un lac dans le grand Ouest irlandais. L'école de Kylemore ressemblait à une boîte de biscuits. Du haut des montagnes qui la surplombaient, on contemplait les étendues sauvages du Connemara sous l'immense et venteux ciel d'Irlande. À l'abri des murs du couvent, au pied de la montagne, nichait une oasis de jardins d'herbes aromatiques et fougères, où les nonnes circulaient, tels des insectes, décrivant des carrés lents tandis qu'elles lisaient leurs prières. Cette austère institution s'avéra un point d'ancrage pour la fille de comédiens itinérants, et à l'aube de ses seize ans, le cœur de Katherine Anne avait été ravi par les nonnes.

Pendant l'été, elle travaillait avec la troupe des *fit-ups*.

L'une des anecdotes récurrentes de ma mère racontait ce jour où elle avait débarqué dans une petite ville sans nom, au beau milieu de l'Irlande, sans trouver personne qui l'y attendait. Et sans aucune idée de l'endroit où elle était censée aller. Elle avait douze ans. Telle est l'ineffable image que je conserve de son enfance : une fille, debout sur un quai de gare, avec une de ces valises en carton que portaient les enfants de réfugiés – dont découlerait, si l'on en croit les films qui les représentent, bon nombre d'imprimés de robes, gilets, manteaux, chapeaux et galoches. Elle tient la valise à deux mains tandis que le train déverse ses passagers autour d'elle : une femme avec un poulet qui bat des ailes coincé sous son bras, un vieux monsieur avec une pipe en argile blanche, un couple d'amoureux. Puis, plus personne.

La fille grimpe sur une passerelle en fer, ses pas tintent contre le métal, elle s'arrête en haut pour regarder autour d'elle. D'un côté des rails se déploie un puzzle de petits champs ceints d'une rivière et, au-delà de la rivière scintillante, des kilomètres de marécages. Et les sols ont beau être pauvres, ils paraissent si riches : les dorures sombres des ajoncs tranchent sur les terres couleur chocolat à perte de vue, les broussailles brunes s'empourprent au loin, tout en s'élevant vers de basses collines.

De l'autre côté du pont, elle découvre les toits d'une petite ville de campagne irlandaise ; chaume et tôle ondulée, de l'ardoise noire virant au bleu après la pluie. Elle part en direction de ces toits, descend les marches métalliques. Tandis qu'elle passe sous le portique de la gare, un cheval de trait avance, tirant son chariot brinquebalant, elle reste debout à le regarder. Il n'y a toujours personne qui l'attend. Un chien fouille dans le caniveau. Un souffle lent annonce le camion de l'épicier, qui disparaît ensuite.

La fille observe les alentours jusqu'à ce qu'elle remarque une affiche sur le mur de la gare. Elle rebrousse chemin pour aller la lire, son visage sérieux et juvénile basculé en arrière.

Ce soir, soirée exceptionnelle
Le plus grand comédien d'Irlande
Anew McMaster
Joue Othello
accompagné d'un casting remarquable, parmi lequel
Menton FitzMaurice en Iago
Les belles
Pleasance McMaster
Lillian MacVeigh et de nombreux autres
pour une représentation spectaculaire
Au
Hall de la Confrérie
à 20 heures

Le but de l'histoire n'était pas de raconter qu'elle était perdue en Irlande mais qu'au contraire elle n'était jamais perdue en Irlande, car ses parents, étant sur les murs, étaient faciles à retrouver.

Anew McMaster, dont l'affiche présentait la compagnie, était un imprésario anglais de la grande époque. Il croyait aux lourds rideaux violets à paillettes : musique, frissons, poésie, larmes. Mac donnait tout, ou bien une approximation de tout (il n'avait que peu de respect pour les comédiens qui avaient besoin d'apprendre leur texte) et il aimait s'entourer de bons comédiens, en particulier s'ils étaient du genre petits. Mac lui-même était d'une taille impressionnante.

Et Fitz était bel et bien petit, ils étaient donc faits pour s'entendre. Fitz était un comédien utile et un compagnon agréable, et il devint, pour de nombreuses saisons, le second couteau et acolyte de Mac. Mon grand-père était l'un de ces comédiens qui aiment les tournées car ils se sentent toujours, quoi qu'il arrive, un peu décalé par rapport aux autres. Doux et délicat, ses yeux étaient décrits selon les gens comme "liquides" ou "limpides", une fois même "suppliants". Il pouvait aussi se montrer un peu idiot. Dans une colonne satirique de "Lycurgus", parue dans le *Dublin Opinion* en 1945, "FitzBorris" est un comédien si vaniteux qu'il "passe son temps à venir se placer sur le devant de la scène, avec des conséquences désastreuses à Boyle, dans le comté de Roscommon, où à force de se déplacer sur le rebord, en crabe, il a atterri dans la fosse".

Dans le même article, on trouve un portrait de McMaster (à peine dissimulé sous le nom de "McNamara") au pinacle de son pouvoir.

> McNamara jouait le Maure sous un visage d'un noir luisant, torse nu jusqu'à la taille, l'avant-bras puissant bandé de tissu doré, le ventre sanglé de même par une ceinture en étain doré, un anneau à l'oreille et la fureur brûlant au fond de l'œil. Sa main laissa une trace noire, pareille à un hématome, sur la chair blanche de la jeune Desdémone, qu'il

envoya valser au sol avec un "As-tu prié ce soir ?" effrayant, qui poussa la bougresse sur la scène, aussitôt ravalée par la foule enflant et grondant, braves en première ligne, matrones et vieilles filles se pressant, tremblantes, contre le mur du fond. Le cri de "Honte !" monta, renvoyé en écho, "Honte, honte", suivi d'un "Non !" solitaire qui transperça le silence qui retombait, tandis que son corps cédait sous l'oreiller qu'il tenait au-dessus de son pauvre et ravissant visage. "Dieu et Sa sainte mère ayez pitié de nous tous !"

La fille de Mac, Pleasance, jouait la Desdémone de son Othello, la Portia de son Shylock, et la Trilby de son Svengali de père. Elle n'était pas une comédienne exceptionnelle mais elle faisait l'affaire. Pleasance avait une peau délicate, elle était blonde, les pommettes hautes – le genre de fille qui peut passer d'ordinaire à superbe en une minute. Mac l'appelait sa "petite Saxonne". Il l'aimait les cheveux lâchés, en vert médiéval, peut-être, portant couronne, arc et carquois. Mais la vérité c'est qu'elle était surtout brave. À son meilleur, elle était douce et légèrement écorchée, au pire, larmoyante et confuse.

Ma mère adorait Pleasance, qui avait un an de plus qu'elle et était si gentille. Il arrivait que les deux filles logent ensemble dans le cottage que Mac louait à Howth Head, à l'extérieur de Dublin, et il est fort probable que Pleasance était avec elle lors de la fameuse scène de la gare. Le mystère dans cette histoire, c'est qu'elles aient atterri dans la bonne ville. En 1940, par exemple, la troupe s'était produite à Ballina, Sligo, Tuam, Ballyshannon, Dundalk, Mullingar, Athlone, Clonmel, Cloughjordan,

Limerick, Bandon, Charleville, Cork Opera House, le Théâtre royal, Waterford et Dublin. Ils avaient donné trois Shakespeare : *Hamlet*, *Othello* et *Le Marchand de Venise* et trois mélodrames : *Le Petit Lord Fauntleroy*, *Laburnum Grove* et *Trilby*.

Trilby, dont l'action se situe à Paris, avait été portée à la scène juste après le début de l'occupation nazie, la coïncidence de la programmation était terrible, dans le mauvais sens du terme. Cette insouciante allégresse était sans doute typique de l'attitude étrange de l'Irlande durant une guerre, dans laquelle elle se voulait neutre. Mac jouait le rôle de Svengali sous une fausse barbe, des yeux globuleux et une bosse de mastic ajoutée à l'arête de son nez – un portrait plus antisémite, même, que son Shylock. Bien entendu, personne ne savait, à ce stade, qui allait finir par gagner cette saleté de guerre. Sans doute exploraient-ils leurs options, et se tenaient prêts à sauter d'un côté ou de l'autre.

L'Irlande était un bon endroit où passer le temps en attendant. Il y avait de quoi manger à la campagne, bien que le manque de pétrole signifiât pour Mac et sa femme l'abandon de la voiture royale et le voyage entassés dans la cabine du camion avec les autres comédiens. Le bois, qui était de plus en plus rare, provenait du croque-mort de la ville et lui était revendu à la fin du cycle (voilà une manière poétique d'être enterré, disait Fitz, entre les planches peintes des décors). Les salaires avaient été suspendus, tout le monde percevait une part des recettes. Pour Fitz et sa femme, Margaret Odell, cela équivalait à moins de quatre livres par semaine chacun, tandis que leur fille s'estimait heureuse quand elle en touchait deux.

Elle était mise à contribution à la billetterie, aux accessoires, et sur scène également, où elle jouait les domestiques, les messagers et les gamins en tous genres. Katherine Odell était une fille serviable. Elle n'avait pas le choix. Quand un comédien avait besoin d'un accessoire, il fallait bien quelqu'un pour le lui passer. Pareil pour les répliques, il fallait bien quelqu'un pour chaque réplique. Dans le rôle de la fille dans *Œdipe roi*, elle se traînait, misérable, observant son père, joué par Mac, tourner en rond, crachant du sang par ses orbites. Elle apprit précocement l'art d'"avoir l'air d'une vessie", car c'était tout ce qu'on attendait des enfants des comédiens présents sur scène, disait-elle, ou des domestiques, dans la vraie vie : tout était dans l'art consommé de laisser tomber le plateau.

Allez. Maintenant tu vois quelque chose d'horrible.

"PAS DE MOUVEMENT DE VISAGE ! hurlait Mac. Laisse tomber le plateau !

— Je n'ai pas de plateau, Mr McMaster.

— Exactement, ma chérie. C'est exactement ce que je voulais dire."

Il arrivait que Mac sorte de son rôle au beau milieu de sa performance, pour redresser le plancher sous l'estrade, qui ne tenait pas toujours très droit, ou bien il saluait à la fin d'une grande scène ("Celle-ci n'est que pour vous, mes amis"), donnant au public une occasion de manifester son enthousiasme. Il adorait se dévêtir, montrer le va-et-vient de son diaphragme sous son énorme cage thoracique, le merveilleux ouvrage de ses poumons. Mac était convaincu que les Irlandais étaient particulièrement sensibles à la sonorité des mots, de sorte que ses répliques semblaient jaillies de son souffle plus que simplement dites, passant du *basso profundo* au baryton, d'une rive à l'autre de sa respiration. Il avait un style hautement technique, et un rythme phénoménal. Des semaines entières s'écoulaient sans qu'il arrive à entrer dans son personnage, ni à comprendre ce qui n'allait pas, et puis certains soirs, quand Mac était en forme, toute la troupe se rassemblait en coulisses pour le regarder. Fitz, qui partageait la scène avec lui, était alors "stupéfié", les comédiens étaient "sidérés", le public était "fasciné". C'était, ainsi que ma mère le décrivait, un état de possession mutuelle entre le comédien et son personnage. Ils s'embrasaient.

"Inoubliable."

Puis elle soupirait en ajoutant : "Oh, c'est démodé depuis longtemps, maintenant, tout ça."

Ces étés-là furent les plus heureux de la vie de Katherine. Elle n'était jamais fatiguée d'en parler : la beauté de l'horizon libre, transbahutée d'un gîte misérable à un autre, à devoir sortir faire ses besoins dans des cabinets extérieurs et à tomber en pleine nuit sur un taureau attaché à un anneau dans la cour. Elle se rappelait avoir dormi dans un grand lit dans le comté de Galway, entre sa mère et Lillian MacVeigh, toutes les trois en chemises de nuit de coton blanc, et plus tard comment elle avait appris que Lillian avait un jour perdu un bébé, une petite fille qui aurait eu son âge si elle avait vécu – c'était donc cela qu'elle avait ressenti quand elle s'était réveillée dans la chaleur de leurs corps ce matin-là, cet amour perdu et impossible.

Mac aimait les publics provinciaux parce qu'ils ne savaient pas comment la pièce était censée se terminer. ("Allez, secoue-la un peu !" avait crié une femme à Ballyshannon quand Roméo avait découvert Juliette, apparemment morte, dans sa tombe.)

Mais ma mère se fichait bien de se moquer des braves gens du St John's Hall à Tralee ou du Boathouse à Cappoquin, elle croyait avec ferveur à la noblesse des foules. Dans les années qui suivirent, elle finit par les envier, disait-elle, car ils avaient la chance de découvrir ces œuvres. Le public irlandais était telle une mer, pris dans les tourbillons de sa propre attention. Ils avaient tout compris, disait-elle.

Ils allaient quitter Sligo quand on leur remit un mot. Un messager apparut sous des trombes d'eau avec un morceau de papier qu'il tendit à travers la vitre de la cabine du camion. Il dit que c'était de la part de leur logeuse, et lorsque la mère de Katherine l'ouvrit, elle lut : "Le temps est affreux, pour l'amour de Dieu, soyez prudents." C'était cela jouer dans les villes de campagne irlandaises.

Un jour, Katherine n'avait que treize ans, la fille de Mac, Pleasance, tomba malade de la scarlatine et il fallut qu'elle la remplace, prévenue trois heures avant, dans le rôle de Trilby O'Ferrall. C'est la petite *grisette* irlandaise, le modèle de l'artiste, qui est hypnotisée par Svengali pour devenir une grande chanteuse (alors que, consciente, elle est totalement incapable de chanter).

Les répliques n'étaient pas si difficiles que cela à chanter, et elle avait vu la pièce des tonnes de fois. La transe, c'était facile, ce qu'elle trouvait dur à jouer c'était Trilby dans son état normal. Le personnage avait ce bon cœur paysan que ma mère avait du mal à capturer.

"Mets tes mains sur les hanches et balance-toi un peu", lui dit Mac.

Le costume aidait. Elle rehaussait ses sourcils de noir, ses paupières de bleu, montait ses cheveux en double chignon, se mettait du rouge aux joues et deux claques. Puis elle se jetait un œil dans le miroir, et se désespérait. Elle n'était pas faite pour les rôles légers.

C'était le moment pourtant. Katherine tremblait en coulisses, tandis que le hall se remplissait doucement. Il y avait un trou dans le rideau pour observer le public discrètement, une déchirure ménagée dans un coin sombre, mais elle ne se mit pas sur la pointe des pieds pour voir combien ils étaient. C'était presque palpable de toute façon à la densité de l'air, à la manière dont il absorbait le son. Cela sentait le travail de la ferme. Quelqu'un toussait, on se passait des friandises dans des sacs en papier. Et une dame au moins ne pouvait s'empêcher de commenter ce qui se passait autour d'elle pour sa voisine.

“Oh, ça y est, c'est maintenant qu'elle va lui dire.”

Il y en avait toujours une.

Tout comme ce spectateur bizarre au premier rang, parce que les gens bizarres aiment se mettre au premier rang pour avoir une vue dégagée – et pourquoi pas. Ce spectateur bizarre était surnommé le Dieu-nous-garde, il était inoffensif. Il fallait s'habituer à cela – au fait d'être en sécurité, sur scène. Jamais le public ne vous toucherait, jamais de la vie. Ce qu'ils aimaient c'était venir s'asseoir dans le noir pour oublier qui ils étaient. C'était une question de suspense, ils anticipaient plus qu'ils ne regardaient l'enchaînement des événements. C'était ce que Mac voulait dire quand il déclarait : “C'est un jeu.” Il voulait dire que l'histoire suffisait à nous protéger.

Et que se passait-il après la pièce ?

Des tas de choses.

Mais rien *en réalité*. Un homme soulevait son chapeau sur votre passage, une femme vous prenait les mains et les levait dans un geste confus d'admiration. Les gens passaient devant vous, et ils savaient.

Debout dans les coulisses, elle pouvait les sentir tous, là de l'autre côté, sur les chaises en fer de la mairie de Ballinasloe ; l'ivrogne du troisième rang, le prêtre au fond de la salle, la jeune fille amoureuse, le vieux monsieur qui n'avait de l'amour que le souvenir, la mère oubliant ses enfants pour mieux se rappeler un chagrin enfoui.

La pièce, vue depuis la coulisse, semblait n'avoir pas grand-chose à faire avec Katherine. Elle la regardait comme on regarde un train arriver de très loin, sans savoir vers quel quai il se dirige – pour soudain comprendre qu'il fonce droit sur vous. Il n'y avait pas d'échappatoire. Il faudrait qu'elle saute le pas, dans une sorte de collision temporelle. La pièce était vivante. Elle était faite d'air, et ses règles étaient d'airain. C'était une merveille, et lorsqu'elle s'achevait, elle vous avait transformée en Merveille vous aussi, ma chère.

Car même si vous étiez devenue incapable de vous souvenir de votre réplique, vous ouvriez la bouche et elle sortait de vous. Tel un fossé mental, qui se creusait et se comblait en même temps. Les mots qu'elle prononçait le remplissaient parfaitement. C'étaient les bons mots. Tout se produirait dans le futur tel que répété dans le passé, mais en bien mieux. En vrai.

En attendant, ses mains lui paraissaient trop grandes pour son corps, elle ne savait plus si elle devait les garder tendues devant elle ou les laisser ballantes le long de ses cuisses. Elle agrippa les pans de sa jupe, les relâcha, éprouvant physiquement les contours de son corps dans l'espace réduit, le bout de son nez, l'ourlet de ses lèvres, si sèches qu'elle dut les mouiller de sa langue. Elle ressentait le public comme une perspective obscure, à quelques mètres seulement, invisible. Elle entendit sa réplique, ramassa sa jupe.

Et continua.

Elle ne savait pas comment elle avait fait. Comment elle avait mis un pied devant l'autre, comment elle s'était tournée pour parler, ce qu'elle avait dit, ce que les autres comédiens lui avaient répliqué. N'importe quoi aurait pu lui échapper. Ce fut néanmoins un triomphe. Quoi que ce fût. Elle était incapable de se souvenir de ce qu'elle avait fait, mais manifestement c'était parfait. Tout simplement merveilleux.

Après cela, son amie Pleasance tenta de convaincre Katherine de jouer le rôle à plein temps, elle avait quatorze ans et son compte de scènes étranges en tête-à-tête avec son père. Mac, cependant, refusa de changer de Trilby, ou de perdre sa Desdémone blonde et pathétique. Au lieu de cela, il essaya Katherine dans le rôle de Portia et lui apprit à dire une réplique shakespearienne.

Le caractère de la clémence est de n'être point forcée.
Elle tombe, comme la douce pluie du ciel sur le lieu placé au-dessous d'elle.
*Deux fois bénie, elle est bonne à celui qui donne et à celui qui reçoit**...

* *Le Marchand de Venise*, William Shakespeare, traduit de l'anglais par François Laroque, Le Livre de poche, 2008.

Il ferma les yeux tandis qu'elle parlait, laissa les mots frissonner à travers son corps. Puis il ouvrit les yeux et sourit.

Elle dut s'habiller comme un garçon, se tenir le revers de la veste d'une main tandis que de l'autre elle gesticulait, parler, agiter un morceau de papier, porter un chapeau mou sous lequel elle fourrait ses longs cheveux bruns. Elle n'avait pas de poitrine à dissimuler.

N'était-elle pas effrayée ?

Je lui ai souvent posé cette question.

Cette histoire m'épouvantait. Même les mots qu'elle utilisait – la manière dont les gens "mouraient" sur scène ou commençaient d'"expirer". Il y avait tellement d'anecdotes recensant les menues catastrophes : un comédien était entré en scène oubliant son poignard et s'était servi d'une chaussure à la place. Un autre avait oublié son texte. Ou son pantalon. Un autre était tombé dans un trou. Avait été forcé de boire un thé où avait trempé du savon. Et ils continuaient, tous, sans pantalon, sans perruque, sans réplique ni poignard, héroïques, idiots, pas une seconde ils ne cessaient de débiter leur texte.

Un comédien est réellement poignardé dans un faux combat, le public retient son souffle puis déclenche un tonnerre d'applaudissements. Un autre arrive sur scène ivre, le pire qui puisse se produire. À Borrisokane, un comédien meurt sur scène, il meurt vraiment, ses yeux roulent dans leurs orbites, il soupire : "Je me meurs", sur un ton d'appel au secours, et les autres continuent de jouer jusqu'à ce que l'impensable devienne crédible. Ils gagnent du temps, débitent leurs répliques, personne ne réagit encore. Puis ils se précipitent pour soustraire la mort réelle de l'homme à la vue du public.

La plupart du temps, cependant, il ne se passait rien. La plupart du temps, tout se passait bien.

Peu importe le nombre de fois qu'elle recommençait, jamais elle ne se lassait de ce moment où elle entrait dans la lumière. Le jeu l'attendait, de l'autre côté de la ligne. Il attendait dans les gestes, dans les déclamations, dans la cavalcade des mots. Son être réel, destiné, se trouvait juste là, dans cet espace où elle pouvait entrer, ou qui entrait en elle. Chaque fois. Ou presque.

N'étais-tu pas effrayée ? disais-je.

Oh. Terrifiée.

Vraiment ?

Elle ne s'y était jamais autorisée, pourtant.

C'est très bien d'être gentille, disait-elle, mais il s'agit d'être maligne aussi. Et silencieuse. Tu dois être comme la souris du théâtre – est-ce que je connaissais la souris ? La souris qui grignote les fards. Elle dort enroulée dans une perruque haute, ronge les câbles et connaît toutes les pièces par cœur. Cette souris s'appelait Joséphine, et dans certaines versions plus tardives de sa légende, elle savait aussi chanter. Et Joséphine, la souris cantatrice, tenait compagnie à ma mère, de loges froides en villes inconnues, quand elle était petite. Joséphine l'écoutait répéter ses répliques, ainsi que je le faisais désormais, elle soufflait, de temps en temps, d'en dessous des planches. Quand tout était fini et que le public était parti, Joséphine entonnait sa ritournelle. Les autres souris la trouvaient un peu bêcheuse, il fallait bien le dire, mais elles admiraient son talent, qui était prodigieux, pour une souris.

Katherine Anne FitzMaurice savait que rien ne pourrait jamais dépasser cela. De grandes pièces, de grandes performances, et d'autres épouvantables parfois. Ils carburaient à la foi (Ballina, Sligo, Tuam, Ballyshannon, Dundalk, Mullingar, Clonmel et Athlone). Un attelage de carton, de fard et de peur. Avec une vilaine acoustique, de vilains corsets et de mauvaises chaussures ; et le monceau de bric-à-brac qu'ils transportaient nuit après nuit, sous la lune des campagnes irlandaises.

Pour son deuxième été sur les routes, la tournée McMaster fut rejointe par le jeune Boyd O'Neill, l'homme sur lequel elle finirait par tirer, une quarantaine d'années plus tard. Même si je ne pense pas qu'ils se soient beaucoup remarqués à l'époque. Elle avait quatorze ans et continuait de jouer les messagers et les domestiques. À vingt-cinq ans, il venait tout juste de fonder les Cloondara Players, un groupe qui serait un jour à l'origine d'un des plus grands festivals de théâtre amateur du pays. Il était aussi, dans ses années de jeunesse, instituteur et poète à ses heures, un porte-parole enthousiaste de la langue gaélique qui arborait une épingle de pionnier au revers de sa veste.

Mac l'avait manifestement recruté sans le payer – une de ses habitudes préférées – et cela avait peut-être inspiré quelque rancœur au sein de la troupe. Ces gens étaient des comédiens orgueilleux : ils chantaient, déclamaient, s'écroulaient les quatre fers en l'air, comme si leurs vies en dépendaient, pour moins de quatre livres par semaine. Boyd avait un emploi qu'il retrouverait à la fin de l'été, donc financièrement, et peut-être créativement, il était comme un homme en complet-veston au milieu d'une foule de gens nus. Difficile de dire qui, dans ces circonstances, se sentait le plus idiot.

Quand je pensais à Boyd – et après l'incident, je pensais beaucoup à lui –, je me souvenais du nombre de ses amis qui lui avaient tourné le dos, au fil des années. Il y avait quelque chose de "beige" chez lui, disait Snell. Quant à Lillian MacVeigh, elle le trouvait timide.

Il ne buvait pas.

Et il ne savait pas jouer. En matière de critique, j'ai toujours trouvé celle-là tordante. Ils étaient très nombreux à ne pas savoir jouer, et cela ne les avait jamais arrêtés. Je crois qu'ils voulaient dire qu'il avait du mal à se laisser aller.

Boyd travaillait lentement, il progressait vers un objectif invisible pour les autres et qui ferait de lui, en temps voulu, un homme puissant. Ce n'était clairement pas sa faute. Mais il n'avait jamais été "doué", quoi que ce mot signifiât. Il n'aimait pas jouer – je soupçonne même que cela lui était insupportable. Il préférait regarder les autres et les manipuler sous son crâne. C'est le propre des producteurs. L'homme était un stratège-né. C'était plus difficile à voir dans sa jeunesse, à l'époque où il était aussi un fervent partisan de la langue irlandaise, des opportunités possibles pour un vrai théâtre irlandais, et plus tard, d'une culture radiophonique qui refléterait et définirait l'état de la nation. ("Culotte de tweed" – c'était le surnom que lui donnait Hughie Snell.) Et tout ceci peut sembler un peu arrogant vu d'ici, mais c'étaient des sujets réellement importants. (Le mépris qu'il manifesta à Snell était total, il ne lui pardonna jamais, pas même alors qu'il atteignait les sommets et que le pauvre Snell touchait le fond. Et lorsqu'on emporta Snell dans une boîte, une année après la mort de ma mère, il était assis au balcon dans l'église, comme pour avoir la meilleure vue.)

En tous les cas, Boyd tira son épingle du jeu. Et il eut beau écraser un grand nombre d'ego en chemin, il n'avait probablement pas de mauvaises intentions, j'entends par là que c'était un idéaliste – en particulier dans la trentaine et la quarantaine, où tout ce qu'il fit pour faire avancer sa carrière servait aussi le bien commun.

En 1961, il quitta les Cloondara Players et rejoignit RTÉ, la nouvelle chaîne de télévision nationale irlandaise, où il produisit certaines de leurs séries théâtrales télévisées, diffusées le samedi soir. Ces premières bobines de studio ont toutes été recyclées et les enregistrements d'origine ont été effacés, perdus, il est donc difficile de dire à quoi ressemblaient vraiment les émissions. Les bribes qui ont survécu révèlent un travail étrangement lent d'après nos standards modernes. Au début, cela a les apparences du suspense : chaque tasse de thé patiemment versée semble inviter un meurtrier à la hache à débouler sur scène en cassant la fenêtre – mais en fait il s'agit juste d'une tasse de thé.

"Voulez-vous du sucre ?" interroge la femme à la théière.

Pourtant la série avait passionné le pays, semaine après semaine. C'était une extraordinaire opportunité pour Boyd qui avait l'œil aiguisé pour repérer les talents, peut-être parce qu'il n'en avait pas particulièrement lui-même.

"Je suis content d'avoir eu le job, parce qu'il y a un sacré paquet de charlatans qui circulent." Cette phrase était restée célèbre, il l'avait prononcée en empochant la prime et la pension qui allait avec le très convoité poste de directeur adjoint de la section dramatique.

Il n'est pas aisé d'admirer les gens qui consacrent autant d'énergie à s'admirer eux-mêmes, mais après tout ? Boyd avait un style bien à lui. Il n'y avait rien dans tout cela, qui justifie, vingt ans plus tard, de prendre un revolver.

J'ai le souvenir vibrant d'avoir chanté dans un magnétophone pour lui quand j'avais quatre ou cinq ans. Certains hommes s'ingéniaient à s'émerveiller de moi pour mieux ignorer ma mère, mais Boyd aimait sincèrement les enfants, je crois. Ils lui fournissaient une opportunité de se montrer gentil.

Ce qu'il était. Aussi. Un homme au cœur tendre.

Il installa son énorme magnétophone à bobine sur la table basse du salon et je chantai *Getting to Know You* dans un gros micro argenté, tandis qu'il suivait ma voix dans ses écouteurs en regardant le sol. Ou bien en me regardant droit dans les yeux, la bouche figée dans un grand sourire, pour m'encourager. Et il était si intensément entiché de moi à ce moment. Peu importe qu'il n'entrât rien de sexuel dans l'attention qu'il me portait, c'était quand même trop d'attention. Il m'aimait, il cueillait ma jeune voix et il m'aimait, bien que cela ne soit pas sa place. Le souvenir s'imprima durablement en moi : l'excitation face à ce magnétophone, cette nouvelle machine, mon chant, pur et doux, et la mélancolie de Boyd retranché en lui-même. Je me demande s'il savait déjà, à l'époque, qu'il n'aurait jamais d'enfant à lui.

Il était célèbre pour, après avoir été sobre toute sa vie, s'être mis à boire pile au moment où tout le monde s'arrêtait. Vers la cinquantaine, Boyd devint aigri. Il pleurait la perte de certains de ses idéaux, sans doute, ou celle de sa mère. Il avait toujours eu l'esprit de compétition, mais au tournant de la cinquantaine, son ambition se fit plus vive et plus personnelle. Sans doute avait-il atteint les sommets en Irlande, pays qui le décevait, de plus en plus. Personne ne savait quand il avait commencé, mais le temps que j'atteigne l'âge où l'on remarque ce genre de choses, Boyd était accro au brandy, qui lui allait bien car légèrement supérieur aux autres alcools. Il était difficile de savoir s'il était ivre, mais je soupçonne qu'il l'était bel et bien, une grande partie du temps.

Puis, quand il avait cinquante-six ans, un metteur en scène irlando-américain et fou arriva en ville et Boyd reprit goût à la vie. En 1973, il connut une gloire de courte durée, comme producteur d'un grand film international. C'était une coproduction avec RTÉ, tournée dans l'Ouest irlandais et dont le titre était *My Dark Rosaleen*, avec, non pas ma mère, comme vous l'aurez deviné, mais une beauté américaine aux cheveux noir de jais dénommée Maura Herlihy.

Très peu de tournages importants avaient lieu en Irlande à cette époque, c'était d'un glamour hors norme. L'évêque d'Elphin vint bénir la caméra, sans que personne pût l'en empêcher. Tous les hôtels entre Limerick et Sligo étaient pleins, il y avait des camions-traiteurs, des voitures avec chauffeurs. La crème de jour de Maura Herlihy devait être réalisée à partir d'un mélange réfrigéré chaque matin. Oliver Reed* lança une bagarre dans le pub local,

* Oliver Reed (1938-1999) était une vedette du cinéma britannique dans les années 1960-1970.

qui célébra l'événement en accrochant une plaque par la suite. Le film, une fois achevé, propulsa Boyd dans les festivals européens et sur les tapis rouges de New York et Los Angeles. Il accompagna personnellement les bobines du film jusqu'à Sydney, en Australie, où l'ambassadeur irlandais l'attendait à la descente de l'avion.

L'année suivante, Boyd quitta la chaîne nationale pour monter une société de films indépendants qu'il appela Cast A Gold Eye Productions, il loua des petits bureaux sur Wicklow Street dans le centre de Dublin. C'était une démarche spectaculaire, celle d'un homme mûr, une décision qu'il risquait de regretter. Il lui faudrait pas mal d'orgueil pour continuer d'avancer, torse bombé, les cinq années suivantes dans ce purgatoire qu'on appelle le "développement". Boyd passait son temps à jongler avec les scripts, chercher des financements internationaux, inventer des castings de rêve au dos d'une enveloppe pour son metteur en scène autrefois en vogue, et devenu un crève-la-faim à Los Angeles.

Comme le futur grand film tardait à naître, Boyd trouva d'autres projets pour s'occuper. Il signa six magnifiques programmes d'une demi-heure de Liam MacMathúna, cela s'appelait *Lámh, Lámh Eile* sur l'artisanat des îles d'Aran. Puis il y eut une série de documentaires télévisés hagiographiques, qu'il appela *Talking to Giants (Conversations avec les géants)*, dans lesquels il se mettait en scène discutant des grands sujets de l'époque avec des figures intellectuelles et artistiques telles que Freddie Ayer, Isaiah Berlin, le poète irlandais Austin Clarke et le théologien catholique Hans Küng. Ainsi maintint-il son étoile au firmament.

Elle l'invita à dîner, au moins une fois. Maintenant que j'y repense, elle devait certainement le courtiser car ces dîners spectaculaires étaient nimbés d'une certaine frénésie. La nièce de Kitty venait préparer le repas, elle sortait la grande poissonnière, où elle faisait pocher un saumon entier tombant en morceaux roses, recouverts de tranches de concombre transparentes sur les flancs. Boyd était un invité frileux, je le revois en retrait de l'assemblée, grand et mince, tout en maîtrise et en sarcasmes. Buvant de manière presque indétectable, comme alimenté en permanence par une paille. À un moment de la soirée, il finissait toujours par insulter l'un ou l'autre, en faisant une remarque de sa voix haut perchée et vaguement nasale, pour, une fois la dispute lancée, refuser d'y participer.

J'ai une image très nette de lui debout dans le salon, la tête inclinée contre le mur. Les pièces du rez-de-chaussée étaient couvertes d'un papier peint aux motifs de damas pâle, de ce bleu délavé qui surgit à l'horizon quand le soleil se couche. Ainsi debout, il avait l'air d'un tableau peint à des siècles de là ; son visage disait l'indifférence des hommes puissants et fatigués.

En matière de sexe, il était difficile de dire ce qui l'intéressait. Boyd n'avait pas d'enfants, ce qui, à cette époque, était perçu comme un grand malheur, mais sa femme était adorable et semblait lui être entièrement dévouée. Ou bien le souvenir que j'ai d'elle est-il teinté par la culpabilité éprouvée au tribunal, assise dans la cour n° 9, face à eux deux, drapés dans leur respectabilité, un couple patiné et uni par la familiarité et le temps, elle l'aimant, lui acceptant son amour et ses soins. Ma mère de l'autre côté, horriblement folle et seule par contraste.

Il n'est pas venu à son enterrement. J'étais soulagée qu'il s'abstienne.

Boyd O'Neill finit par mourir, onze douloureuses années après l'agression, à l'âge de soixante-quatorze ans. Il passa sa retraite à clopiner de comités en conseils d'administration, au Gate Theatre et à la Société européenne des producteurs télévisuels. Il buvait chez lui, ou parfois au Shelbourne's Horseshoe Bar. Je l'y ai croisé une fois dans le vestibule, un jour d'hiver. C'était quelques jours avant Noël, il était assis dans un fauteuil juste après la porte à tambour, et par hasard nos regards s'étaient rencontrés et étaient restés un long moment suspendus l'un à l'autre. Après quoi j'eus, durant plus d'un an, ce rêve récurrent dans lequel il me demandait de lui tirer dessus à nouveau, de l'achever – et il y avait une telle supplique dans la voix de cet homme.

Mais à l'été 1942, il n'avait que vingt-six ans et ma mère quatorze, et il est fort peu probable qu'ils aient jamais eu la moindre conversation. Elle courait dans les coins avec Pleasance, ignorée de tous, à part quelques mésaventures : comme cet acteur qui lui avait passé les mains sur la chemise en coassant : "Alors toujours rien ?", et il était si beau qu'elle avait eu envie de "mourir, juste mourir". Elle subissait l'éventail classique des petites vilénies mais rien de la part de Boyd, qui était "un peu monacal", c'est-à-dire du genre célibataire pieux.

Il existe une photo de lui l'automne précédent avec les Cloondara Players, il a vingt-quatre ans. Il est assis au milieu de la troupe qui joue la pièce en un acte de Lady Gregory, *Spreading the News* : les femmes portent des écharpes à carreaux, les hommes sont accroupis sous leurs casquettes en tweed et leurs chapeaux cabossés. Au fond se tient un grand policier, les joues marquées de cercles rouges, et le jeune Boyd O'Neill est assis au premier plan avec un trophée en argent posé sur le genou. Son visage est si gai qu'on pourrait presque le croire idiot, s'il n'avait ces yeux si calmes. À sa manière, il est parfait – le fils préféré de sa mère.

Mais ma mère ne l'aimait pas, ou pas particulièrement. Par ailleurs, la légende de cette tournée d'été (Tuam, Swinford, Westport, Castlebar, Kiltimagh, Cavan, Kells, Doneraile, Tipperary, Mitchelstown, Fethard et Fermoy) ne portait pas sur ce vieux bonnet de nuit de Boyd O'Neill mais sur Katherine Odell, jeune étoile montante de la scène et du petit écran. La question ne fut jamais : "À quoi ressemblait-il à vingt-six ans ?" Mais : "À quoi ressemblait-elle à quatorze ans ?" Savait-elle déjà ce que le destin lui réservait ?

"J'étais une toute petite souris, disait-elle. Je farfouillais dans les coins, et quand personne n'était là pour me remarquer, je chantais ma chanson de petite souris."

Durant trois ans encore, personne, ainsi que j'ai pu le découvrir, ne parla d'elle, jusqu'à ce qu'à l'âge de dix-sept ans son nom apparaisse dans un courrier d'Anew McMaster destiné à un directeur de casting du Gate Theatre, avec ceux de plusieurs autres comédiennes qu'il décrit et débine, "trop intrigante", "tuberculeuse", ou "atrocement pâle". McMaster semble sauver du lot la jeune Katherine FitzMaurice. Il la décrit, avec une forme de condescendance sans doute, comme sa "jeune pupille là-bas à Howth, qui vit avec d'autres filles pendant que ses parents achèvent les dernières semaines de leur tournée. C'est une déclinaison miniature de Fitz. Aussi spectaculaire que lui, dans une version féminine. Étrange et émouvante, ce genre-là. Capable de scander ses répliques. Incertitude sur son âge".

Quant à Boyd, en cherchant les premiers échos à son sujet, j'ai trouvé son camarade d'école à Coláiste Mhuire, Dermod Mulherne, qui devait devenir l'évêque de Clonfert. Après la mort de Boyd en 1991, il lui rendit un hommage appuyé dans le journal de l'école, d'abord en irlandais, puis traduit en anglais en une du journal. Il y décrivait Boyd comme un silencieux inarrêtable. "Nous n'étions pas toujours d'accord", écrivait-il, ajoutant qu'il avait de son ami l'image d'une âme noble mais "qui traçait son propre chemin spirituel"… Ce qui est un immense euphémisme. Le premier succès retentissant de Boyd en tant que producteur de télévision était une pièce sur un jeune prêtre, *Ecce homo*, qui avait causé une petite controverse à l'époque. Le sujet de la pièce balançait entre l'homosexualité et l'hétérosexualité, ou bien s'agissait-il juste de parler de solitude. En tout cas, il y était question d'un jeune curé qui, après une journée difficile, fuit les cajoleries d'une paroissienne à la gorge plantureuse sous son chemisier en dentelle. Le rôle était joué par un Anglais car, d'après la rumeur, aucun acteur irlandais n'avait accepté de l'endosser.

La cassette studio a été effacée depuis longtemps mais il en demeure une scène unique, en extérieur. Fixée sur la pellicule à St Stephen's Green, on y voit un prêtre beau et triste, observant des enfants insouciants en train de jeter du pain aux canards. Isolée dans une cabine d'archives, tandis que la pellicule tournait, je restai incrédule face à ma découverte. Je vérifiai la date : 1966. C'était assurément la première allusion publique à des abus sexuels commis sur des enfants par un prêtre – ou peut-être par qui que ce soit. Mais ainsi que la tasse de thé du feuilleton n'était rien d'autre en fin de compte qu'une tasse de thé, la scène des canards ne tourne, inlassablement, qu'autour des canards.

L'évêque, ignorant tout de cette absence de sous-texte scandaleux, poursuit, royal :

"Il avait des habitudes suprêmement modestes, même enfant. Il se débrouillait pour se suffire à lui-même, jusqu'à la frugalité, se montrait généreux envers ceux qui n'avaient pas ses capacités intellectuelles, délicat avec le beau sexe, prodigue avec les nécessiteux, fervent défenseur des pauvres. Il avait envisagé la vocation durant un moment, ce fut une grande perte pour l'Église, ainsi que devait le démontrer sa carrière par la suite. Sans les ébruiter, cependant, j'avais mes doutes. Si je l'accuse d'orgueil, il ne s'agit que d'orgueil spirituel, pas d'orgueil ordinaire. Boyd se considérait comme un rebelle, même lorsqu'il œuvrait au cœur du pouvoir. Cela le mettait en porte-à-faux, et, vers la fin de sa vie, il s'imaginait assailli par des ennemis, intellectuels et artistiques, qui n'existaient que dans sa tête."

Ou qui existaient bel et bien. Comme ma mère devait en apporter la preuve ce matin de mai 1980 lorsqu'elle grimpa les escaliers étroits jusqu'à son bureau de Wicklow Street avec un pistolet pioché dans des accessoires, mais qui s'avéra bien réel, pour redescendre en ayant basculé dans la folie.

"Porte-à-faux" est un bon mot pour un homme qui a "ouvert une porte et s'est fait tirer dessus", les Dublinois aiment ce genre de formules – comme si on pouvait se faire cambrioler, ou plus encore se faire violer en ouvrant sa porte. Dans l'époque plus difficile – et certainement plus précautionneuse – d'alors, ces choses-là étaient décrites au passif. De l'embarras partout. On pouvait aussi "se faire" assassiner, ou "se retrouver" dans une situation désastreuse. De nombreux amis de ma mère du milieu du théâtre "se retrouvaient" souvent à court au moment de payer leur loyer par exemple.

Boyd était sorti de son bureau pour saluer ma mère dans l'antichambre où son assistante personnelle, Mary Bohan, travaillait. Il n'avait pas l'habitude de venir accueillir les gens hors de son bureau, dit-il, mais dans ce cas particulier, il fit une exception. En partie par courtoisie pour une actrice célèbre et respectée ; mais aussi pour s'assurer que la rencontre serait de courte durée. Il ouvrit sa porte et s'avança vers elle, de sorte qu'elle put l'embrasser sur chaque joue, ce qui n'était pas non plus dans ses habitudes, dit-il, mais il savait que les actrices affectionnaient ces usages.

Elle s'avança vers lui, leva les deux bras, et recula d'un bond, soudainement. Le tir ressemblait à un raté. Mal calé, à peine visé. Comme si elle n'avait aucune idée de ce qu'était cette chose entre ses mains. À l'expression choquée qu'elle arborait, il pensa qu'elle avait dû être blessée et que, pour une raison étrange, il ressentait la douleur à sa place. Il découvrit qu'il était en train d'étreindre le cadre de la porte. Il baissa les yeux vers sa chaussure.

Encore à ce moment-là, dit-il, il s'attendait à ce qu'elle lui passe le pistolet. Elle était venue pour lui donner quelque chose, c'est ce qu'elle avait expliqué en s'annonçant : "J'ai quelque chose à lui donner." Elle avait appelé auparavant pour dire la même chose : elle avait quelque chose pour lui, ou peut-être avait-elle dit qu'elle avait quelque chose "à lui montrer". Il s'était attendu à un script comme cela arrive parfois avec les actrices, toujours à l'affût du scénario qui pourrait faire d'elles des stars, une histoire dont elles pourraient jouer le rôle principal. Elle lui avait apporté ce genre de projets par le passé, et bien qu'il n'ait jamais apprécié d'être ainsi interrompu, Katherine O'Dell n'était pas le genre de femme qu'on laisse à la porte.

La défense argua, les tempes vaguement luisantes tout de même, que le pistolet était effectivement destiné à Boyd, comme cadeau, que c'était bel et bien un accessoire, malgré la fraction de seconde accidentelle où il s'était avéré être un vrai pistolet. Mais je ne fus pas convaincue. Ma mère portait, pour l'occasion, un costume démodé en tweed d'été bleu-vert : col rond, boutons métalliques imitant des cordes tressées, Chanel sans doute. Elle était habillée pour les photographes et pour le journal de six heures.

Elle laissa tomber le pistolet – le fracas métallique qu'il fit en heurtant le sol déclencha le hurlement de Mary Bohan, qui saisit son téléphone. Peut-être pas un hurlement, à la réflexion, dit-elle au procès. C'était sorti d'une drôle de manière, comme si un oiseau était piégé dans sa gorge.

En entendant ce bruit étranglé, ma mère pivota vers elle avec une lueur de curiosité ("si froide", dit Mary) comme si elle en prenait bonne note. Puis elle se retourna et redescendit les marches pour déboucher sur Wicklow Street, puis Grafton Street et le Café Bewley qui devait être à un peu moins de trois cents mètres. Il y avait là-bas une serveuse, Tattens, qui faisait toujours tout un plat de sa présence, imposante et passionnée, les cheveux blancs, une peau magnifique. Elle fredonna au-dessus de son plateau tout en servant à ma mère son café au lait et sa brioche à la cannelle. Elles parlèrent du temps, "oui, très doux", du café, "merci beaucoup, merci", des perspectives professionnelles de ma mère, qui, si Tattens avait su, venaient de s'obscurcir considérablement : "Et quand pouvons-nous espérer vous revoir sur les planches ?" Elles ignorèrent le raffut qui régnait à l'extérieur, les sirènes d'ambulance et de police.

"Nous avons parlé de Jimmy O'Dea, raconta Tattens, faisant allusion à un acteur dublinois très apprécié, mais mort depuis de nombreuses années. Et des jours glorieux du Théâtre de la Reine."

Après sa tasse de café post-agression, Katherine remonta Dawson Street pour prendre un taxi devant le Shelbourne et elle rentra à Dartmouth Square où elle fut appréhendée dans l'heure. Sans éclats. Un garde en uniforme se présenta à sa porte, et frappa. Elle lui prit le coude pour descendre les marches du perron, et il lui adressa un salut appuyé tandis qu'elle s'installait sur le siège arrière de la voiture. Ou bien le salut fait-il partie de la légende – je ne sais pas. Quand j'appelai le poste de police de Pearse Street, on me dit qu'elle collaborait à l'enquête. Et aussi qu'apparemment elle n'avait pas de chaussures.

Bien entendu, tout le monde à Dublin a pensé qu'elle couchait avec Boyd, ce qui ne laissa pas d'horripiler ce dernier, en vain. Une lettre fut envoyée à toutes les rédactions en vue d'éviter toute calomnie. "Mon client n'a pas eu de relations sexuelles avec son agresseuse, n'a pas non plus tenté d'avoir des relations sexuelles avec son agresseuse, pas plus qu'elle n'a jamais tenté d'établir un contact sexuel ou de nature romantique avec lui."

Personne ne le crut – à part, *a priori*, sa femme. Et moi. Je ne croyais pas qu'elle lui ait tiré dessus par amour.

Il était vraiment agaçant. Quand je fis la connaissance de Boyd, et je ne le connus que très peu, le manque de talent de sa jeunesse s'était transformé. J'eus le sentiment qu'il était effectivement "en porte-à-faux" – avec des idiots, des gringalets, avec le relâchement sous toutes ses formes. Peut-être que c'était le brandy qui le rendait sarcastique. Rien n'allait. Il désapprouvait tout. La moitié du temps, il était dans un état de douleur bénigne.

Ma mère, à l'inverse, tolérait n'importe quoi tant qu'il y entrait une forme de gloire. À condition qu'on invoquât Proust ou Yeats. Tant que vous citiez le Barde, vous pouviez bien passer la soirée à boire, vous pouviez bien vous écrouler, jurer, envoyer un coup de poing à votre femme. Et si en plus, vous arriviez de Paris, encore mieux, car vous apportiez forcément des nouvelles de Samuel Beckett *(il vient juste de parler de cricket !)*. Par-dessus tout – sans vouloir insister sur le sujet – vous pouviez bien coucher avec qui vous vouliez. La plupart de ces hommes étaient trop ivres ou trop secrètement catholiques, trop fébriles ou monogames sans l'avouer pour coucher beaucoup, mais certains ne se privaient pas. Dick Maguire, qui était un poète convenable, aimait les riches Américaines, bien qu'il ne réussît jamais à en ferrer une, et quand il ne chassait pas les Carnegie et les Mellon, il appréciait les garçons de quatorze ans. En particulier, admettait-il volontiers, quoique d'un air piteux, s'ils étaient un peu basanés.

"Oh, assez, Dick", disait ma mère.

Dehors, l'Irlande catholique écumait de rage.

Je m'assieds et rédige un long mail à Holly Devane, qui s'intéressait au "style sexuel" de ma mère (ce genre d'expression a le don de se graver en vous, je trouve). J'ai envie de lui expliquer que certaines personnes sont fermées là où d'autres sont ouvertes. Ces deux opposés m'apparaissent tout à coup comme les deux arguments adverses d'une discussion que j'ai eue toute ma vie, et je découvre que j'ai beaucoup de choses à dire à Miss Devane à propos de l'artiste, qui est un être totalement ouvert, qui n'est que Don Don Don, face au public qui prend, prend, et critique.

C'est la différence essentielle : il y a ceux qui observent, jugent et rassemblent. Et puis il y a ceux qui se dispersent, s'embrasent et meurent.

Puis j'efface tout, car je discerne dans mes mots le sens du *mélodrame* de ma mère.

Personne ne lui a jamais rien demandé.

Katherine O'Dell croyait consentir une offrande aux foules, de joie ou de douleur. Dans les dernières années, elle se considérait elle-même comme sacrifiée – brûlée sans doute par les braises de leur attention. Mais, en fait, peut-être ne s'agissait-il que d'elle, debout devant eux, les vannes ouvertes par la lumière.

Du moins c'est ce que Boyd sembla laisser entendre lorsqu'il refusa de la prendre pour son grand long métrage irlandais, *My Dark Rosaleen.*

Il alla jusqu'à lui faire passer un bout d'essai aux Studios Ardmore. Sans cependant daigner lui envoyer une voiture.

Elle récita les répliques à la perfection, dit-elle.

Boyd était assis avec les autres producteurs derrière la grosse caméra et quand elle eut fini, il ne dit pas qu'elle était merveilleuse, en fait. Il se pencha en avant vers le metteur en scène américain fou – qui était devenu son ami à présent – et chuchota :

"Tu vois ce que je veux dire ?"

Le premier grand amour de ma mère, dit-elle un jour, était Pleasance McNamara, une fille aussi ravissante que le nom qu'elle portait. Il existe une photo d'elles deux marchant dans Dublin, l'œuvre d'un photographe de rue sur O'Connell Bridge. Toutes les deux en vestes en tweed tressé pincées à la taille, ma mère a les cheveux tirés de part et d'autre du visage comme des rideaux, et une paire de bottes improbables qui lui retombent sur les chevilles. Elles sont d'humeur radieuse – Pleasance s'élance légèrement vers l'avant, ma mère est de profil, les yeux levés au ciel, pouffant de plaisir à l'idée de l'objectif braqué sur elle. Elle ressemble, comme elle aurait dit, "à Mary Hick*".

Elles avaient ri toute la journée, racontait-elle. S'esclaffant à tout propos. Une femme avec le chapeau de travers, et elles se tenaient l'une à l'autre pour ne pas s'écrouler de rire. Un dessin apparaissant sur la vitre du bus avec la condensation, le chauffeur lui-même, debout devant vous, attendant sa pièce : cela suffisait à déclencher leur hilarité. Le

* Il s'agirait de la dernière personne condamnée en Angleterre pour sorcellerie au XVIIIe siècle, elle et sa fille étaient notamment accusées d'avoir ôté leurs collants pour faire venir la pluie.

garçon qu'elles avaient rencontré sur Thormanby Road, compter les chevaux blancs – il était apparu après le septième cheval blanc : tordant.

"Accroche-toi à mon bras", disait-elle trente ans plus tard, en m'offrant son coude tandis que nous descendions la rue et j'aimais ce geste simple, il signifiait qu'il y avait de l'aventure dans l'air.

Les filles partageaient un lit dans le cottage des McMaster sur Howth Head, ou bien elles s'installaient sur des chaises face à face avec leurs livres. Lorsqu'elles portaient le regard par la fenêtre, la baie de Dublin s'étendait à leurs pieds : les infinies variations de la mer chaque fois qu'on levait la tête. Un sous-marin affleurait sous la surface, sans doute le rafiot d'un contrebandier voguant en silence au large de Howth. Tandis que la marée apportait la guerre, la baie se remplit peu à peu : un entrelacs de cargos à bétail et de chalutiers de pêche, de voiliers majestueux et de bateaux à vapeur North Wall. Elles laissaient les rideaux ouverts pour voir la ville émerger des ténèbres ; un filet de lumières négligemment jeté en direction des collines.

Une fois par jour, le gros bateau postal quittait Dún Laoghaire, rempli à ras bords d'ouvriers des usines de munitions de Coventry et Leeds. Mac avait un télescope avec lequel on pouvait observer les files noires de gens debout le long des balustrades, certains agitaient la main en disparaissant à l'horizon. En route pour l'Angleterre, même si, à cette époque, on ne prononçait pas ce mot ; on disait juste "partir de l'autre côté".

Et quand la guerre prit fin, il eût été inutile d'essayer de les arrêter. Les deux filles sautèrent à bord du bateau postal et arrivèrent à temps à Londres pour la grande parade de la Victoire. D'après son récit, on aurait presque cru qu'elles avaient débarqué directement dans les rues piétonnes, il y avait des tanks, des cornemuses, des soldats, des chevaux, des feux d'artifice sur la Tamise, et la barge royale voguant au milieu. Les ivrognes se percutaient dans la pénombre, étalaient des couvertures sur les bancs publics pour dormir dans les parcs et un officier canadien l'avait embrassée de force. Elle sentit longtemps sa main dans le creux de son dos, elles ne savaient plus, soudain, quel accent adopter – certaines réflexions leur étaient parvenues par les filles du continent : des remarques ordinaires, pleines de préjugés sur les Irlandais qui s'étaient tenus hors des affaires de la guerre.

À l'automne 1946, les filles s'étaient installées dans un meublé à Notting Hill. C'était une chambre simple, avec un bec de gaz, et les toilettes sur le palier. Il y avait un rideau qu'elles tiraient autour de la cuve où elles se lavaient, et un lit qui craquait de manière spectaculaire, et dans lequel elles dormaient tête-bêche. Elles s'inscrivirent ensemble à des leçons de sténodactylo au cours Pitman. Pleasance, qui avait également fait de la comptabilité, fut prise au guichet du théâtre Aldwych, à temps pour la revue de Noël. Pendant ce temps, Katherine se dégota un poste de réceptionniste pour George (Nobby) Clark, un impresario de théâtre dont la réputation de coureur n'était plus à faire depuis le divorce retentissant d'une comédienne célèbre, accusée en plein procès d'avoir eu des relations sexuelles avec lui dans les chambres qu'il louait sur le Strand.

"Je n'ai jamais rien remarqué, dit ma mère. Même si je dois bien admettre qu'elle passait des heures enfermée avec lui."

Nobby était un petit homme rond et chauve. Elle était installée à une table de travail devant la porte de son bureau, une porte, comme on les imagine, avec une partie en verre bullé épais, et son nom dessus en lettres d'or surlignées de noir.

George Clark
Agent de théâtre

Et elles défilaient. À cette époque, elles portaient toutes des chapeaux, hauts et larges – style Tudor ou chasse –, elles tiraient sur la soie de leurs chemisiers sous leurs poignets en tweed, vérifiaient les mailles de leurs magnifiques bas d'après-guerre, avant d'ouvrir la porte en lançant un "Nobby ! Chéri !" les mains tendues en avant. Parfois, en hiver, elles arboraient un manchon. Vingt minutes plus tard, elles ressortaient.

L'innocence, aimait-elle me dire, est une grande protection.

Non que j'aie eu besoin d'être protégée à ce moment-là. J'étais collée à mes livres.

"Toujours collée à tes livres !" remarquait ma mère en me regardant de l'autre côté de la table de la cuisine, comme si j'avais fait, ou m'apprêtais à faire, quelque chose de mal.

Ce qui était loin de me traverser l'esprit.

Je les empilai près de moi tous les soirs : irlandais, mathématiques, français, histoire, géographie, anglais, biologie. Clairement une affaire d'adhérence, les livres. Par ailleurs, en faisant semblant de ne pas écouter, j'avais toutes les chances d'en entendre davantage, alors je retournais à mes xylème et phloème, stalagmites et stalactites, à la souris grimpant sur la jambe de la ballerine pour faire tomber ses collants.

Je me sentais toujours à l'abri sur la page.

À l'été 1946, Londres était en ruine et les décombres formaient une brume d'herbes pourpres, creusaient des fosses abruptes en pleines rues, où les brouillards automnaux s'engouffraient dans les maisons désertées. Les filles faisaient la queue dans tous les sens. Elles marchandaient dans la rue, cousaient des rideaux pour s'offrir une soirée de rêve au Savoy, parce que la guerre était gagnée et que tout était merveilleux. La ville regorgeait d'hommes. Pleasance portait des bracelets diamantés sur ses gants du soir blancs, tenait son fume-cigarette bien haut. La faim aidait à rester minces.

En janvier 1947, l'eau gela, pas juste dans les tuyaux, mais jusque dans le broc de toilette sur leur table de chevet, dans la citerne, et même dans la cuvette des toilettes. Elle se souvenait de s'être réveillée un matin avec Pleasance, habillées des pieds à la tête toutes les deux, sous un plafond brillant des reflets de la neige, des fleurs de glace écloses sur la vitre intérieure de la fenêtre, et le sentiment d'un manque, non identifié, pas uniquement des bruits de pas ou de voitures qui n'étaient plus là, mais une nouvelle absence.

Pleasance ouvrit ses grands yeux clairs et interrogea : "Que se passe-t-il ?"

C'était le silence de l'eau, qui ne coulait plus.

Les gens s'entassaient dans les théâtres pour se tenir chaud, Mac envoya une oie merveilleusement emballée dans du papier kraft, un timbre sur la croupe, et Fitz rentra à Londres avec une valise pleine de beurre, dont il alloua les recettes à l'achat d'un appartement à Soho, en face de chez Jimmy, sur Frith Street. Apparemment, durant ces mois-là, il était sans doute plus contrebandier que comédien, faisant fréquemment l'aller-retour avec l'Irlande. Il avait une carte de visite qui disait : *vendeur de beaux livres*, couverture qui devint plus délicate à mesure que, le temps se réchauffant, les livres se mirent à suinter un miel doré à travers sa valise et couler sur le sol du ferry. Ma grand-mère, pendant ce temps, s'était reconvertie dans le vaudeville et enfilait ses chaussons à bout rebiquant dans le rôle de la "geisha chinoise" *(sic)* : Choo Chin Chan.

("Quand on y pense, c'est incroyable, remarquait ma mère avec le recul, le nombre de putains que ta grand-mère, cette femme si douce, a joué. Putain après putain après putain. Elle était d'une vertu irréprochable, tu sais, mariée à dix-sept ans.")

Fitz, pendant ce temps, suggéra sa jeune fille à un metteur en scène qu'il connaissait pour le rôle de Talitha dans *The Awoken*, il y avait alors un casting pour une production sur le West End. Du moins était-ce une version de l'histoire ; l'autre voulait que le metteur en scène soit venu assister à un long défilé de jeunes filles pleines d'espoir chez Nobby Clark et qu'il était reparti avec celle qui lui apportait son thé.

"Et elle ?

— Qui, la jeune fille ?

— Quel est votre nom, ma chère ?

— Oh, non", dit-elle.

Qui, moi ?

Il fallut la traîner sur scène. Non, vraiment.

"La scène m'a choisie, tu sais", c'était la façon dont elle aimait présenter les choses, la main sur le cœur – comme si tout ce qu'elle avait toujours voulu, elle, c'était un quatre-pièces à Finchley et un homme au nœud de cravate impeccable. Elle aurait aussi bien pu se retrouver quelque part en banlieue, à préparer des scones. Deux petits blondinets, un tablier vichy et un chien – l'ombre de cette belle vie perdue planait sur tous les succès qui suivirent. C'était un des traits les plus insupportables de ma mère, cette façon qu'elle avait d'insister sur le fait qu'elle aurait pu être heureuse autrement.

La vérité, c'était que, si belle fut-elle, aucun homme de Cambridge n'aurait jamais pris Katherine Odell par la main pour la présenter à sa mère à l'heure du thé. Finchley ne voulut pas d'elle. Et si je semble aussi distante par rapport à ses espoirs, c'est parce que je les haïssais – je haïssais que le talent chez elle vienne ainsi frôler la honte.

"La scène m'a choisie, tu sais."

Peu importe ce qu'elle voulait, ou prétendait vouloir, à dix-neuf ans, la jeune Katherine Odell était parfaitement taillée pour le rôle de Talitha, dans lequel Nobby Clark la propulsa à la fin du printemps 1947. Les répétitions durèrent quatre longues semaines, et la pièce fit sa première au Criterion début juin. Après dix ans d'expérience sur scène, elle faisait enfin ses vrais débuts de comédienne.

Nouvelle pièce de Jack Ashburnham, *The Awoken* parle d'une fille qui se réveille d'un coma et recouvre peu à peu la mémoire, ainsi que sa capacité à marcher et parler. En même temps, elle se rappelle l'identité de l'homme dont les tentatives de séduction l'ont plongée dans les limbes (peut-être moins un coma qu'une longue pâmoison) et cet homme – ainsi que vous l'avez deviné – est resté à son chevet depuis tout ce temps. Le rôle de Talitha comporte si peu de répliques qu'il eût aussi bien pu être muet, et Katherine Odell fut, d'après tous les récits existants, éblouissante en revenante spectrale, ni femme ni enfant, créature errant entre les lignes de ce genre d'histoires, dans ses voiles de coton blanc. "Lumineuse" était un des mots les plus forts. Un critique de renom écrivit : "Je pourrais jurer la main sur le cœur que ses petits pieds ne touchaient pas le sol."

The Awoken se joua à guichets fermés six mois durant dans le West End et sa performance demeura "magique". Sa photo parut dans *Harper's Bazaar* et le magazine *Illustrated.* Orson Welles vint la voir pour un rôle dans un film qui, finalement, ne se ferait pas.

"Je ne demandais rien, il ne tournait rien, disait-elle, mais il est quand même venu pour ne pas me prendre." Welles était assis dans sa loge, une canne au pommeau argenté plantée devant lui alors qu'il n'en avait certainement pas encore besoin à son âge. Son cigare était énorme, son visage large comme un plateau de service. Elle bavarda des choses habituelles, mais c'était une mauvaise idée apparemment puisque ses traits se refermèrent d'un coup, il fit crisser sa canne au sol et disparut. C'était comme regarder son avenir sortir de la pièce, disait-elle. Ce rejet, avec ce qu'il avait de dévastateur et d'étrange, était en fait un signe de la sensation qu'elle créait à ce moment-là. Katherine Odell fut la dernière au courant à Londres : elle était une star.

Cela se produisit en un instant. Peut-être n'y a-t-il pas d'autre moyen. Une star naît, elle ne se fait pas, car les stars ne sont pas des acteurs – certaines, d'ailleurs, sont de très mauvais acteurs, du moins c'est ce que ma mère disait. Quoi qu'une star ait de plus, elle l'a toujours eu, à dix-neuf ans, Katherine Odell en avait à revendre. En coulisses, on la voyait à peine, sur scène, impossible de détacher les yeux d'elle.

Ma mère disait que c'était une question d'immobilité. C'est ce que le poète Stephen Spender lui avait dit quand il était venu la voir et lui faire un baisemain dans sa loge. Il disait qu'elle était si immobile : quand elle jouait une scène d'hiver, il pouvait voir le nuage de sa respiration devant sa jeune bouche. Elle était douée à ce point.

Ou peut-être le devait-elle à la redoutable formation qu'elle avait reçue de Mac :

LAISSE TOMBER LE PLATEAU !!

Effectivement, elle avait conservé cette habitude de tenir ses mains devant elle, jusque tard dans sa carrière. Elle disait que c'était une posture plus dynamique que de garder les bras ballants comme des choux de part et d'autre du corps. Ce qui fit dire à un critique qu'elle avait toujours l'air sur le point de se précipiter vers quelque chose.

Chaque soir, elle était au théâtre à six heures pour une pièce dans laquelle elle prononçait exactement cinq répliques. Elle se chauffait la gorge, s'étirait les traits, travaillait sa diction, *pour qui sont ces serpents qui sifflent sur vos têtes*. Sa routine était toujours la même. Katherine restait calmement assise pendant une demi-heure, puis elle s'approchait du miroir, et, une fois son maquillage achevé, passait en silence une autre demi-heure. Au signal des cinq minutes, elle se levait, sortait de sa loge et allait se placer en coulisses. Elle donnait tout, comme on dit, soir après soir, et dormait ensuite jusqu'à trois heures de l'après-midi. Fitz, qui était désormais installé de façon permanente dans son appartement de Frith Street, s'arrangea avec Nobby sur le contrat pour qu'il y ait de l'argent pour tout le monde, même pour elle.

Cela avait dû être une période bénie. Elle ne parlait pas beaucoup des aspects publics du succès ainsi qu'on se les représente souvent : ovations, flashs, admirateurs à l'entrée des artistes et fleurs blanches embaumant sa loge. Au lieu de cela, elle parlait du sommeil puissant, miraculeux dans lequel ses nouveaux draps en coton importés d'Amérique la plongeaient. Un autre mois de salle comble et c'était un tout nouveau lit, deux autres semaines et il était temps de déménager à Notting Hill dans un hôtel (ainsi qu'elle aimait à le préciser) de Berkeley Square, où le *room service* frappait à la porte en plein milieu d'après-midi pour lui apporter ses œufs brouillés. Ils étaient préparés à la crème et à la ciboulette, elle n'avait jamais rien mangé d'aussi bon, elle les engouffrait littéralement. Plus tard, ils la mentionneraient dans leur menu et baptiseraient même les œufs brouillés : les Œufs O'Dell.

Elle parlait également, avec quelque rancœur, de Pleasance McMaster, devenue durant ces mêmes mois, si difficile à complaire. Pleasance disait qu'elle, Katherine, avait changé, bien qu'elle fût demeurée exactement la même. Peu importe d'ailleurs, elle n'aurait même pas eu le temps de changer. Elle avait à peine le temps de s'acheter les vêtements qu'il lui fallait pour honorer ses nouveaux engagements – où aurait-elle trouvé le temps de changer ?

Quoi que cela eût pu signifier.

Pour ma mère, les gens étaient toujours et essentiellement eux-mêmes. Les femmes, en particulier, demeuraient constantes : à travers l'amour, la tragédie, la joie et le chagrin. Ainsi était-elle incapable de comprendre ce qui clochait chez Pleasance, qui avait juré d'être son amie pour *toujours*.

Un soir, les filles allèrent chez Ivor Novello – un rival de très longue date de Mac. Certains racontaient que c'était à cause de Novello que Mac avait fui en Irlande, d'autres disaient qu'ils étaient restés amis. Peu importe la vérité, Ivor prit les filles sous son aile à leur arrivée à Londres – il s'assura qu'elles rencontrent des gens et s'amusent. Et un soir : "Comment avais-je pu ne pas m'en rendre compte ?" disait ma mère.

"Cette expression sur son visage."

Comme si Pleasance souffrait. Comme une écharde qui fourrageait en elle, une lame de métal ou de verre. Ivor était au piano, tout le monde chantait. Et buvait, énormément. Puis Ivor prit la chaussure de ma mère et proposa un toast à la cantonade. Difficile d'imaginer qu'on puisse boire du champagne dans la chaussure encore chaude de quelqu'un d'autre, mais c'était un geste en vogue à l'époque, que Novello affectionnait particulièrement ou du moins qu'il affectait avec talent. Bien entendu, il fallait auparavant que la fille eût dansé sur une table, ou sur quelque autre promontoire, pour que l'homme pût la lui ôter facilement, personne ne descendait à vos pieds pour ôter vos lacets et vos boucles.

(*Vraiment ?* Je ne dis rien, collée à mes livres, *les souris grimpaient sur les jambes des ballerines et les collants descendaient.*)

Dans ce cas précis, ce n'était pas une table, c'était le couvercle d'un piano à queue, sur lequel il tapait et trillait pour accompagner sa chanson, *Waltz of My Heart*. Ivor tout craché.

Il versa le champagne de très haut, et leva la chaussure – un petit soulier en satin avec un ruban diamanté. Ma mère, assise sur le piano, son pied nu délicatement pointé sur les touches, trônait au milieu d'une troupe dégingandée et ivre qui les acclamait, parmi lesquels Pleasance McMaster, souriant jusqu'à plus soif.

"À Talitha !" lança Ivor. Il porta la chaussure à ses lèvres et fit semblant de boire.

"À Talitha !", reprirent-ils tous en chœur, et Pleasance leva son verre, et ma mère n'oublierait jamais l'expression sur le visage de son amie, comme si quelque chose en elle était étranglé, très lentement.

"À Talitha !"

Comment avais-je pu ne pas m'en rendre compte.

"À Talitha !"

Elles vivaient encore ensemble à Notting Hill et quand elles rentrèrent à la maison Pleasance déclara qu'elle, Katherine, n'avait plus jamais un moment pour elle. Pleasance était un peu mélodramatique. Elle dit que Katherine sortait sans cesse depuis quelque temps. Elles avaient beau revenir tout juste, ensemble, de chez Ivor, où elles étaient ensemble, être en train de se démaquiller, ensemble, Pleasance la regarda dans les yeux et dit : "Je ne te vois plus jamais."

Je suis quoi moi ? Je suis transparente ?

Sur quoi elle avait raison.

Il y avait là quelque chose qui fit frissonner Katherine, la sensation du clair de lune sur sa peau. Elle dut se détourner et vérifier dans le miroir, parce qu'elle ne savait pas ce que Pleasance voyait, son regard était si étrange. Mais dans son reflet, elle ne vit rien d'autre que Katherine – légèrement empourprée par la gloire de cette soirée, mais rien qu'elle-même autrement.

Elles allèrent se coucher, comme d'habitude, tête-bêche, Pleasance se retourna et s'endormit, tandis que ma mère demeurait les yeux grands ouverts à fixer le plafond, plus réveillée que jamais. C'était tellement injuste.

Il s'agissait de son *travail*, disait-elle. Qu'était-elle censée faire, échouer, oublier ses répliques pour que Pleasance puisse compatir, ainsi qu'elle aimait le faire ? "Oh pauvre Katherine. Pauvre chérie. Oh ma pauvre." En vérité elle n'aurait pas refusé un peu de compassion parce qu'Orson Welles n'était pas le seul vieux porc à s'être invité dans sa loge juste pour la reluquer avant de se détourner d'elle. Certains étaient terriblement – vraiment étrangement – grossiers et désagréables. Comme si elle leur avait volé quelque chose. C'était si perturbant, et c'était tordu de la part de Pleasance d'y voir autre chose.

Après cela, plus rien ne fut amusant.

"Bien sûr, il y a eu des tas de bons moments", disait-elle, mais plus avec Pleasance. Plus un rire à bord. Plus de chatouilles secrètes derrière le genou tandis que l'une essayait de mener une conversation sérieuse. Plus de *toujours*.

Quelques années plus tard, Pleasance épousa le comédien Bernard Forbes, qui deviendrait l'un des premiers metteurs en scène du feuilleton télévisuel de Granada, *Coronation Street*. Elle s'était engagée dans la vie que Katherine avait laissée passer : d'abord un petit appartement avec des bébés et l'odeur des langes qui sèchent, puis plus tard, une maison à Purley, dans le Surrey. Elle éleva trois enfants, les envoya à l'université à Nottingham, Durham et Dublin. L'un d'entre eux, ainsi que ma mère me le racontait souvent, est médecin aujourd'hui.

Pleasance est venue à l'enterrement de ma mère. Accompagnée de son mari et de sa fille, celle qui vit à Howth Head, comme ses grands-parents autrefois. Et ce, quoique la maison soit moins belle que celle qu'ils louaient à l'époque – si piètres acteurs fussent-ils pourtant – il y a si longtemps.

Il m'a fallu un moment pour la replacer, cette femme d'un certain âge, sur un des bancs de devant. Pas une comédienne, manifestement. Le genre de femme qu'une comédienne imiterait mais ne serait jamais : les cheveux blond cendré, raides de laque, un beau manteau marron, une paire de vernis noires avec des talons de cinq centimètres. Elle me prit dans ses bras.

"Oh ma pauvre chérie." La voix qui s'échappa d'elle était enfantine et légère. C'était Pleasance, bien sûr que c'était elle.

"Pauvre petite." Elle portait le parfum *White Linen* d'Estée Lauder, et sous son manteau souple, son corps était ferme, rond, ceinturé.

"Je suis navrée."

Je reculais pour la regarder.

"Elle nous a quittés pour un monde meilleur", dis-je, même si je ne me représentais ma mère nulle part ailleurs que dans son cercueil. Les dernières années avaient été si âpres, c'était la manière la plus simple de le tourner – par opposition à, je ne sais pas : "Merci mon Dieu, hein ? Contente que ça soit fini."

Bernard, le mari, demeurait en retrait sous le porche de l'église, l'air affligé, attendant qu'elle en termine. Plus tard, je m'imaginais leur vie – les moments difficiles quand les enfants étaient jeunes, ce trop-plein de sentiments, les années de boisson de Bernard laissées derrière eux, et le faible qu'il avait eu pour une comédienne, pardonné, ou du moins c'était ce qu'il semblait. Il ne voulait plus rien d'autre que Pleasance, il était jaloux du temps qu'elle passait ailleurs. Pas étonnant qu'elle paraisse si radieuse et douce. Elle était venue d'elle-même.

Elle fouilla mon visage de ses yeux bleu passé et c'était l'un de ces regards vagabonds, à la fois précis et immenses.

"Comment vas-tu ?

— Je vais bien, dis-je. Je vais bien.

— Ça ira, ma chérie. Laisse-toi du temps."

La meilleure amie de ma mère.

La loyauté avait empêché leur séparation. Elles continuaient de se promettre l'une à l'autre et au monde entier qu'elles étaient proches, même lorsque tout ce qu'il en restait était une carte de vœux à Noël. Elles se livraient à des interviews croisées sur l'amitié dans les journaux : "Comment nous nous sommes rencontrées." Après quoi ma mère jurait, en balançant le journal à travers la pièce : "Bon sang, ce que cette femme est compliquée. Si. Compliquée." Il n'y avait plus de plaisante Pleasance, elle n'existait plus.

Le jour où j'allai sur le lieu de naissance de ma mère à Herne Hill, j'appelai également Pleasance qui vit toujours dans le Surrey, dans un ensemble d'immeubles supervisés appelé Waddon Ponds. C'est elle qui ouvrit la porte, sans avoir besoin d'une canne. À quatre-vingt-trois ans, Pleasance était encore charmante – peut-être même encore plus –, ce petit quelque chose de déjanté qu'elle avait et qui semblait plus doux encore dans l'égarement de l'âge.

"Oh ma chérie, comment vas-tu ?"

Sa voix de ramier roucoulait de commisération, et il me fallut un moment avant de comprendre qu'elle était plus ou moins délirante. Elle avait très peu de souvenirs, et ce dont elle se souvenait était gluant de sucre. Quoiqu'il passât de temps en temps quelque chose dans ce regard.

"Elle avait des tuyaux magnifiques. Mon père appelait cela des tuyaux, et les siens étaient très ouverts, très vrais, elle restait allongée des heures, la tête dans un livre. Nous savions qu'un homme pouvait avaler un poisson rouge et lui faire remonter son gosier encore frétillant, elle pensait beaucoup à lui, comment il réussissait à ouvrir ce, comment ça s'appelle déjà ? Le clapet pour avaler, comment on fait pour l'ouvrir complètement. Elle ouvrait sa bouche et il était là. Le scénario parfait. Aussi simple que d'appuyer sur les touches d'un piano. Pas le poisson, bien sûr. Il pouvait avaler toutes sortes de choses. Des clés. Des lames de rasoir. C'était un spectacle épouvantable. Il jouait au Blackpool, au Grimsby, des endroits de ce genre. Pauvre petit, je pense qu'il avait appris dans une institution, tu sais."

Je restai aussi longtemps que je pouvais pour lui tenir compagnie jusqu'à l'heure de mon vol. Je pensais aux années qui s'étaient écoulées depuis la mort de ma mère – combien elles auraient pu être banales : toutes de ragots, de rendez-vous chez le coiffeur, de bavardages au téléphone. De petits-enfants. Elle n'a jamais vu ses petits-enfants.

Je sortis la photo que je garde toujours sur moi de mes deux enfants, Pamela et Max, son doigt caressa leurs deux visages, tapotant la surface de la photographie de son vieil ongle.

"Oh oui. Oh c'est charmant."

Je lui dis au revoir en la priant de ne pas se lever de sa chaise, mais elle se redressa quand même, et s'agrippa légèrement à la manche de mon manteau pour se stabiliser. Elle m'adressa ce regard doux et inquisiteur, puis : “Prends soin de toi.

— Toi aussi.” Je lui rendis un regard tendre et elle frissonna, prit une profonde inspiration – rouvrant une blessure lointaine, ancienne, qui disparut avant qu'elle ait eu le temps de la voir.

“Tu as ses yeux, dit-elle.

— Oui.

— Je suppose que les gens te le disent tout le temps.”

En mai 1948, Katherine Odell jouait *The Awoken* sur la scène de Broadway. Elle embarqua à bord du *Queen Mary* à Southampton et son apparition derrière le bastingage fut capturée sur la pellicule des Pathé News.

On lui avait réservé une chambre au Waldorf Astoria pour les six semaines que devaient durer les représentations, elles se transformèrent en vingt-trois. Au début, elle fut livrée à elle-même dans la ville, mais quand la pièce fut prolongée, les choses changèrent. On donna des dîners. Nobby conclut un accord avec une agence américaine et une série de mondaines new-yorkaises la prirent sous leur aile lors de dîners spectaculaires et autres visites de galeries, emplettes matinales et cafés l'après-midi.

Au début, ces femmes riches la déstabilisèrent : ces Fanny, Lindsay et Jill, leurs caprices, leurs lubies, leurs revirements constants. Elles lui faisaient des confidences sur leurs vies, auxquelles elle ne savait pas comment réagir. Elles passaient en un instant de la mélancolie au dédain. Comme si les riches ne croyaient pas à l'existence des problèmes, du moins, pas les problèmes durables ; comme si elles trouvaient que les problèmes, qui étaient autrefois le pain quotidien de Pleasance, étaient un peu rasoir.

Et au fond, découvrit Katherine un jour – et son cœur s'en trouva considérablement allégé –, ce n'était pas une si mauvaise manière de procéder.

Ainsi cela devint vite une chose merveilleuse d'évoluer parmi ces femmes opaques, qui se la repassaient comme un nouveau fétiche. Elles la guidèrent dans tout New York et la présentèrent à "tout le monde", qui que ce soit : médecins célèbres, fleuristes célèbres, un danseur dont le frère avait remporté le prix Nobel de chimie, Clifford Odets, qui l'ignora, une femme dont le père possédait un journal, un artiste qui lui murmura à l'oreille la chose la plus salace qu'elle avait jamais entendue – et qu'elle emporterait avec elle dans la tombe, inutile d'essayer de lui extorquer cette confidence, c'était peine perdue.

Durant toute une matinée, elle alla de Saks à Barneys, et les factures – chaque fois que Fanny ou Lindsay faisait un signe de la main, il se passait quelque chose, de sorte que ma mère avait presque l'impression que c'était gratuit – étaient envoyées directement à son agence et déduites de son cachet, c'était assez d'argent pour acheter une maison en Irlande, le dollar était si fort à l'époque, elle n'avait aucune idée de ce qui venait de se produire ou de comment empêcher que cela se reproduise. Elle était si bouleversée qu'elle tremblait, mais son agent se contenta de la prendre par les épaules en disant : "Tu ne te rends donc pas du tout compte de ce qui t'attend, n'est-ce pas ?" Cet homme était le célèbre Eddie Malk du bureau de William Morris sur la côte ouest. Il était connu pour être épris de Ruth Roman et était à l'époque au beau milieu d'un divorce spectaculaire, qui ne semblait pas l'occuper outre mesure. Eddie Malk connaissait tout le monde. Il avait une vision.

Ils allèrent au Sardi le soir de la première et restèrent debout en attendant les critiques qui étaient moyennement bonnes. Dans celle du *Tribune*, il y avait une faute de frappe – une apostrophe supplémentaire au nom de Katherine, qui la transformait en O'Dell, ce qui l'amusa.

"J'aime assez", dit-elle à Eddie, en se drapant dans un châle imaginaire, la tête lancée en arrière pour s'écrier : "Je l'ai perdu, c'est sûr. J'ai perdu le seul playboy du monde occidental." Le lendemain, il était dans sa chambre d'hôtel, à fouiller dans sa garde-robe, à faire glisser les cintres, jetant les tenues sur une chaise ou l'autre. Ma mère, l'édredon remonté jusque sous le menton, le regardait, assise depuis son lit.

"À partir de maintenant, dit-il, tu portes la couleur que tu veux, tant que c'est du vert." Il voulait dire sur une palette allant de tilleul à émeraude, en passant par toutes les nuances. Le coiffeur de l'hôtel arriva, pencha délicatement la tête de ma mère dans le lavabo et deux heures plus tard c'était une rousse flamboyante.

"Auburn", déclara Eddie.

Katherine se regarda dans le miroir et vit une rouquine, le sujet de moqueries préféré des filles de l'école au Connemara, à faire sangloter n'importe qui. Plutôt mourir que d'être rousse. Elle ne savait pas bien pourquoi. Cela avait à voir avec le fait de vivre dans le caniveau, et avec l'inceste aussi, c'était plus que juste sale, c'était ignoble, et elle avait beau trouver que c'était assorti à la pâleur de sa peau, elle pleura à chaudes larmes.

"Auburn", répéta Eddie, puis il lui servit le grand discours sur l'Amérique.

"Tu es en Amérique maintenant. Tu peux être tout ce que tu veux."

Et lorsqu'elle dit que ce n'était pas ce qu'elle voulait être, il reprit : "Tu peux être ce qui te manque le plus. Qu'est-ce qui te manque le plus ?"

Le Connemara lui manquait plus que tout. Les petites villes lui manquaient, la vue depuis la passerelle par-dessus le marais et les ajoncs, la femme de Sligo qui avait envoyé un mot pour les mettre en garde : "Le temps est affreux, pour l'amour de Dieu, soyez prudents."

"L'Irlande", répondit-elle.

Elle jouait huit fois par semaine, et à présent il y avait aussi du travail l'après-midi : Eddie l'entraînait à parler dans un micro, un homme s'occupait de ses pieds ; une femme lui épila les sourcils en un trait fin.

Impossible de se souvenir de l'endroit où on l'emmena quand le spectacle fut retiré de l'affiche.

"J'aurais dû tenir un journal."

Il y eut du poulet à la Kiev au Russian Tea Rooms, et une pièce comme une grotte dorée derrière un bar de la 43e Rue, tenu par un homme dont elle pensait qu'il appartenait à la mafia jusqu'à ce qu'elle le recroise en aube derrière l'autel de la cathédrale Saint-Patrick, elle était sûre qu'il s'agissait de la même personne. Un soir, un autre homme fit envoyer une bouteille de champagne, et Eddie l'encouragea : "Vas-y, tu peux la boire si tu veux", après quoi elle ne fit plus jamais plus que tremper ses lèvres dans le moindre verre. Elle avait vingt ans. Elle éprouvait un sentiment nouveau auprès d'Eddie, qui lui remuait les tripes, ils se comprenaient. Ce n'était pas romantique bien qu'elle fût en mesure de voir que ç'aurait pu l'être aussi. S'il avait fallu mettre un mot sur ce sentiment, elle l'aurait appelé ambition.

Eddie l'envoya à une audition qui s'avéra en fait être une partie de cartes dans une arrière-salle.

"Sois gentille, lança-t-il, suivi de : Pas trop gentille !"

Un de ces jours-là, alors qu'elle marchait sur la Cinquième Avenue avec ses nouveaux cheveux, son nouveau corset, ses nouveaux talons, quelque chose se produisit chez les passants qui la croisaient. Leurs têtes se tournèrent. Elle était comme un galet lâché dans un plan d'eau. Et elle y plongeait, avec délice, ravie de pouvoir désormais avancer cachée, à la vue de tous.

(Car ils ne la connaissaient pas du tout, et c'était bien le plus drôle.)

Puis ce fut le mois d'août et tout le monde quitta la ville. Eddie disparut, et revint avec une empreinte pâle là où il portait autrefois une alliance. Elle alla faire du bateau avec des étudiants sur le lac de Central Park, un jeune homme affublé d'un numéro à la fin de son patronyme, quelque chose comme George Meredith IIIe du nom. Les arbres revêtaient des nuances infinies de rouille et doré, et il y avait un érable sur la rive qui était de la même couleur que ses cheveux. Elle tapota du bout des doigts la surface des eaux ternes de la ville, et se trouva aussi seule qu'une femme peut l'être à New York.

Il devint plus difficile de redescendre de l'ivresse du spectacle, maintenant qu'il était fini depuis un moment. L'hôtel, prenant acte de son habitude de déambuler dans les couloirs la nuit, dépêcha un groom pour lui tenir compagnie discrètement, et ce garçon se postait devant l'ascenseur avec un cendrier en cristal à la main. Elle fumait les Chesterfield les unes derrière les autres, tirait dessus dans d'immenses et crépitantes inhalations. Elle adorait fumer seule. De même que boire ou manger, c'était une chose qu'une femme du monde ne faisait pas en public à moins de vouloir être considérée comme commune – ainsi que l'étaient, découvrait-elle, beaucoup des femmes qui traînaient à Broadway. "C'était moins glamour qu'on ne le croirait", racontait-elle. On pouvait se promener tranquillement tant qu'on était au bras d'un homme, avec une voiture pas loin, mais les choses s'envenimaient facilement. Il suffisait d'aller se repoudrer le nez et au retour l'atmosphère avait changé, il était temps de rentrer.

Elle était censée être accompagnée par celui avec qui elle partageait l'affiche, Philip Greenfield, qui jouait le rôle du jeune héros médecin dans *The Awoken*. Mais quoique Philip fût une galante compagnie, il avait manifestement d'autres penchants. Elle n'était pas sûre de ce qu'il aimait, en revanche elle était assez sûre qu'il en était passionné. Philip était si aisément distrait, peut-être les prostituées, crut-elle, quelque chose d'affreusement obscur et dangereux. Ou bien prenait-il des pilules. Il lui fallut un moment avant de comprendre que c'étaient les hommes qui l'intéressaient – à l'âge de vingt ans, elle ignorait encore qu'une chose pareille fût possible. Bien entendu, elle *savait*, mais elle ne croyait pas que cela pouvait arriver à un bel homme, et Philip était très beau. Philip était un enchantement. Ils passaient des moments de rêve. Philip disait : "C'est dans les yeux tout ça", juste avant qu'ils entrent dans une pièce. C'était un très bon danseur, il vous faisait déambuler dans une soirée, contourner les invités jusqu'à la porte et sortir comme si vous aviez valsé. On les photographiait souvent en train de rire ensemble, mais quand le taxi la déposait au Waldorf Astoria, il sortait pour la saluer puis remontait en voiture et disparaissait.

Elle attira le groom discret jusque dans la rue un soir, après la pluie, il lui suffit d'un sourire. Ils remontèrent ensemble jusqu'à l'East River, une autre fois vers Central Park. Elle recherchait toujours les lisières, repoussait les limites. Une nuit, ils atteignirent Battery Park, les vagues étaient hautes et déchaînées sous la lune. L'eau allait jusqu'en Irlande, dit-elle.

Elle avait beau être jeune, le groom l'était encore plus, il rougissait sous ses yeux bleus. Il venait de Fermanagh. Il était protestant, lui dit-il. Et ajouta qu'il n'avait jamais parlé à une fille catholique avant de la rencontrer. Il dit qu'elle était très gentille et cela semblait le surprendre. C'était une annonce formelle, comme s'il s'exprimait au nom de tous les protestants, du monde entier. Et lorsqu'elle rit en lui disant qu'elle était sûre qu'il parlait à des catholiques tout le temps ici, dans cette grande ville, il répondit : "Je voulais dire de chez nous."

Il s'appelait James Nixon et il avait un adorable accent du Nord. Arpenter ces rues avec lui donnait le sentiment de se balader sur une petite route de campagne. Les silhouettes dans les allées sombres, les cris, les heurts dans des rues lointaines, passaient au filtre du son de sa voix comme par un buisson d'aubépine, transformant les odeurs de la ville en reine-des-prés. Il emportait un parapluie de l'hôtel pour la protéger, mais lorsqu'elle se promenait avec Jim Nixon, elle se fichait bien de la pluie.

Le soir où ils restèrent à contempler la mer, avec la statue de la Liberté là-bas dans la nuit, James Nixon lui raconta que sa sœur avait attrapé la scarlatine pendant la traversée et avait été placée en quarantaine, séparée d'eux. À sa mort, elle avait été enterrée de nuit. Ils l'avaient fait glisser de la planche sur laquelle elle était posée. C'est l'histoire qu'il lui raconta tandis qu'ils contemplaient l'eau qui s'étendait sous la lune, jusque chez eux.

Une partie d'elle se demandait s'il ne l'avait pas inventée – c'était si opportun. Et elle se sentait tellement coupable de se poser cette question. Si elle était vraie, l'histoire était trop affreuse.

Puis, sans raison, il disparut. Le soir suivant, un autre groom dans le même uniforme lui tint la porte en disant : "Voulez-vous que je vous appelle un taxi, miss Odell ?" Mais elle ne voulait pas de taxi. Elle marcha dans la nuit de la ville sur trois pâtés de maisons avant de rentrer se mettre à l'abri dans sa chambre.

Durant la semaine qui suivit, un peu plus peut-être, elle eut envie de demander ce qui était arrivé à James Nixon, mais elle sentit qu'elle n'en avait pas le droit. Elle envisagea de lui faire passer un mot par le concierge – mais aurait-ce été, en un sens, non diplomatique ? Elle ne le revit jamais.

Elle dormait toute la matinée, tous les matins. Un des rares après-midi où elle se trouva désœuvrée, elle alla chez Saks essayer de dénicher un petit quelque chose pour Pleasance dont elle se languissait, malgré le peu de lettres qu'elle recevait d'elle et leur brièveté. Elle caressa les cachemires et les soies, bien trop extravagants pour Pleasance, mais les choses plus communes ne lui plaisaient plus, à elle, Katherine. Ses goûts avaient changé, et apparemment il n'y avait pas de retour en arrière possible – ce voyage était une rue à sens unique. Elle ressortit sans rien, envoya une longue lettre, ou bien écrivit une longue lettre qu'elle n'envoya pas, ou juste se sentit désespérée.

En octobre, le temps se gâta sérieusement, et elle serait sans doute rentrée à la maison si elle avait su comment procéder. Plus tard, s'interrogeant sur cette période, elle devait conclure qu'elle ignorait comment se sentir autrement que bien. Chaque soir, elle se retrouvait face aux projecteurs, tel était son destin, et cependant ce destin n'était qu'une infinie répétition. Les mêmes répliques, dans le même spectacle, soir après soir après soir, jusqu'à ce que la ville elle-même devienne irréelle.

Alors qu'elle se sentait prisonnière d'une sorte de boucle infinie, la machinerie de son existence continuait de progresser sans elle. En septembre, son agent, Eddie Malk, dénicha l'opportunité qu'il appelait de ses vœux. Il réussit à convaincre les producteurs de le suivre pour un nouveau spectacle aux accents délicieusement irlandais, et à l'automne, Katherine entrait en répétition pour ce qui s'avérerait être le rôle de sa vie.

La première de *A Prayer Before Morning*, de Sheldon Cox, eut lieu en novembre 1948 à l'Adelphi sur la 54e Rue. Aujourd'hui mieux connu sous le titre de son adaptation au cinéma, *Mulligan's Holy War**, ce serait le grand succès qui finirait par la conduire à Hollywood et à une gloire durable.

L'action se déroule durant le débarquement des Alliés en France, Katherine O'Dell (et sa nouvelle

* Les titres et la pièce sont des inventions de l'auteur, il n'en existe donc ni adaptation ni traduction. La signification des titres est : *Une prière avant l'aube* et *La Guerre sainte de Mulligan*.

ponctuation) campe une courageuse nonne infirmière irlandaise dénommée sœur Mary Felicitas, qui œuvre dans un hôpital de campagne en Normandie, au chevet des blessés derrière les lignes. L'unité de fortune où elle officie est abritée par les ruines d'une vieille église partiellement détruite par les bombardements. Dans le décor original, la lueur de la lune éclaire la scène à travers un vitrail, sous lequel se trouvent une rangée de lits et un petit confessionnal sur le côté. Les avions survolent en permanence les lieux, on entend également de constantes détonations de fusil. Parfois ce sont des notes d'harmonica, un soldat blessé du Mississippi joue un blues, ou bien les marmonnements d'un garçon devenu aveugle, il s'appelle Jimmy, il rêve qu'il peut voir.

Sœur Mary, fougueuse jeune fille de l'Irlande de l'Ouest, se dispute avec un capitaine américano-irlandais du nom de Mulligan lorsqu'il vient chercher un soldat ennemi suspecté de crimes de guerre nazis. L'homme est retrouvé parmi ses patients, couvert de bandages et à peine conscient, et la nonne proteste en arguant du fait qu'il n'est pas assez vaillant pour affronter un tribunal. Le capitaine insiste, elle résiste, et au bout de quelques jours d'âpres discussions, ils tombent amoureux. C'est Mulligan qui meurt à la fin ; abattu par le nazi simulateur après une interminable et terrible soirée, dont les amoureux ont passé une partie à prier. Cette inversion – le sacrifice de l'amour de l'homme plutôt que de celui de la femme – était inattendue et fit de sœur Mary Felicitas la sensation du moment. Le premier baiser des amoureux, qui est aussi leur dernier, a de quoi faire rougir un évêque. Le capitaine Mulligan tombe des lèvres de sœur Mary pour mourir sur ses genoux, alors qu'elle est assise sur les débris des marches qui mènent à l'autel. Son corps sans vie est tordu, dégingandé, et cette Pietà maladroite semble dire quelque chose de nouveau, de juste, sur la mort, la foi et la guerre.

"Il m'est enlevé à présent, dit-elle. Il emporte avec lui la lune et le levant. Il emporte avec lui ce qui est derrière moi et ce qui est devant, ma peur est grande qu'il n'emporte aussi mon Dieu avec lui*."

Bien sûr il n'a pas emporté son Dieu ; le GI joueur de blues souffle alors les premières mesures d'*Amazing Grace* et deux brancardiers viennent chercher le corps. Tandis qu'elle se redresse, le visage de sœur Mary est illuminé par les éclats de lueur de la rosace. C'est l'aurore. Le garçon aveugle hurle, à l'agonie : "Le soleil, le soleil" et sœur Mary Felicitas revient à son chevet, s'écriant : "Oui, Jimmy, oh oui, Jimmy, tu le vois, tu vois le soleil !"

Noir.

Le public new-yorkais pleurait, bondissait sur ses pieds, criait son admiration, acclamait. Ils faisaient pleuvoir – littéralement – des torrents de fleurs et toutes sortes d'objets sur scène. Un homme au premier rang tira un mouchoir en soie de sa poche de gilet et le lança, il flotta dans l'air si haut, qu'elle pensa qu'il lui avait lancé un oiseau vivant. Tout cela était un peu inquiétant, dit-elle.

* Référence librement traduite à quelques vers d'un poème en gaélique du XVIIIe siècle, *Donal Og*, traduit en anglais et popularisé par Lady Augusta Gregory, dramaturge irlandaise qui fonda notamment l'Abbey Theatre avec Yeats. *You have taken what is before me and what is behind me; / You have taken the moon, you have taken the sun from me; / And my fear is great that you have taken God from me!*

Aux rappels, elle saluait longuement, l'air invariablement bouleversé – avec ces yeux qui s'écarquillaient comme si elle découvrait qu'il y avait un public depuis le début – *Dieu du ciel !* Cela commence par un léger tressaillement. Il y a un tel vacarme, elle flotte, entre deux eaux, revenant à elle, constatant que, pour une raison inconnue, elle est habillée en nonne.

Ça alors, quelle surprise, *Oh vous voilà*, elle tend une main vers la foule. Et, *Mais oui ! Je suis là moi aussi*, la main revient se poser sur sa poitrine. Cela semble artificiel, mais je pense que c'était bien réel. Il me semble qu'il y avait un interstice entre jouer la nonne et jouer la comédienne, durant lequel ma mère était elle-même. Dans cet intervalle entre deux extrémités, elle était perdue – elle n'existait pas, ou presque – puis elle se retrouvait, ou bien le public la rendait à elle-même.

Une telle gratitude. De sa part. De leur part.

Ce n'est que moi. Qui m'incline. Recule. Et m'avance à nouveau pour m'incliner encore. *Je ne pourrais pas le faire sans vous, vous avez été merveilleux. Oui, moi aussi je vous aime.*

Retirant son voile.

C'était épuisant, nous le savions tous. Cela la vidait entièrement, entrer ainsi dans la peau d'un personnage, puis être ce personnage, et enfin, dans la douleur, sortir de ce personnage. Le voyage était si long jusqu'au monde réel. Personne ne savait pour quelle raison c'était si fatigant, à quelle alchimie cela correspondait, mais c'était la différence entre une vraie performance et se contenter de reproduire des mouvements, c'était la différence entre perdre le public et le tenir au creux de sa main.

Lorsque le spectacle commença en novembre, elle louait un appartement sur Washington Square, et bien que j'espère qu'elle avait un amoureux alors, il est également possible qu'elle ait été l'innocente jeune fille que les clichés publicitaires vantaient encore à son propos. Elle n'avait que vingt et un ans. Elle travaillait constamment. Katherine O'Dell était taillée pour le labeur, de cela elle était convaincue. Mais elle n'était qu'une enfant – quelle était son expression, déjà ? "C'était extra", disait-elle, et puis avec une légère nuance américaine dans la voix : "Le dernier cri."

Elle continuait d'apparaître ici et là dans les journaux au bras de Philip Greenfield et l'année suivante, ils devaient, sur l'impulsion du studio, se marier à Los Angeles. Ils vécurent ensemble comme un couple, durant dix-huit mois grisants, d'abord sur les collines d'Hollywood, puis sur San Remo Drive à Brentwood, où ils habitaient une grande maison avec deux domestiques autrichiennes et une piscine. Pendant cette période, de nombreuses séances photos furent organisées, illustrant le genre de vie qui inspirerait à ma mère d'éternels regrets – des soirées privées, des pique-niques, des rencontres avec des enfants. Mais la carrière de Philip sur la côte ouest ne décolla jamais et il ne fallut pas longtemps pour que des rumeurs circulent sur les disputes qui avaient lieu une fois les portes closes.

Le mari de ma mère, Philip Greenfield, s'était lui aussi inventé un destin. Les cheveux noirs, charmant, il était né à Willesden et sorti diplômé de la Slade School of Art de Londres. Lorsqu'ils avaient emménagé à San Remo, il avait transformé le *pool house* en atelier de sculpture, il s'y adonnait aussi à d'autres types de distraction les après-midis chauds. Je le soupçonne d'avoir appris à ma mère à boire, même s'il est probable qu'elle aurait fini par apprendre toute seule. Il prenait également des somnifères et du Quaalude, une habitude que, plus tard dans sa vie, elle échouerait à maîtriser. Mais je n'accuse pas Philip de lui avoir volé son sommeil non plus (elle ne cessa jamais d'accuser Pleasance à qui "il suffisait de s'enrouler dans les draps pour s'endormir" comme si elle s'emmitouflait, en écharpe dans la sérénité de ma mère).

Le mariage semblait une bonne idée. Avec Philip, ils avaient vécu des moments merveilleux à Los Angeles, du moins quelques merveilleux week-ends. Et quand il y avait une pause dans le tournage de *Mulligan* (ou sur le prochain film, le suprêmement oublié *Wings Over the Valley*), elle pouvait aussi bien prendre sa voiture et aller le retrouver pour un bain dans la piscine et dîner dans la maison d'un nouvel ami. Ils buvaient des alcools forts, et un peu de champagne. Martinis au déjeuner, martinis avant le dîner, whisky tard dans la nuit et une vodka pour se remettre d'aplomb le matin. En cas de gueule de bois, jusqu'à la fin de ses jours, elle ne jurait que par la recette de Bloody Mary de Philip avec du paprika et un œuf. Elle insistait pour la faire ingurgiter aux gens, en l'appelant "le Bloody Mary de mon mari", longtemps après la mort de Philip, qui n'avait jamais eu de mari que le nom.

D'après les ragots des magazines, elle découvrit peu à peu qu'il avait des amants et en conçut un sentiment de trahison, mais ce n'est pas ce qu'elle m'a dit. Ivre ou sobre, sentimentale ou en confidence, jamais elle ne sous-entendit devant moi que ses préférences sexuelles aient été un problème pour elle.

Pas d'amertume. Si le nom de Philip arrivait dans la conversation, elle s'interrompait et pensait à lui comme à un chagrin irrémédiable.

"Oh oui, Philip", disait-elle, ou même "Pauvre Philip", et quand les rumeurs sur sa sexualité furent publiquement confirmées (opération qui prit des décennies), elle se contenta de dire que Philip était merveilleux, qu'ils avaient été tellement heureux durant une période et qu'elle l'aimerait toujours pour ce qu'il était. Elle était à l'égard de sa réputation d'une loyauté à toute épreuve.

Ils étaient membres d'une troupe. Ils faisaient le même métier, qui consistait à sauver les apparences, non pas pour eux-mêmes mais pour le spectateur qui payait sa place, parce qu'on ne laisse pas tomber son public. Ma mère tenait en très haute considération les rêves du public présent dans la salle, des gens, ainsi qu'elle le soulignait, souvent très modestes. Malheureusement avec le temps, Philip devint moins bon dans ce domaine. En janvier 1951, on le ramassa, confus et en sang, sur la plage de Santa Monica. Quelques semaines plus tard, il eut un accident de voiture un peu avant l'aube sur Hollywood Boulevard. Le studio réussit à étouffer l'affaire, mais la presse dénicha une infraction pour conduite en état d'ébriété en mars. Ma mère engagea une procédure de divorce en mai, après une année difficile, et Greenfield déménagea, laissant derrière lui ses sculptures (une série de disques métalliques colorés sur des tiges noires bien droites) éparpillées autour de la propriété. Philip alla vivre à Monterey. Il mourut d'une chute dans sa cuisine en 1961, j'avais neuf ans.

Mais à la grande époque, il était encore la coqueluche du tout New York. Il endossa le rôle d'un soldat cockney dans Mulligan, pour tenir compagnie à Katherine durant leur long passage à Broadway : trois cent cinquante-huit épuisantes représentations. Ils se parlaient au téléphone tous les jours ou bien prenaient un cours d'art dramatique ensemble l'après-midi. Au sixième des dix mois que la pièce passa à l'affiche, son père Fitz – qui n'avait jamais pris un seul cours d'art dramatique de toute sa vie – traversa l'Atlantique et s'attarda un peu trop longtemps à New York. Sa mère, qui avait sans doute des problèmes de santé cette année-là, resta à la maison.

Katherine O'Dell avait vingt ans quand le studio la maria à son meilleur ami. Cela se produisit si rapidement après qu'elle eut signé le contrat que je me demande même pourquoi ce n'était pas inscrit dans les clauses particulières, en plus de sa couleur de cheveux, de son poids et de la longueur de ses ongles. (Il y avait aussi une clause de moralité, ce qui est assez drôle étant donné la réalité de ce qui se passait à New York ces années-là.) Le studio était propriétaire de son image, dans la mesure où une telle chose est légalement possible. Cela signifiait que la vie privée de Katherine O'Dell serait assujettie aux consignes et à la surveillance du département des relations publiques, ses choix personnels supervisés et vendus à la presse comme du contenu.

"Katherine, mon Irlandaise."

"La recette maison de *soda bread* de Katherine O'Dell."

"Qu'est-il arrivé au Grand, au Ténébreux Prince Charmant ? Katherine O'Dell trouve que les hommes mystérieux se font de plus en plus rares."

"Katherine, sur le point d'épouser son bel Anglais."

Son mariage était bel et bien un conte de fées. Elle portait une robe toute simple en mousseline de soie blanche avec un petit col Claudine. Philip jouait l'Anglais en jaquette, et bien que les photos en noir et blanc de l'époque échouent à en rendre la nuance exacte, il arborait à sa boutonnière une rose couleur lilas.

Leur bonheur paraissait inaltérable.

(Comment un comédien dit-il "Oui", là, au premier rang, face à l'assemblée réunie ? C'était une chose qui m'inquiétait beaucoup quand j'étais enfant – comment un comédien fait-il pour être *vraiment* sincère ?) Mais elle avait beau jouer des rôles à l'eau de rose, ma mère n'était pas une femme romantique. Enfin, ce n'était pas le genre à s'illusionner. Je ne pense pas qu'elle ait jamais voulu ou essayé d'avoir une relation sexuelle avec Philip Greenfield.

J'ai commis l'erreur de raconter toute la vérité à quelqu'un une fois, j'ai pris le risque. À Melanie pour tout dire, mon amie de l'école. Je lui ai expliqué que le mariage de ma mère était une union de façade, pour la galerie, elle était abasourdie.

"Qu'est-ce que tu veux dire ?"

Je ne crois pas que notre relation ait survécu à ma confidence. À quinze ans, Melanie ne savait pas vraiment ce qu'était un homosexuel, ou bien comment il s'y prenait pour prendre du plaisir, et soudain j'étais mortifiée. Profondément honteuse que ma mère ait épousé un homme qu'elle aimait, mais pas dans le sens où on l'entend.

Elle était ambitieuse, me dis-je plus tard. Et sans protection.

Et puis, pourquoi pas ?

Mais bien sûr la raison pour laquelle elle avait épousé Philip, c'était parce que le studio le lui avait demandé. Cela faisait partie du travail, et pour rien au monde, Katherine O'Dell n'aurait envisagé de refuser. Personne n'aurait refusé. On ne tournait pas les talons devant la célébrité, ç'aurait été comme de se détourner face à son destin, c'est-à-dire face à son inéluctable avenir. Le vrai soi, enfin révélé.

Mr et Mrs Greenfield vivaient dans un bungalow à l'espagnole à Beachwood Canyon, où l'on venait chercher Katherine à sept heures chaque matin sur le parking. Elle assistait à des cours d'art dramatique, durant lesquels elle s'ennuyait copieusement, comparés à ceux qu'elle avait pris à New York, ils étaient complètement dépassés (LAISSE TOMBER LE PLATEAU !!). On lui apprit aussi à répondre aux questions des journalistes. Et à danser le fox-trot, à s'évanouir, à tenir le bras bien tendu tout en agitant la main quand le script indiquait "signe de la main". On lui ordonna de ne pas s'exposer au soleil, pour, juste après, lui donner en plein soleil des cours de natation, de tennis, de tir à l'arc et d'équitation. Les petits cheveux autour de ses oreilles étaient violemment tirés en arrière afin d'"ouvrir" ses traits. On lui scotcha le visage sur les côtés pour lui apprendre à réagir de manière lisse et imperturbable, elle apprit à pleurer sans grimacer tandis qu'on lui soufflait du menthol dans les yeux.

Mulligan's Holy War fut tourné à l'automne 1950 et sortit dans tout le pays pour le Nouvel An. Dans ce film, Katherine O'Dell apparaît pour la première fois comme l'actrice qu'elle devait devenir. On a du mal à l'imaginer autrement aujourd'hui, mais ce n'était pas gagné d'avance pourtant. Avant de tenter leur chance avec Mulligan, le studio l'avait fait tourner dans un thriller intitulé *The Spiral*. Je regarde la bande et lui imagine d'autres futurs, des destins pas aussi irlandais au fond.

The Spiral est un thriller inoffensif, qui se passe dans les collines scintillantes de Los Angeles. Katherine y joue la sœur suspecte d'une femme assassinée, elle fume avec les doigts qui tremblent et garde le silence.

"Votre sœur voyait-elle quelqu'un ?"

Le privé se penche vers elle pour lui allumer sa cigarette. Elle lève les yeux et lorsqu'elle ouvre la bouche, une femme inconnue en jaillit soudain.

"Je ne suis pas sûre de bien vous comprendre."

Chaque fois que je vois ce film, j'ai envie de glapir en la montrant du doigt. On dirait que ma mère est possédée – ou du moins doublée. Elle parle avec cet accent marqué par les cours d'élocution que prenaient les comédiens de l'époque ; transatlantique, pensé pour passer pour aristocratique et cristallin à en devenir transparent.

"Je voudrais pouvoir vous aider, détective, je voudrais vraiment."

Cette voix n'a pas de nationalité, pas d'émotion non plus, quoique les mots semblent taillés en pointe par une forme de mépris. Quelle autre attitude après tout pour une belle femme, que le mépris ?

"Ma sœur n'était pas une femme heureuse, détective, je crois que vous l'avez deviné à présent."

Il y a quelque chose d'autre dans cette première performance fixée sur la pellicule, quelque chose qui attire les contraires dans cette voix dédaigneuse. La sœur parvient à sembler impure, elle s'affaisse sur son siège dans son petit tailleur en laine, elle porte les mains à son visage, à son cou, ses cheveux roux évoquent davantage le trottoir que l'Irlande, les bordels que les marais. Ce côté légèrement dégradé est la preuve d'une réelle intimité entre l'actrice et l'objectif – comme si elle savait d'avance, d'un plan à l'autre, comment son visage capterait la lumière. Ma mère travaillait avec la caméra. Elle savait suspendre le spectateur à son jeu, elle contrôlait le cadre, et ce genre de savoir-faire n'était pas, de notoriété publique, quelque chose que l'on pouvait enseigner ou apprendre. Elle l'emportait à chaque scène.

L'homme derrière la caméra était le grand Laslo Molnár, arrivé en Amérique depuis la Hongrie en 1938. Nombreux étaient les émigrés européens parmi tous les gens qu'ils rencontrèrent, Philip et elle, au cours de cette première année, et les conversations dans leurs dîners, ainsi qu'elle se les rappelait, tournaient aussi bien autour de la montée du fascisme que de Mickey Mouse. Pas grand-chose autour du féminisme, si l'on en juge par la sexualité vaguement souillée de *The Spiral.* Mais on voit aisément comment Philip et elle se fondaient dans ce décor.

Après ce premier et modeste succès, elle continua à se préparer pour son rôle dans *Mulligan*, essayages de costumes et maquillages, cours de danse classique et placement de la voix. Elle n'avait pas le droit de se mouiller les cheveux, et dormait avec des gants en coton enduits d'huile pour préserver ses blanches mains de suppliante. Le premier jour de tournage, elle avait jeté aux orties tout ce pénible labeur.

"J'ai tout jeté aux orties !" aimait-elle proclamer.

Sœur Mary Felicitas transcende ses habits de nonne, transcende le cadre même, elle crève l'écran. Elle est irrépressible. Sa voix chante, sa beauté insouciante déjoue tous les artifices. Katherine campe une vierge irlandaise éminemment convaincante, à la fois espiègle et pure. Sans le moindre doute, ce qu'il y avait dans son regard – que Kael nomma "l'étincelle sous les voiles" – sublima le film, bien plus que son script mièvre.

C'était une performance éminemment physique – Hollywood a toujours aimé faire courir les nonnes – et elle filait dans tous les sens en faisant voleter ses épais jupons. Mais ce qui est vraiment réjouissant, c'est l'accent, cette indomptable douceur du Connemara qui irradie de sœur Felicitas dans les ténèbres déchirées par la guerre, du Nord de la France.

Après que ma mère eut quitté le cinéma, cette couleur irlandaise se fit plus poétique, plus maîtrisée. Avec le temps, cela devint une sorte de discours national, de berceuse patriotique. Sa voix rompue à la scène était excellemment posée et très belle ; délibérément, presque volontairement mélodieuse, avec des consonances à la fois douces et graciles ; elle procédait par retards, par suspensions et chaque mot, chaque phrase tendait vers un effet débridé ou ironique. Tout ceci se produisait à contre-temps, de sorte que, malgré le style maniéré, vous succombiez. "Une surprise permanente, dirent les critiques. Un ravissement." Elle était, ainsi qu'elle le disait elle-même, un peu aguicheuse.

De même que Mary Felicitas, pour son époque. Une séductrice totale.

"Oh, je suis épouvantable ! s'exclame-t-elle, courant, l'air affairé, après un canari échappé de sa cage. Oh, ça suffit, je suis si empotée."

À sa demande (ou celle de son agent, Eddie), on fit venir le même directeur de la photographie que pour *The Spiral*, Laslo Molnár, et de nouveau, immanquablement, elle marqua la pellicule de son empreinte, prit la lumière, se vit à travers l'œilleton de la caméra, donna, à chaque prise, une nouvelle et utile variation par rapport à la précédente. Elle connaissait même son texte sur le bout des doigts.

Leurs rapports étaient si harmonieux que j'ai cru pendant quelques années que Laslo était mon père, malgré les dates qui ne collaient pas. En 1951, il était rentré travailler en Europe, et bien qu'il passât les années suivantes à faire des allées et venues, avec la montée du maccarthysme, il se sentait de moins en moins bien accueilli en Amérique et il finit par s'établir en Italie, où je suis d'ailleurs allée le rencontrer quand j'avais trente-cinq ans.

C'était pendant l'été suivant la vente de la maison de Dartmouth Square. Ma mère était morte depuis plus d'un an, et nous étions toujours dans notre grand appartement miteux à côté de l'église de Pepper Canister, d'où nous nous évertuions à détricoter les nœuds de ses dettes. Je pensais qu'avoir un bébé donnerait un sens à mon existence, nous en étions donc à ce passage délié, où le sexe est un acte tendu vers le futur, et ce but fixé devant nous nous avait volé une partie de notre plaisir, il me semble. J'eus du retard une ou deux fois, mais sans transformer l'essai, et je croyais secrètement que je ne pouvais pas avoir d'enfant. Je n'arrivais pas à fixer mon désir. Si je pouvais désirer les bonnes choses, pensais-je, au bon moment, alors mon corps se plierait à ma volonté lui aussi.

Je me réveillai un matin de printemps avec un besoin urgent de découvrir mon ADN avant de continuer à tenter de le transmettre. C'était le chaînon manquant. La corde à laquelle il fallait que j'arrime mon bébé pour l'arracher à l'univers et l'implanter dans mon corps. J'avais besoin de découvrir qui j'"étais".

Ou bien cherchais-je une permission – c'est aussi à cela que servent les pères.

Laslo vivait à Gênes sur la Via al Capo di Santa Chiara, une rue en colline surplombant la mer. Le chauffeur de taxi haussa les sourcils en entendant l'adresse et me déposa devant une vaste demeure aux étroites fenêtres en plein cintre, probablement Renaissance, très ancienne en tout cas.

Molnár ouvrit la porte lui-même et me guida dans le hall d'entrée où il me fallut un moment pour m'accommoder à la pénombre. Il était mince, sans être frêle, sa présence, dans le grand âge, était à peine physique.

Malgré le temps écoulé depuis sa mort, plus d'un an, il me présenta ses condoléances, là, dans le hall. Laslo avait des yeux noirs qui ne ressemblaient en rien aux miens, des mains intelligentes qui embrassèrent mes mains avides. J'avais deviné, à l'aisance avec laquelle il m'avait conviée, que sa relation avec Katherine n'était pas compliquée. La certitude s'échoua comme un caillou dans mon sang : cet homme n'était pas mon père. Il me prit le coude et m'attira dans un salon, avant de disparaître brièvement pour aller nous préparer du thé.

La pièce était sombre et fraîche. La ligne d'horizon découpait trois petites fenêtres lumineuses en deux, mer bleue, ciel bleu. Au-dessus de ma tête se trouvait un plafond à caissons sombre, et au sol des carreaux marron sang dessinaient un motif à chevrons. J'avais oublié ce que c'était de vivre dans une belle maison. Il y avait des photographies aux murs que j'avais envie de regarder, et des meubles qui semblaient souffrir qu'on s'y asseye encore ; beaucoup de vieux brocart rosi par les ans.

Il revint en traînant les pieds et posa un plateau sur un buffet noir massif, dont le bois était profondément incrusté de têtes de Méduse en médaillons. Molnár portait une veste à double boutonnière en pied-de-poule d'été, une cravate couleur rouille. Son cou, émergeant de sa mise impeccable, était filandreux et brun, son visage strié de rides profondes, mais ses yeux doux et très noirs. Il paraissait intimement satisfait de son environnement visuel : tout ce sur quoi il posait les yeux se trouvait conforté et sublimé par son regard. Je voulais qu'il me voie et, lorsqu'il le fit, j'en éprouvai de la gratitude, comme si j'avais été – magnifiquement – comprise.

Après les amabilités de rigueur, je n'eus aucune difficulté à lui poser la question.

"Je cherche mon père, dis-je. Je me demande si vous le connaissiez."

Il scruta mon visage de sorte que je fus transpercée en long et en large, du front au menton et dans l'autre sens. Il secoua la tête.

"Je voudrais pouvoir vous aider.

— Non ?"

Il se détourna, aux prises avec un souvenir, puis il décrivit un arc de cercle d'une main impuissante, comme pour dire : "Qu'est-ce qu'on y peut ?" Une sorte de vérité globale. Plus tard je me rappellerais ce geste avec un profond sentiment d'injustice, mais sur le moment c'était compréhensible. C'est vrai, qu'est-ce qu'on y peut ? Des enfants sont conçus. Il n'y a pas d'autre moyen de venir au monde, nous le savons bien.

"Est-ce que c'est si important ?"

Je rougis, je ne sais pas pourquoi. Peut-être parce qu'il avait deviné cette vérité contre nature – qu'avoir une mère était presque suffisant pour moi.

"Cela dépend des jours."

Votre mère était merveilleuse, dit-il. Il parla d'elle un moment, du mélange qu'il y avait chez elle d'instinct et d'intelligence, mais son esprit voguait vers d'autres sujets. Ce n'était pas une ville facile, dit-il.

"Comme vous savez.

— Oui."

Cela avait sans doute été compliqué pour elle à une époque. Ce devait être Eddie Malk, son agent new-yorkais, qui la protégeait encore quand j'étais arrivée dans sa vie. Elle était divorcée. Philip était un ivrogne. Tout ce que le studio avait proposé, c'était un avortement, ils avaient même insisté, cela n'avait rien d'inhabituel, même si c'était encore illégal. Elle était seule. En conflit pour son prochain grand film, *My Name Is Legion*, qui avait déjà commencé de se tourner sans elle. Le script était affreux, le rôle : celui d'une dominatrice sexuelle étrangement pathétique, un mélange de Marlène Dietrich dans *Blue Angel* et de Blanche DuBois, totalement contradictoire avec son charme d'innocente irlandais. Le metteur en scène, Theodor von Braun, était aux prises avec son addiction à l'opium, et le rôle – probablement trop pervers pour qui que ce soit, d'ailleurs – devait rebondir d'actrice en actrice jusqu'à ce que le projet finisse par atterrir sur une étagère quelconque pour indécence. C'était le genre de films pour lesquels les gens se demandent, après coup, comment diable on a pu même les envisager sérieusement.

C'est durant le chaos de *My Name Is Legion* qu'elle quitta la maison de Palisades et prit un vol pour New

York, où elle sembla s'évanouir dans la nature. Laslo, revenu en ville en coup de vent, l'appela pour lui donner un livre, et trouva sa maison qui continuait de tourner sans elle : les domestiques autrichiennes en uniforme, le chien endormi sur le canapé dans le salon ouvert, la piscine immobile et transparente.

Elle était partie. Et ce n'était pas en soi particulièrement remarquable. Les gens voyageaient. Les femmes avaient le droit de s'en aller, et de revenir en ayant changé de tête. Ce n'était pas nécessairement une mauvaise chose pour un visage, mais non, non, rien de tout ça n'était juste, et c'était tellement compliqué. Sans doute était-elle allée chez Eddie, à New York, Eddie se fichait du qu'en-dira-t-on. Il possédait le genre d'insouciance qui permet de gérer ce genre de sujets. Eddie était très humain.

Quant au père : ce n'était définitivement pas von Braun ; il était impuissant, c'est un fait avéré. Malheureusement ce n'était pas Philip. Pas Eddie Malk non plus, c'était géographiquement impossible. Et par ailleurs, Eddie aurait adoré avoir une fille. Non, définitivement pas Eddie. À part ça, il ne savait rien.

“Ce genre de choses arrive.

— Vous croyez ?

— Certaines choses ne sont pas regrettables. Tout ce qui s'est passé à l'époque n'était pas regrettable.”

Soudain, j'eus l'impression qu'il mentait.

“Vraiment ?

— Vous en êtes la preuve.”

Molnár me sourit, cet homme qui n'était pas mon père me sourit. Et il eût fait un père fantastique.

J'éprouvai en cet instant une honte puissante de moi-même. C'était le même sentiment qu'à l'époque, quand j'entendais ma mère geindre dans sa chambre, à Dartmouth Square, ou dans la cuisine, quand elle décrochait le téléphone du mur, qu'elle agitait un journal ou un autre en l'air, le déchirait en mille morceaux ou le fourrait dans la poubelle. Qu'est-ce qui n'allait pas chez ma mère ? Moi. C'était moi qui n'allais pas. J'étais plus qu'indésirable. J'étais un désastre. Je me sentais profondément rejetée et minable. Le visage de Laslo se froissa en voyant dans quel état je me trouvais, mais il ne détourna pas les yeux.

La conversation se poursuivit jusqu'à l'heure du dîner, et tandis que nous parlions, je revenais lentement à moi. La mer, cette pièce, le regard attentif de Laslo, tout ceci était une sorte de compensation. Au cours de cet après-midi, je commençai à trouver ma vie moins injuste.

À un moment, découpée dans un mur recouvert de papier peint ancien, une porte s'ouvrit et une femme apparut. Une jeune femme, une blonde italienne, les cheveux délavés par le soleil. Elle était pieds nus, avec un bébé dans les bras, et sa ravissante jupe à fleurs, sans doute achetée trois francs six sous, lui donnait un petit air champêtre. Une véritable apparition, avançant dans la pénombre la lumière dans le dos. Je remarquai sa nudité à travers la blouse en voile de coton boutonnée sur sa peau – comme si nous étions encore dans les années 1960 (nous n'étions pas dans les années 1960). Elle pencha la tête pour cajoler l'enfant, nu lui aussi, d'après ce que je pouvais en voir mais je ne suis sûre de rien. Je la vis en tout cas caresser les muscles moelleux d'un petit dos de velours, tandis qu'elle traversait la pièce vers une porte symétrique à la première, tout en jetant un sourire discret à Laslo. Un sourire en coin. Elle ne me manifesta aucune attention bien qu'elle n'eût pas pu ignorer ma présence. La petite-fille hippie, l'idiote du village, peut-être. Mais si belle, si radieuse dans la lumière des petites fenêtres, l'ombre brune de ses tétons frôlant le coton de sa blouse. C'était suffisant pour la dévisager, ce que nous fîmes. Laslo couva son passage d'une sorte d'indulgence jusqu'à ce qu'elle se retire, refermant la porte à son propre rythme.

Il se retourna, avec un sourire d'excuse pour cette magnifique intrusion, et je ressentis ce vide que l'on éprouve de s'être crue un instant intéressante aux yeux d'un homme et d'être soudain détrompée. Il ne me déteste pas, mais les femmes qu'il met dans son lit, c'est tout autre chose. Et cette faiblesse qui est la sienne vis-à-vis de femmes qui sont, par bien d'autres aspects, moins intéressantes que moi paraît vaguement grossière. Constitue un regret.

Et cependant, bien que ce vieil homme m'ait déjà rejetée deux fois – d'abord comme fille, puis comme maîtresse –, la scène m'émut de tant de manières. Des années plus tard, je me languissais encore de cette pièce, de cette mer, de cette Madone. Elle était une forme poétique, ai-je compris ; l'image mouvante de ce que ce vieil homme ne cessait de perdre, de ce qu'il ne pourrait jamais posséder. Le mieux qu'il pouvait faire était de la garder, elle, quelque temps. Pour cela, il endurerait ses petites cruautés, son mécontentement. Il se montrerait indulgent.

L'enfant au dos de velours devait devenir un mannequin de défilés, qu'on retrouvait aussi dans les magazines people parfois. Il mourut d'une overdose d'héroïne à l'âge de vingt-quatre ans, en lisant la nouvelle de sa mort, je me rendis compte que je n'avais plus pensé à Laslo Molnár depuis très longtemps. Je me rendis compte également que la jeune femme blonde n'était ni un poème ni une Madone, mais une vraie femme – pas des plus sympathiques – et que Laslo Molnár, ce père que j'aurais voulu mien, était une belle ordure.

C'est drôle comme on change.

Régulièrement j'envisageais de partir en voyage à Los Angeles, pour pouvoir me retrouver dans les bouchons, assise dans ma voiture et imaginer ma mère là-bas, peut-être même sauter dans un des bus qui font le tour des maisons de stars. Je pourrais contempler les palmiers sur Roxbury Drive, les immenses ficus sur Rodeo Drive, aller sur le parking, brasser de l'air cent fois filmé, imprimé sur la pellicule, coupé au montage et distribué à des milliers d'exemplaires. Dynamité, puis diffusé sous d'autres latitudes, dans un autre air, lointain. Transformé en argent, en pertes aussi. Je suis censée rêver de ce rêve sans cesse rabâché, comme on boit l'eau du robinet : en sachant que chaque verre d'eau est déjà passé au filtre de cinq paires de reins avant d'arriver aux miens, et qu'elle est encore vraiment bonne.

J'ai appelé une des compagnies de bus, ne me demandez pas quand, et j'ai prononcé le nom de ma mère. La femme à l'autre bout du fil est allée vérifier les maisons de Beachwood Canyon, celles de San Remo Drive, et m'a répondu qu'elle n'était pas sur leur liste. J'ai dit que c'était à deux maisons de celle de Thomas Mann, et elle m'a dit que lui non plus n'était pas sur leur liste, avant de me redemander de lui épeler les deux noms.

La version officielle, si tant est qu'il y en ait une, a toujours été que j'étais la fille de Philip Greenfield. En privé, ma mère n'encouragea jamais une idée qu'elle savait ne pas pouvoir survivre à l'examen des faits. Le père qu'elle me décrivit ressemblait en partie à Philip, pour son extraordinaire bonne éducation, mais en réalité, ce n'était pas Philip. Il s'appelait Don.

Elle disait toujours qu'il était charmant, qu'à sa manière il était un artiste, quelqu'un qui avait une sensibilité et un jugement rare. Il était mort dans un accident de voiture près de Big Sur au printemps, ce genre de choses stupides arrive, et puis dans la foulée, elle avait découvert qu'elle était enceinte de moi. Telle était la première version, qui perdura des années. Mon père était un homme svelte, impatient, qui jouait au tennis en pantalon blanc large, avait une machine à écrire Underwood, fumait la pipe dans un bureau posé sur le terrain – l'un de ces bungalows d'écrivain peints dans un rose de soleil couchant. Le jour de sa mort, l'océan était d'un bleu profond. Avant qu'elle s'enrubanne dans un virage en épingle à cheveux, il avait décapoté sa voiture. Parfois quand je pensais à cet accident, il y avait une femme sur le siège passager à côté de lui. Le rôle de cette femme était uniquement de crier en voyant arriver le camion en face et tenter en vain de le repousser de ses mains levées en l'air. On apercevait ensuite, de beaucoup plus loin, la voiture rebondissant sur les rochers, tandis qu'un foulard en soie s'envolait haut dans le ciel. La scène tournait en boucle dans ma tête. Sa mort fournissait une échappatoire silencieuse à des explications compliquées. Elle le minimisait, il n'était plus qu'un impact de balle dans le ciel.

Mon père était drôle, de cela j'étais sûre. J'avais en permanence à l'esprit l'idée de sa galanterie, de son lustre tranquille, de sa gentillesse – c'était l'autre mot sur lequel Katherine insistait, mon père était "gentil". Cela me donnait un sentiment de grande importance d'avoir un père à la fois mort et gentil. Il devait être si jeune. Les jours d'été, je ressentais sa jeunesse plus fortement encore. Elle se déposait sur les silences pour mieux planer sur les années à venir, quand, durant mon adolescence, j'étais admirative ou éprise d'un homme aux yeux bruns. Mon père était un amant, un danseur, il portait des ducks de tennis (peu importe ce que c'était) et nageait tous les jours. Et cependant c'était étonnamment dur de préserver son image. Il fallait fournir beaucoup d'efforts pour conserver cette *bonne* image de mon papa mort.

D'autres versions s'insinuaient dans mon cerveau, dont nombre tout droit sorties de films elles aussi. Il se retrouvait, quelques secondes durant, dans la peau du bel homme qui n'est pas ce dont il a l'air. Un tueur de sang-froid, un sadique, un violeur, un ivrogne hargneux, un aristocrate persifleur ; il était à la fois tous les méchants, et l'homme bon que je désirais et que j'adorais. Et dans tout ce cinéma intérieur, mon père mort n'était jamais nu, ni sur l'écran ni dans ma tête. Jamais. Il était vaguement chiffonné, mais sublime, rarement moins. Il buvait – mais uniquement du whisky – et ne mangeait jamais, à part, parfois, de tristes noisettes de comptoir.

Je devais avoir dans les douze ans, je pense, quand j'ai commencé à interroger ma mère sur ce type qui était passé par-dessus la falaise à Big Sur (quelle falaise ? et quand ?).

"Cela n'aurait jamais dû arriver", disait-elle.

Ou bien, avec un soupir : "Ah. Oui. Cela n'aurait jamais dû arriver."

Et disant cela, elle ne parlait pas de cette mort malcommode. Elle parlait de leur amour, un amour impossible. Impossible, non parce qu'ils étaient mal accordés (elle était trop frivole, il était trop austère, elle était une star, il était un modeste mécano dans la grande machine à rêves du cinéma) mais parce qu'il était *déjà pris*. C'était une liaison. Mon père, ou disons "l'homme", avait déjà une femme.

Cela n'aurait jamais dû arriver.

Elle devait avoir une emprise terrible sur lui, cette femme. Elle devait être handicapée, ou bien alcoolique, lui faire du chantage émotionnel ou bien du vrai chantage avec des courriers anonymes aux lettres découpées dans des journaux et des magazines. Elle était cruelle avec son chien. Et elle était riche, bien entendu. La voiture, avec ses ailerons et ses finitions chromées, lui appartenait, et ils étaient en train de se disputer – probablement au sujet de ma mère dont il était désespérément amoureux. C'était elle, l'épouse, qui avait empoigné le volant, et c'était son foulard de soie qui était monté en flèche tandis que la voiture rebondissait et dégringolait de la falaise.

Après quoi, elle claudiqua en dehors de la carcasse et s'effondra sur la pente rocailleuse, quelques mètres plus haut, tandis qu'il se vidait de son sang.

Et que la radio de la voiture continuait de chanter.

Cela n'aurait jamais dû arriver.

Une partie de moi avait adoré tuer mon père déjà mort, car cela avait aussi tué le soupçon que j'entretenais qu'il ne fût pas vraiment mort mais en train de se la couler douce quelque part, loin de nous. Qu'il détestait ma mère d'être tombée enceinte, et qu'il me détestait moi d'avoir été cette grossesse. Qu'il me détestait d'exister car mon existence avait gâché leur amour. Le mieux que je parvenais à m'inventer certains jours, quand je n'arrivais pas à tuer mon père correctement par-dessus la falaise de Big Sur (sa tête valdinguait contre le volant, sa joue inconsciente restait collée au klaxon), c'était un père, quelle que soit son identité, serein et ignorant.

Dont les versions successives passaient comme des navires dans la nuit.

Mon père serein et ignorant était le pilote de ligne qui allume les interrupteurs sur le tableau de bord dans le cockpit, il diminue la puissance des réacteurs, jette un œil aux nuages que traverse son avion, ignorant, en toute sérénité, que le sourire sur son visage est reproduit à l'identique sur le mien, tandis que je fais changer les freins de ma bicyclette dans une ville lointaine. Mon père résout une équation sur une nappe en papier, lance : "Appelez-moi la tour de contrôle, ça va exploser !", ignorant, en toute sérénité, le geste théâtral que je fais à la fin de mon devoir de maths, quand *x* est définitivement et correctement multiplié par *y*. Mon insouciant et parfait père tire le papier de sa machine à écrire. Je tire le papier de la machine à écrire. Il le froisse en une boule, le jette dans la corbeille. Je le jette dans la corbeille, il rate son coup, je rate, ce n'est rien.

Je pris l'habitude de m'observer dans les gestes de la vie quotidienne : la façon dont je sautillais pour rentrer un côté après l'autre de mon pantalon, mon impatience à faire mes lacets, mon incapacité à fermer une porte – un vrai mystère ! –, toutes ces choses étaient en réalité les échos secrets d'un homme qui ignorait, en toute sérénité, mon existence. Quelle joyeuse surprise ce serait, le jour où nous mettrions nos chaussures ou prendrions l'avion ensemble. Sauf s'il n'en avait aucune envie. Sauf s'il savait déjà tout de moi et avait quand même fichu le camp.

C'était trop douloureux à envisager – il fallait que je le tue de nouveau. Parfois je le tuais six fois par jour.

Quand j'appris comment on faisait les bébés, biologiquement, je me mis à placer le mot "père" entre guillemets, car ce n'était plus une personne réelle ou une personne en particulier, c'était juste une excuse. Un élément nécessaire. Nous pouvions bien, ma mère et moi, nous débarrasser de lui après nous en être servis. Usagé. Vidé. Disparu.

Comme des navires qui passaient dans la nuit.

Une chose que je n'ai jamais comprise – ces navires nocturnes ne se rencontraient jamais. Jamais un navire ne venait raser le ventre d'un autre, il n'y avait pas de connexion – comment pourrait-il y en avoir une ? Il faisait trop sombre pour un phare. Peut-être s'ils s'étaient servis d'un de ces gros projecteurs tremblants pour m'envoyer un message codé, mais cela aurait juste évoqué une passion mélancolique. Les navires qui passaient dans la nuit demeuraient des navires, éternellement, dans mon esprit d'enfant. Pléthore de spermatozoïdes (beurk) et puis moi.

Un jour, l'homme, dans toutes ses versions, avait disparu. Je ne l'avais même pas vu partir. J'avais quatorze ans, j'étais obsédée par les garçons, mon "père" était devenu un non-sujet. Je ne sais pas comment font les gens avec leurs enfants – je n'ai jamais réussi avec les miens – pour placer telle ou telle idée au-delà de toute discussion au point qu'elle en arrive à disparaître.

Je dépensais toutes mes forces adolescentes à fuir ma mère ou à revenir vers elle, et il y avait, entre nous, assez d'amour et de problèmes pour nous occuper, sans aucun besoin d'un "père" pour nous distraire ou intervenir entre nous. Nous nous portions très bien sans lui. Ou, plus justement, sans aucun d'entre eux : l'homme bon, l'homme méchant, l'amant, le monstre, le vampire, le chevalier à l'armure étincelante, les nombreux et différents hommes que l'absence de mon père avait engendrés.

Mais elle demeura en moi, cette certitude murmurée dans l'enfance qu'il était charmant, glamour, un peu irréel. Et les garçons dont je tombais amoureuse étaient eux aussi charmants – légèrement trop charmants, pour certains, trop bien élevés, ou trop pleins d'esprit ; deux d'entre eux étaient trop beaux, et tous, finalement, étaient fous de ma mère.

(Parfois, leurs mères aussi étaient folles de ma mère, et c'était particulièrement irritant.

"Tu as ses yeux. On t'a déjà dit que tu avais ses yeux ?

— Oh merci.")

L'été où j'ai quitté l'école, j'eus, se suivant de très près, deux petits amis gays tous deux nommés Michael. Le premier était Michael Farrelly : très espiègle, un humour féroce, il devait devenir un célèbre avocat affublé d'une blonde et parfaite épouse, avant de basculer, à la cinquantaine, vers un personnage de mari étonnamment banal. Le second, Michael Hone, me donna l'impression en l'embrassant, que je pourrais tomber de la table sur laquelle j'étais perchée, tant le bout de sa langue aérienne était habile et équilibré. Michael Hone, qui m'embrassa jusqu'à ce que je ne sache plus distinguer le haut du bas, déménagea en Amérique à la vingtaine, je perdis le contact avec lui : je ne trouve aucune trace de lui sur internet.

En 1970, durant le long été intercalé entre l'école et la fac, j'allai au cinéma et mangeai des banana splits avec un Michael puis l'autre, et ils passèrent tous deux beaucoup de temps à parler de Katherine O'Dell, dont, semblaient-ils induire, l'heure de gloire était révolue. Michael Farrelly basculait la tête en arrière en disant : "Il m'est enlevé à présent", citant *Mulligan's Holy War*, dans une imitation si précise et si insultante que je me retrouvais suffoquée. Une fois lancé, il ne pouvait plus s'arrêter, et je ne pouvais m'empêcher de l'écouter et de lui demander d'arrêter. Nous nous amusions tellement, je m'inquiétais, s'il la rencontrait un jour, qu'il l'imitât devant elle. Et puis il la rencontra.

"Oh. Bonjour, dit-elle, errant dans le salon un après-midi alors que je la croyais sortie.

— Je te présente Michael, dis-je.

— Enchantée, Michael, tout va bien ?" lui demanda-t-elle.

Et il perdit ses moyens.

"Oh. Mieux que jamais", répondit-il, un peu essoufflé, perdu dans ses soupirs. Ma mère resta un moment interdite, puis elle lui adressa un sourire malin, ténu.

"Bien, dans ce cas, je vous laisse à vos affaires", dit-elle, avant de se hâter de ressortir, laissant Michael Farrelly dépourvu.

"Tu t'attendais à quoi ?" dis-je.

Notre séparation eut lieu peu de temps après. Je lui dis que la frontière entre admiration et malice était si fine chez certaines personnes que c'en devenait presque la même chose.

Je croyais que je ferais mieux avec Michael Hone jusqu'au jour où je l'emmenai à Dartmouth Square et le découvris, en me retournant, le visage enfoui à la dérobée dans une de ses écharpes.

Peut-être avais-je fini par aimer ce pouvoir. J'étais libre de l'offrir ou de la refuser aux autres à ma guise. L'épisode d'anthologie du baiser équilibriste au bord de la table de la salle à manger se produisit un soir après une aventure durant laquelle j'avais fini par accepter d'ouvrir la porte de sa chambre à Michael Hone et de le laisser y pénétrer.

Même en l'absence de ma mère, Kitty était très scrupuleuse par rapport à cette chambre, la plus belle de la maison, avec ses deux fenêtres surplombant le parc, encadrées de lourds rideaux. Il y avait une coiffeuse avec un éventail de miroirs inclinés de manière à accrocher la lumière. À mes yeux, c'était le summum de l'élégance, manifestement aux yeux de Michael Hone également, qui effleurait le papier peint sombre, comme s'il tentait d'en mesurer le motif floral. Le tapis était gris souris, d'un moelleux tel que l'aspirateur y laissait des tranchées dignes de celles d'une tondeuse dans le gazon ; argenté dans un sens, violet dans l'autre. L'édredon jeté sur son lit était d'un pourpre profond et riche. Elle avait plus d'oreillers que les Irlandais n'en avaient pour dormir à l'époque, certains étaient d'un violet profond et satiné. Une paire d'armoires du même bois clair que la coiffeuse se trouvait dans les deux alcôves qui encadraient la cheminée blanche.

Michael se tourna vers moi et dit : "C'est tellement ravissant.

— Oui", répondis-je.

Quand j'étais petite, j'aimais entrer dans cette chambre avant que Kitty ne s'en occupe, quand les affaires de Katherine étaient encore éparpillées sur le tapis, les couvercles posés à côté de leurs pots, les tubes de crème sur la coiffeuse et son livre, chaud encore, ouvert sur le lit. Sur le chevet se trouvait une lampe qui diffusait une lueur lilas ainsi qu'une photo de moi dans un cadre argenté. Elle avait été prise quand j'avais six ans, c'était une photo de studio en noir et blanc d'une petite fille en robe vichy avec ce regard à l'intensité infinie qu'ont les enfants. Quand ma mère voyageait, cette photo disparaissait de son chevet – elle la glissait dans sa valise – et je ressentais son absence de manière puissante. Puis elle réapparaissait, ou bien je réapparaissais sur la coiffeuse, et cela signifiait qu'elle était rentrée.

De temps à autre, le matin, pour une raison quelconque, la photo se retrouvait face contre terre sur la petite table, alors je la réinstallais en reformant le triangle qui soutenait le cadre. C'était une chose que j'aimais faire. Le pied était tenu par une petite ficelle, et tout ce qui se trouvait du côté invisible du cadre était camouflé sous une couche de velours gris doux.

Bien sûr elle avait des amants. Une partie de moi savait que c'était la raison pour laquelle je me retrouvais face contre terre sur la table de chevet. C'était juste difficile d'imaginer qui ces amants pouvaient bien être. Elle avait tellement d'amis, sans parler des médecins, thérapeutes, coachs vocaux, et même brièvement pendant ses séjours londoniens, un gourou. Une dénommée Heidi lui rendait visite pour lui administrer massages et exercices physiques ; elle portait un manteau blanc et paraissait, d'après moi, assez virile. J'avais neuf ou dix ans à l'époque et chaque fois qu'elle se retournait ("Chaque fois que je me retourne", disait-elle) j'étais là.

J'étais très silencieuse. Un marchand de vins s'attarda tout un après-midi, la pressant de goûter telle année ou telle autre. Niall Duggan, conférencier et critique, s'asseyait et discutait tandis que le contenu du bar s'évaporait, et puis ce prêtre docile, le père Des, qui prétendait que le jeu d'actrice de ma mère avait le pouvoir de donner foi en Dieu aux spectateurs. Un jour, un type particulièrement obséquieux demanda si par hasard nous aurions une serviette à lui fournir. En fait c'était un podologue. Quand je déboulai dans le salon, il avait un genou posé à terre et tenait le pied nu de ma mère dans sa main.

"Elle pose sa cigarette sur le bord extérieur de l'assiette, apparemment."

Je crois qu'il parlait de la princesse Margaret.

"Vraiment", commenta ma mère en se baissant pour ôter sa deuxième chaussure.

Je les détestais tous. Sournoisement.

Je marmonnais dans mon coin. Chaque fois qu'elle se retournait pour vérifier, j'étais toujours dans les parages, à laisser des traces poisseuses sur les carreaux, des suçons sur mes propres bras, semant la plus insignifiante, la plus inoffensive des destructions.

"Que fais-tu Norah ?

— Rien."

Je ne sais pas si elle était vraiment occupée, au sens romantique du terme, ou si j'étais juste infiniment suspicieuse. Son comptable, décidai-je, était totalement amoureux d'elle. Un homme effacé, d'un tact extrême, il se voyait comme le chevalier à l'armure étincelante la sauvant de folies et de mésaventures financières. Il venait deux fois par an, étalait les papiers sur la table de la salle à manger. Je percevais ses murmures apaisants à travers le bois de la porte, sa voix à elle, par contraste, sans défense, bougonne, complètement à nu.

Son prêtre chouchou venait tous les jeudis après-midi, et ils péroraient pendant des heures. Le père Des était aussi beau qu'une poupée de cire, c'était un jeune jésuite qui lisait tout et allait au théâtre chaque semaine. Il était infiniment utile de l'avoir dans son entourage. Le père Des acceptait de marier des gens que les autres prêtres rejetaient pour de quelconques raisons canoniques, et il y en avait de nombreuses. L'une des parties pouvait être protestante, non baptisée, divorcée à l'étranger, en ménage dans le péché et refusant de s'en repentir. Pour les gens de théâtre, c'était un cauchemar, pour les filles en particulier, tomber amoureuse, c'était une chose, mais sans mariage, elles se retrouvaient coincées avec un homme bien trop intéressant pour ne pas être convoité par d'autres. Le père Des pouvait vous arranger cela. Il avait accès à une chapelle – un petit bâtiment gothique près d'un vieux couvent dominicain sur la côte nord. Il dispensait des confessions de salon, informelles, ses sermons d'enterrement étaient discrets et brefs. Il pouvait aussi, parfois clandestinement, donner le baptême à un enfant conçu dans l'embarras.

Il n'avait donc rien du prêtre lambda, mais il était quand même prêtre, ainsi qu'il aimait à le rappeler aux gens avec un bon sourire. Le père Des avait un air doucereux qui ne m'inspirait pas confiance, car trop universellement dispensé. J'avais l'impression, en sa présence, d'être un pot de fleurs. Quand il était dans une pièce, tout y était absolument charmant, et cependant personne ne passait un bon moment.

Avec lui, elle parlait à voix basse et mélodieuse ; elle posait des questions sérieuses, prêtait attention à ses réponses et gardait ses propres opinions, souvent scandaleuses, pour elle-même. Je n'étais pas sûre de cette version de Katherine O'Dell – la femme aux gants blancs d'été, toujours en quête d'absolution pour quelque inoffensif et délicat péché. C'était son personnage de Charmante Pénitente – elle calquait ses traits sur ceux de Grace Kelly, bien sûr – et le péché en question était difficile à identifier. Sans doute était-ce celui de provoquer le désir des hommes.

Ma mère était catholique, comme son père, Fitz, avant elle. Elle ne l'était pas au sens classique, n'assistait pas à la messe et ne récitait pas ses rosaires, autrement dit elle était une mauvaise catholique, à l'époque où être catholique se résumait à se montrer à la messe et ânonner en chœur. Katherine réussissait l'exploit d'être à la fois bohème et croyante. Nous ne passions jamais devant une église sans entrer allumer un cierge – pour Jeanne d'Arc à Notre-Dame, pour sainte Dymphna à Sligo, et, à Venise, pour sainte Lucie aux yeux arrachés dans l'église du même nom. Elle aspergeait les choses, moi comprise, d'eau bénite, et dans un des tiroirs de sa coiffeuse, il y avait une cassette en bois contenant une relique d'un homme terrifiant appelé Padre Pio, qui n'était pas encore canonisé, pas même encore mort. Le Padre était photographié sous un capuchon brun sous lequel son œil fou roulait, semblant dire "Regardez !" Et lorsque vous regardiez effectivement, du sang suintait des deux côtés de ses mains. La relique sanglante était un minuscule morceau de tissu taché, conservé sous une cloche de verre et enfermé dans une médaille, ceinte des mots *"ex sanguine"*. Et c'était là l'objet le plus précieux de la maison. C'était, disait-elle mystérieusement, "une garantie".

Une sorte de condescendance du père Des à son égard s'enracinait dans cette approche animiste des mystères les plus élevés, qu'il semblait cependant apprécier. Il apportait souvent quelques livres de poche pour ma mère, elle les lisait ou les abandonnait, un jour je le trouvai même seul dans le salon, à lire. Dans mes souvenirs, notre conversation porta sur Darwin. Il en savait long sur les dinosaures et l'homme de Pékin – deux sujets profondément intéressants à mes yeux –, et il évoqua également l'évolution de l'âme. J'envisageais, alors âgée de neuf ans, une carrière dans la chimie ("Pas pour devenir pharmacienne", expliquais-je volontiers aux gens qui imaginaient que je voulais vendre des rouges à lèvres et des crèmes pour le change), et je trouvais cette conversation sur l'âme un peu tirée par les cheveux, du moins en termes d'évolution. Mais je ne le lui fis pas remarquer. Le livre entre ses mains s'intitulait *Les Sept Étapes de la souffrance*, et ce simple fait sembla me visser les jambes au sol. Je restai debout devant ses genoux, avec la bougeotte, jusqu'à ce que Kitty me mette la main dessus et m'entraîne derrière elle pour mon goûter.

Mais il n'y avait pas d'amant, du moins pas que je sache à l'époque. Pas de vrai sexe. Je n'ai jamais rien vu, jamais rencontré personne. Je ne suis jamais tombée sur un étranger dans la maison – à part une fois, peut-être, j'étais très jeune, il y avait eu ce froissement terrible, mais après cela, plus jamais.

Malgré son titre de père, il n'y avait aucune confusion dans mon esprit entre le père Des et mon père, de même que je ne confondais pas Dieu le Père avec mon père, même si, tout comme Dieu, il était à la fois absent et extraordinaire. Le pire que l'on pourrait dire à propos de mon problème de père était que j'avais du mal à m'en remettre. J'aimais les hommes aux yeux marron, tranquilles, et par une chance incroyable je n'eus pas de passion morbide, mon père avait beau être mort, ou probablement mort, je n'éprouvais aucune attirance pour la mort ; du moins jamais très longtemps.

Même si j'ai bel et bien couché, pour me venger, avec Niall Duggan. Ce qui était la pire des choses à faire, vraiment. Cela se produisit quelques années après la fac, à une époque où je consacrais tout mon temps à être dans le coup ; une époque où je m'employais à me soûler avant de baiser avec tout un tas de gens, dont Niall Duggan, grâce auquel je me sentis tellement intelligente – ou bien c'était l'alcool qui me faisait cet effet, mais il me semble me souvenir clairement de cette sensation d'intelligence sur le moment. Je ne le voyais pas comme une vengeance contre mon père absent (ou ma dingue de mère, au passage), j'y pensais comme à une erreur que j'avais envie de commettre. Une abomination secrète, qui, après coup, me procura un bonheur secret et aigre. Oui, j'ai couché avec Niall Duggan.

"Le Baiseur", ainsi que nous le surnommions à la fac. Duggan le Baiseur.

Je filai dès qu'il fut endormi, et une fois dans la rue, j'eus envie de crier que je m'étais évadée, de dire au monde que je l'avais fait, et que j'en étais sortie victorieuse. Ding dong, le salaud est mort.

En fin de compte, je n'avais pas de problème avec mon père.

Je l'envoyais s'écraser au-delà de la rambarde là-bas, près de Big Sur. La voiture prenait son envol, la tête la première, le châssis tel un bloc sombre, le foulard en soie suivant la carrosserie dans sa chute pareille à un cri fantôme, puis, *crunch*, *boink*, *boink*, *boum*, mon père mourait, une fois de plus. Il n'y avait aucun lien entre Niall Duggan et un tel homme, jeune et charmant pour l'éternité.

Enfin bref, à part deux fiancés gays, un vieil amant, et quelques merveilleuses ou merveilleusement torves rencontres alcoolisées, à part toutes mes erreurs diverses et variées, charmantes pour la plupart, je n'avais pas de problème avec mon père. Je crois que cela méritait d'être mis au clair.

Car ils s'aimaient, mon père et ma mère ; c'est juste que cela n'aurait jamais dû arriver.

Chère Holly Devane,

Ma mère appartenait à cette catégorie particulière de célébrités irlandaises qui peuvent se permettre d'avoir des amants sans s'exposer à l'opprobre public. Néanmoins, elle maintenait un certain ordre dans sa vie privée et gardait une distance avec le regard du public.

Katherine O'Dell était une star. Son "style sexuel", ainsi nommé, était de se trouver au centre des choses. Ou bien au centre d'un tas de rien. C'est pourquoi l'Irlande lui a offert d'avoir une vie privée – à l'époque ce genre de sujets était entendu.

Je crois qu'il est possible que ma conception ait été arbitraire, que leur relation ait été fugitive, que j'ai été ce que l'on appelle parfois une erreur, heureuse ou malheureuse. Je crois qu'il lui appartenait de garder ou de divulguer cette information, à elle, pas à moi. Ma mère n'a jamais dit que j'étais une "erreur", elle disait que j'étais un "miracle". Faites-en ce que vous voulez.

Personnellement je m'en fiche, ce qui sera peut-être compliqué à comprendre pour vous. C'était juste un type. Ce sont des choses qui arrivent. J'aurais donné toutes les informations du monde en échange de son bonheur, mais elle n'a jamais été heureuse. Elle a été dévorée vivante par des gens comme vous, Holly Devane. Elle n'a jamais été heureuse. Bien qu'elle en donnât le parfait foutu spectacle.

Parmi les images de ma mère que l'on peut trouver sur la toile, il y a une photographie en noir et blanc de moi, qui l'observe depuis les coulisses. J'ai quatre ou cinq ans, je suis assise sur un tabouret, dans un petit gilet, les cheveux coupés au bol. Devant moi, Katherine O'Dell joue pour une foule invisible. Elle porte une grande robe noire scintillante, on ne distingue pas ses contours ou la forme que revêtent ses traits, rien que la courbe d'une pommette, la ligne de son menton. Elle a les mains en l'air.

Je ne me souviens pas d'avoir entendu la photo être prise, mais je me souviens très bien de cette soirée. C'était au théâtre de la Gaîté à Dublin, ma mère participait à un gala, elle chantait un pot-pourri de chansons irlandaises, des choses comme *Kitty of Coleraine* ou *Galway Bay*.

"Si un jour tu traverses la mer jusqu'en Irlande", chantait-elle – bien qu'à ce moment précis, elle se trouvât justement en Irlande. Manifestement, tout le monde s'en fichait. Après son passage à Hollywood, elle se gargarisait de sa nostalgie d'émigrée : il lui arrivait, debout dans sa cuisine, de regretter la vieille tourbe de son pays, racontait-elle. Et effectivement, c'était vrai.

Le frisson de plaisir que j'éprouvais à écouter ma mère chanter tutoyait sans cesse l'embarras, quant à la voir sur une scène, devant un vrai public, cela me paralysait complètement. J'étais stupéfiée. La regarder me donnait le sentiment d'être incroyablement chanceuse et incroyablement seule.

Mais j'étais dans les coulisses et c'est la meilleure place, car la chanson ne vient pas vous y cueillir. Depuis les coulisses, la scène révèle les raccords au ruban adhésif, l'arrière non peint des décors ; la découverte de cette réalité bricolée était plus magique pour moi que tout ce qui pouvait bien m'être apparu de l'autre côté de la scène. Même si sur la photo, il est vrai que ma mère, dans sa robe étincelante, semble elle aussi très magique.

Ils pourraient aussi bien partir chasser les rayons de lune,
*Ou bien allumer un cierge à la lueur d'une étoile**.

Et la photographie a beau être en noir et blanc, dans ma mémoire, mes vêtements, eux, sont en couleurs vives : rouge et vert foncé, une petite robe en soie et son tricot à col de velours, et je me souviens aussi de l'excitation de cette soirée, cette sortie avant Noël pour aller voir ma mère chanter. Je ne sais pas si je suis retournée dans les loges, ni qui m'avait amenée là, ou qui m'a raccompagnée à la maison, mais

* Traduction des paroles de la chanson : *"If you ever go across to Ireland / They might as well go chasing after moonbeams, / Or light a penny candle from a star."* Arthur Colahan, *Galway Bay*, 1947. © Campbell Connelly and Co Ltd / Box and Cox Publications Ltd / Pigott and Co Ltd / Campbell Connelly France / Sony Music France.

je me souviens très bien – comme si c'était hier – de l'air qu'elle déplaça en sortant de scène.

Elle passa en coup de vent devant moi, la main tâtonnant devant elle dans le noir, puis elle s'arrêta et se retourna.

"Oh tu es là." Elle se pencha pour m'embrasser, et il se dégageait d'elle comme de l'air frais après une promenade, un mélange de sueur nerveuse et d'électricité. Elle crépitait de l'attention de la foule.

Et ils continuaient d'applaudir.

"Comment c'était ? demanda-t-elle. C'était bien ?

— Oui."

Je tiens à souligner ici qu'il s'agissait d'une femme adulte interrogeant une enfant de cinq ans pour qu'elle la rassure et lui dise que son tour de chant n'était pas un désastre, qu'elle la complimente. Je sais que c'est la vérité parce que c'est ce qu'elle faisait toujours. Et j'ai répondu (la réplique est célèbre) :

"J'ai cru que tu étais un ange. J'ai cru que j'étais morte et que j'étais arrivée au paradis."

Elle adora, bien sûr, raconta souvent l'anecdote. En omettant cependant la partie où je croyais être morte.

Les scintillements sur sa robe étaient, en réalité, des morceaux de plastique enchâssés dans un voile couleur chair qui se plissa telle une seconde peau, relâchée, lorsqu'elle se pencha sur moi. La coupe de la robe dévoilait des parties intéressantes de son corps, son aisselle noueuse qui passa du creux au plein quand elle reparut sur la scène pour saluer la foule. Puis elle ressortit de la lumière, pour me retrouver.

Mais s'il y a un moment que j'aime plus que tout autre, c'est le suivant, celui où nous avons progressé ensemble dans les méandres compliqués et sombres des coulisses tandis que le bourdonnement de la foule s'estompait derrière nous à mesure que la salle se vidait et que les gens se dispersaient en autant de visages éblouis revenus de si loin pour l'embrasser en s'exclamant qu'elle avait été Merveilleuse, ma chère.

C'était un lieu de couloirs secrets et de passages aveugles. Il y avait une porte soudain, cachée, qui vous révélait, une fois ouverte, votre propre reflet dans un miroir en pied adossé au mur d'en face. Dans cette pièce, il y avait aussi une bicyclette dans un coin, un double lavabo, des brassées de fleurs fourrées dans des pots, un long comptoir où se tenait assise une femme, en train d'arranger un éventail de plumes vertes dans ses cheveux. Et parfois ce n'était pas une femme, c'était une fille avec un petit ventre rebondi, des collants blancs et un tutu, ou bien un homme qui disait "Ne faites pas attention à moi, mesdames, je ne fais que passer". Au fond de cette pièce, derrière encore une autre porte, les chaussures de ville de ma mère attendaient sagement, rangées sous sa chaise en bois cintré. Les coulisses, c'était le meilleur endroit, où tout se mélangeait et se dévoilait.

Katherine emprunta un chemin à l'abri des regards quand elle revint en Irlande en 1952, un gros bébé américain dans les bras. Elle voyagea incognito. De ce voyage-là, il n'existe pas de photographie de Katherine O'Dell agitant la main depuis le bastingage. Sa mère vint guetter le bateau depuis les quais de Liverpool, et ensemble elles chargèrent le paquet pour Dún Laoghaire où elles retrouvèrent Lillian MacVeigh qui avait loué, sur demande de ma mère, une maison pour elles toutes dans le village voisin de Dalkey.

Lillian était si gentille. Elle était comme une seconde grand-mère pour moi, une seconde mère pour Katherine, qui n'avait que l'embarras du choix pour la relayer dans les levers nocturnes. Je n'ai jamais essayé de découvrir l'emplacement exact de cette maison bien que j'en connaisse les environs, ses ruelles étroites, et ses vues inattendues sur la mer. De l'extérieur, ce serait sans doute trop petit, car à l'époque où c'était mon univers les lieux me paraissaient immenses. Le vert du jardin vibrait derrière les portes-fenêtres et la lumière n'était jamais la même. Nous étions arrivées à l'automne et devions rester jusqu'au printemps, le temps que le studio vienne chercher Katherine O'Dell pour la ramener en Amérique, et détruire sa carrière.

Du moins c'est ainsi qu'elle le décrivait.

Ce n'était pas ma faute, bien que je sois consciente qu'en ayant un bébé en secret, elle avait fait quelque chose que les actrices n'étaient pas censées faire. J'étais un trésor clandestin. J'étais son désespoir ! Nous avions eu six mois, sept peut-être. Apparemment, c'était déjà assez.

Je savais comment me faire aimer. Je m'allongeais sans regimber dans mon berceau à dentelles, me tenais assise bien tranquille dans les bras de ma grand-mère, tandis que ma mère voguait en eaux troubles, combattait les dragons, élucidait des énigmes et sanglotait, seule dans le désert. Du moins était-ce ainsi que je l'imaginais. Plus tard, elle me raconta qu'elle avait l'impression de lutter contre le brouillard. La ville qu'elle avait retrouvée n'était plus la même. Quelque chose était perdu, changé, et elle ne parvenait pas à mettre le doigt sur ce que c'était.

Pendant son absence, nous déménageâmes à Dartmouth Square, dans une maison qu'elle avait sans doute acquise avant de partir en Amérique. Elle y resta un long moment. Je marchais dans le jardin, mes pieds de bébé découvraient l'herbe lorsqu'elle décida que le studio était en train de saborder sa carrière – et rentra à la hâte me retrouver.

Ce genre de choses arrive à tous les acteurs. Je le sais maintenant. On pourrait presque dire que le fait de ne pas avoir de travail est la partie la plus importante du travail. Mais à l'époque, Katherine ne parvenait pas à expliquer – pas plus à elle-même qu'aux autres – ce qui était en train de se passer. C'était si difficile de cerner les événements. Il n'y avait pas tant de rôles irlandais, après tout, et il y avait trop de filles aux cheveux roux. Elle voulait jouer du Shakespeare, il ne s'en jouait pas. Elle réussit à convaincre quelqu'un de mettre en scène le texte d'*Hedda Gabler*, qui ne connut pas un grand succès, de même pour *Une maison de poupée*. Elle aurait voulu un autre film avec un rôle d'infirmière ou de nonne, mais la guerre était finie depuis trop longtemps déjà.

Le rôle sur lequel elle se fixa fut celui de la princesse de Clèves, dans un décor à l'image de l'idée que se fait Hollywood de la France médiévale. Les costumes pesaient la moitié de son poids, elle en garda une douleur récurrente dans les petits muscles entre les côtes. *La Princesse française* était une histoire d'adultère avec un dénouement pieux ; elle y jouait une noble amoureuse d'un autre homme que son mari. Lorsque le mari en question meurt, elle est alors libre de suivre son cœur, mais elle décide – pour des raisons qui, apparemment, se passaient d'explication – d'entrer plutôt au couvent. L'histoire ressemblait donc un peu à *Mulligan*, mais en bien pire. C'était censé être plein d'aspiration, de pureté, ce fut finalement guindé et froid, et totalement éclipsé, à sa sortie, par la performance de Jean Simmons dans le rôle de la reine Élisabeth Ire, rôle qu'elle aurait dû avoir, disait ma mère, comme si elle avait le monopole des rôles de jeunes vierges habitées, ou des rousses, ou des reines européennes. Ce fut le premier, mais pas le plus cruel, de ses regrets. Ce triste cri de l'acteur : "C'est à moi ! À moi !" C'était le début du pillage.

"Tu as été volée", aimait à la rassurer son ami Hughie Snell à propos d'Amelia Earhart ou de sainte Bernadette, à propos de l'Oscar, du Tony, d'un ruban, d'une médaille ou d'une critique.

"Tu as été volée."

Quand j'étais jeune, je croyais que c'était la vérité. Que cela s'était produit pendant la nuit. Que ma mère avait été cambriolée – sa chambre fouillée, son chevet mis à sac – et cependant, à mon réveil, la maison était identique à la veille.

Il me semblait inutile de voler ma mère, quand elle-même passait déjà tellement de temps à perdre tout ce qu'elle possédait. À la fin de l'année 1954, elle avait renoncé à son contrat américain et était de retour sur scène à Londres, dans le rôle de Tatiana dans *Eugène Onéguine*, et parfaitement heureuse. Il lui fallut quelques années – à elle et à son comptable – pour comprendre la signification réelle de ce déménagement. Jamais plus elle ne serait aussi célèbre.

En 1958, j'avais alors six ans, la maison de Brentwood avait déjà disparu, tout ce qu'il y avait à l'intérieur avait été perdu, éparpillé, c'était la première des innombrables dispersions de ce genre. Au fil du temps, elle se rappelait parfois ces objets comme s'ils ne lui avaient jamais vraiment appartenu : les sculptures en tiges de Philip, les immenses amphores terracotta qui bordaient les marches jusqu'à la piscine, une table basse taillée dans un tronc brut et massif de noyer, une paire de gants blancs, dont la main droite portait une dédicace de Charles Laughton : "À ma chère O'Dell : Applaudissements."

Les films qu'elle tourna dans les années après ma naissance ne marchèrent pas très bien. Le meilleur d'entre eux fut ce drame britannique dont le titre était *When Angels Weep* (1955) dans lequel elle jouait le rôle d'une mère de jeunes enfants dont le père est un artiste à la dérive – interprété par Kenneth More dans une salopette couverte de taches. L'année suivante, elle partit au Nouveau-Mexique jouer dans *Devil's Horn Ranch**, ce fut un tournage douloureux, dont le script était réécrit d'un jour à l'autre, et duquel elle fut peu à peu effacée. Les deux films furent des contre-performances au box-office et la laissèrent désœuvrée.

Il n'y avait pas que les choses qui lui échappaient. Les hommes aussi. À Londres, elle perdit un homme charmant, un dénommé Pearse MacNeil qui était beau et agréable. Professeur à Oxford et poète naturaliste, Pearse était la personne la plus aimable qui soit – mais il souffrit terriblement après la mort de son père, le général Pearse Andrew MacNeil, et fut interné, sans doute pendant sa relation avec ma mère, dans un asile du Sud de la France où il devait passer de nombreuses années.

* Ces titres inventés signifieraient : *Quand les anges pleurent*, *Le Ranch du diable*.

“Vraiment, maman. *Vraiment ?*”

Bien sûr il fallait qu’il fût fou en France, plutôt que, par exemple, à Coulsdon – et pas juste en France, mais dans le Sud au parfum de lavande. Difficile de savoir si elle avait perdu un homme ou gagné une anecdote. Elle continuait cependant de perdre les choses. Ses clés. Sa voiture. Pleasance, bien sûr. Cette petite aquarelle représentant son père et moi sur ses genoux. Mon passeport. Son passeport. Son poète. Son sculpteur. Celui qu’elle ne connaissait pas encore.

Un jour, elle perdit même une maison entière, une petite chose à flanc de montagne dans les Alpes italiennes, au nord de Lucques. Une ruine. Elle l’avait achetée à un ami de Benjamin Britten. Puis elle avait oublié le nom de la ville.

Durant la première décennie de ma vie, ma mère dispersa son passé aux quatre vents, égarant au passage un grand nombre d’avenirs possibles. Sans se soucier des conséquences. Elle perdit son metteur en scène préféré, Guy Fellowes, dans une affreuse dispute de fin de soirée au milieu d’une rue de Londres. Elle perdit Eddie Malk d’un cancer, peu de temps après que je fus rentrée à l’école. L’année suivante, elle perdit sa propre mère, événement si frappant qu’il effaça d’un coup ma grand-mère de ma mémoire, alors que je me souviens très clairement de la bonne sœur qui, à la même époque, me laissait lui prendre la main devant, quand nous marchions en rangs à l’école, une femme dont les joues étaient voilées d’un petit duvet blanc.

Elle ne me perdit jamais. J’étais juste là.

J’étais une enfant casse-cou, robuste et ronde. Je montais sur les tables, escaladais le placard de la cuisine où était rangé le sucre. Grimpais dans le buisson de lilas qui se brisa sous mon poids. Mon préféré, c'était un grand arbre sympathique dans le petit parc, celui qui était loin des grilles, sur lesquelles je n'avais aucune envie de m'empaler en tombant. Je pédalais sur mon tricycle à travers les allées autour du square, et c'était une sacrée affaire car il fallait traverser la route pour l'atteindre, mais une fois qu'on était à l'intérieur, on pouvait passer la journée à en faire le tour, nord-est-sud-ouest, et vice versa, dans le sens des aiguilles d'une montre ou pas, et peu importait si l'on s'éloignait à force de pédaler, on revenait toujours du côté de la maison.

Les retours à la maison étaient toujours des moments formidables, joyeux, il y avait des pas de danse, des cadeaux. Avec Kitty, elles me mettaient debout sur la table de la salle à manger pour m'enfiler tous les vêtements qu'elle avait rapportés, les valises, béantes, déversaient leur contenu sur le sol. Au fur et à mesure des années, ces retrouvailles se firent plus rares, et les départs (toujours silencieux, toujours discrets) plus rares encore.

Il y eut cependant des moments de carrière merveilleux durant cette décennie de déclin. Une inoubliable représentation de *Lovers' Meeting** à l'Abbey Theatre de Dublin, le rôle de Catherine dans *Les Hauts de Hurlevent*, à Londres, et huit mois à Broadway, à camper une Pegeen Mike convaincante quoique légèrement trop âgée. De l'extérieur, rien ne semblait clocher.

Quand j'eus treize ans, Fitz mourut.

* Pièce d'Irene Carr, non traduite en français, dont le titre signifie *Le Rendez-Vous des amants*.

Mon grand-père nous aimait toutes les deux à la folie, mais il raffolait surtout de sa fille. Il la croyait merveilleuse, et elle l'était. Mais il n'avait jamais un sou devant lui, Fitz. Son intérêt pour les affaires de ma mère n'était pas entièrement sain, et avec l'âge, sa consommation d'alcool devint problématique. Peut-être était-ce la raison pour laquelle les descriptions qu'elle faisait de lui me paraissaient trop sévères – nombre d'entre elles étaient lancées en même temps que son propre verre de vin. Mais l'homme mourut d'une cirrhose, ce qui laisse imaginer de quelle déchéance elle fut le témoin sur la fin de sa vie.

À la suite à la mort de sa femme, il vivait seul dans l'appartement de Soho. Ma mère le voyait chaque fois qu'elle travaillait à Londres, ou bien elle se rendait là-bas de temps en temps, pour vérifier comment il allait. Elle revenait fulminante. Il y avait toujours un problème, et c'était toujours un problème d'argent. La logeuse folle continuait de grimper dans son lit. Ou bien une autre femme – une de ses nombreuses autres femmes –, mais jamais personne de convenable, toutes des névrosées, certaines aristocrates. À en croire ma mère, elles voulaient toutes coucher avec lui. Toutes ces affreuses femmes voulaient coucher avec ce pauvre vieil homme, agaçant par ailleurs, mais jamais pour *cette* raison. Il était surtout *idiot*, *désespéré*, la proie constante de harpies au lustre décrépit et aux scrupules rares qui le désiraient – bien entendu – pour l'homme qu'il était, Fitz, une ruine sublime, encore impeccable pour son grand âge.

Il les repoussait toutes. Grâce au ciel.

Pendant ce temps, son niveau de vie baissait. Ses os rompaient. Il se battait dans des rixes d'escalier. Perdait la mémoire de plus en plus souvent, son estomac pourrissait. Une amie de Peter O'Toole lui raconta que Fitz s'était souillé lors d'une longue soirée au Gai Hussard, et qu'il ne cessait de répéter : "Qui a pété ?" en regardant par-dessus son épaule comme un écolier.

("Mon Dieu, dit ma mère. Comment peut-on raconter des choses pareilles à quelqu'un sur son propre père ?")

Et puis il mourut.

Elle me l'annonça comme une bonne mère. Elle était debout à côté de moi, j'étais assise à ma place habituelle au bout de la table de la cuisine, elle me caressait les cheveux avec la main. Après quoi, elle me demanda si j'allais bien et je répondis que ça allait. Je me demandais pour quelle raison elle s'enquérait de moi. C'était un vieil homme, les vieux meurent. Mais je savais qu'il était mon grand-père, et que j'étais censée être triste, alors je soupirai. Elle se pencha pour m'embrasser.

"Pauvre chérie", dit-elle.

Elle exécuta son numéro à la perfection, tout comme moi. Pas une seconde, je ne pensai qu'elle pût l'adorer lui, autant que je l'adorais elle.

"Est-ce que tout va bien ? demanda-t-elle.

— Oui. Oui, je vais bien."

Deux semaines plus tard, elle rentra à la maison les mains vides (je dois avouer honteuse que je me souviens surtout qu'il n'y avait pas de cadeaux cette fois) et il me fallut un peu de temps pour comprendre qu'elle était allée à Londres pour l'enterrement. Durant un moment, elle ne parla pas. Assise à la table de la cuisine.

"Oh oui, merci Kitty", dit-elle puis elle se redressa et regarda la nourriture dans son assiette. Tout à coup elle vacilla, posa la joue sur le bras qui tenait sa cigarette, étalé tout droit en travers de la nappe. Elle sanglotait. Si tant est que ce mot puisse s'appliquer à quelqu'un qui ne faisait pas le moindre bruit et ne versait pas la moindre larme. Puis elle se raidit, aplatit sa joue du plat de la main et reprit sa cigarette, avala une bouchée tout en recrachant sa fumée, et se versa un verre de vin rouge.

Après quelques verres, elle commença à nous raconter : les épouvantables femmes qui avaient défilé, les hommes qui n'étaient pas venus. Il avait demandé une grand-messe, ce qui l'avait vaguement étonnée, le tout sous l'égide de cette grande folle de monseigneur qui était son ami, et qui avait fait venir tel et tel prêtre pour célébrer l'office. Il y avait des bougies, des enfants de chœur, et un vicaire qui agita l'encensoir en chantant. On aurait dit un mauvais spectacle en matinée à Bognor, dit-elle – la salle vide, la scène pleine. Un petit soprano en aube et collerette entonna le *Panis Angelicus*, et tandis que le cercueil descendait l'allée, tenta même un *Faith of Our Fathers*, un chant qu'elle devait par la suite fredonner chaque fois qu'elle faisait ses exercices de jambes, en montant et descendant les escaliers.

Fay-haith OF *our Fa-ha-the-ers,* HOL*-y Faith.*

Le vieux bouc, l'appelait-elle. Et devinez ce qu'il fit ensuite ? *Le vieux bougre.*

Je rentrai de l'école un jour, quelque temps après sa mort, il y avait un disque qui tournait dans le salon. Je ne savais pas ce que c'était mais le son se glissa sous mon uniforme et se colla à ma peau. En poussant la porte, je vis ma mère assise sur le canapé, une pochette de disque à la main, *Favourite Irish Poems*. Le lecteur était mon grand-père. Le son de sa voix emplit l'air entre nous.

Elle me vit dans l'encadrement de la porte, sourit.

La voix était prodigieuse – jamais on n'aurait cru, avec cette ampleur, cette rondeur, que l'homme mesurait à peine un mètre soixante. Et il y avait autre chose, que nous décelions l'une comme l'autre, en l'écoutant faire. C'était le métier.

Il récitait du Yeats. Avec l'accent irlandais, et un ton désormais démodé. Chaque syllabe bien distincte, comme un instituteur cadençant sa diction au bâton.

Que je me lève et je parte pour Innisfree,
Que je me bâtisse là une hutte, faite d'argile et de joncs.
J'aurai neuf rangs de haricots, j'aurai une ruche
Et dans ma clairière, je vivrai seul, devenu le bruit des abeilles.

Fitz capturait la fragilité de l'homme âgé ; la manière dont Yeats était ombrageux lorsqu'il lisait son travail, comme s'il était forcé d'exposer son âme assoiffée aux yeux du monde.

*Et là, j'aurai quelque paix, car goutte à goutte la paix retombe**.

* Le poème cité est "L'île sur le lac, à Innisfree", extrait du recueil *Quarante-cinq poèmes, suivi de La Résurrection* (Poésie/Gallimard, 1993), traduit de l'anglais (Irlande) par Yves Bonnefoy, dont voici la version originale : *I will arise and go now, and go to Innisfree / And a small cabin build there, of clay and wattles made: / Nine bean-rows will I have there, a hive for the honey-bee, / And live alone in the bee-loud glade. / And I shall have some peace, for peace comes dropping slow* (…)

Inutile de se demander si Fitz connaissait Yeats – bien sûr qu'il le connaissait. Ils s'étaient rencontrés lors d'un gala à Londres, le poète l'avait pris pour Bunny Garnett, un ami de Lady Ottoline Morell. C'était une anecdote très connue, car Bunny, en plus de tout le reste, était une grande folle, ce qui rendait l'histoire encore plus drôle.

C'est le genre de détails qui me taraude à présent, je me dis *Est-ce qu'il l'était ?* et parfois, *Est-ce qu'ils l'étaient tous ?* Tous ces hommes, mon grand-père, son grand ami McMaster, étaient-ils tous plus ou moins gays ? *Est-ce que c'est tout ce dont il s'agit ?*

Mais il y a d'autres détails qui résistent à l'hypothèse. Un jour, devenue adulte, ma mère me raconta que Fitz avait souffert dans ses vieux jours, d'un "appauvrissement de l'âme". C'était quelques mois avant sa propre déchéance, nous étions assises à la terrasse d'un café de Nerja, une petite ville du Sud de l'Espagne, la saison était finie. Elle écrasa sa cigarette dans le cendrier balayé par la brise, et lâcha ces mots d'une manière totalement éteinte, comme s'il ne restait pas grand-chose de son père, lorsque son heure était finalement venue.

Pourtant, du jour où Fitz n'y fut plus, elle détesta Londres. Elle détestait le rictus du Londonien entendant son accent irlandais, leur racisme, disait-elle, était abominable. INTERDIT AUX NOIRS, AUX CHIENS, AUX IRLANDAIS, proclamaient encore certains écriteaux. Aux yeux des Anglais, nous étions tous sales, paresseux, ivrognes et stupides. Tu n'as aucune idée de ce que c'est d'être assise à un dîner à côté de quelqu'un qui se croit supérieur à toi, depuis des siècles, et ce malgré tout ce que tu pourrais avoir accompli ou non dans ta vie, pas uniquement dans ce bas monde mais aux tréfonds de leurs ignobles petits cœurs. Un être humain rabougri et raté, qui te regarde de haut, juste parce qu'il est anglais.

J'engrangeais tout cela. Enfin, j'écoutais. Sans l'interrompre pour lui dire : "Mais toi aussi, tu es anglaise."

Katherine O'Dell apparaît dans l'un des premiers programmes télévisés irlandais, elle y chante *Down by the Salley Gardens**, une version musicale célèbre du poème de Yeats. Il fut diffusé le soir de démarrage de la chaîne RTÉ en 1961. De toutes les archives perdues ou effacées, c'est celle dont je suis la plus nostalgique. Plus que des fusées se posant sur la Lune. Pour l'occasion, nous avions acheté une télévision, que nous avions posée près de la fenêtre du salon, pour pouvoir dérouler le câble jusqu'à l'antenne installée sur le toit. La pièce était remplie de monde. Après la diffusion, ils lancèrent des *"Yaroo !"* et des *"Beir Bua !"*, des hommes adultes avaient les larmes aux yeux. Le lendemain à l'école, Jackie Gogarty, la plus belle fille de la classe, s'approcha de moi et se suspendit, les yeux rêveurs, à la manche de mon pull.

"Est-ce que c'était ta mère ?" demanda-t-elle.

Le lien entre Katherine O'Dell et Yeats survécut à la mort de Fitz, à la fois en Irlande et en Amérique. Pour des représentations de prestige, essentiellement : un récital au Lincoln Center, un autre à l'université de Stanford. Elle joua Cathleen ní Houlihán au Kennedy Center de Washington devant un public de politiciens et d'ambassadeurs, mais elle n'avait rien contre le fait de "faire swinguer le vieux

* *Au bas des jardins de saules*, traduit de l'anglais par Yves Bonnefoy.

shillelagh*" selon son expression, parmi la communauté irlandaise de Boston et New York. Et nous avions assurément besoin de l'argent de ces rôles, même s'ils étaient gratifiants à d'autres égards. Les gens venaient la voir une fois descendue de scène, pour lui raconter leurs histoires d'exil et de perte. Ces récits commençaient mal, se terminaient plus mal encore – des frères étaient retrouvés pendus à des poutres, des filles étaient jetées à la porte, leurs petits bébés arrachés à leurs bras par des nonnes.

Tant de larmes à verser. Depuis son poste d'observation dans les coulisses, elle comptait les pleureuses : des élégantes à mouchoirs, de vieux messieurs usés, leurs yeux brillant dans le noir. Ils pleuraient, sur les chansons gaies comme sur les chansons tristes, sur la poésie comme sur la danse. Ils n'étaient pas tous pauvres. Ils n'étaient même pas tous irlandais (oserait-on murmurer), de sorte que ma mère se sentait parfaitement à sa place. Ils étaient le public de son enfance, celui de Ballyshannon, Fethard, Dromineer et Fermoy, transplanté là et l'embrasant, disait-elle, de ce même noble feu.

Le réseau des émigrés la mit également en contact avec des républicains irlandais : des hommes dont les difficultés – dont la blessure – deviendraient, avec le temps, sa blessure. Le pays qu'ils avaient quitté en montant à bord du bateau pour l'Amérique n'était même pas leur pays, dans la mesure

* Un shillelagh est une trique de bois poli et verni de la taille d'une petite canne et constitué d'une branche terminée par un large nœud. Associé au folklore irlandais et reconnu comme symbole de l'Irlande, le shillelagh a recouvert plusieurs usages au fil du temps, bâton de marche, arme de duel, trophée. Son étymologie irlandaise *sail élie* signifie "gourdin avec une sangle".

où le Nord appartenait encore aux Britanniques. D'abord il avait été brisé, puis il avait été perdu. Le genre d'histoires dont sont faites les chansons. D'ailleurs, elle les chantait souvent.

At Boolavogue, *The West's Awake* et *Only Our Rivers Run Free**.

Elle revenait de ces voyages américains exténuée, mais satisfaite aussi, voire vengée. Comme si le sentiment d'injustice qu'on lui avait insufflé sur le tard avait trouvé un terrain où se poser.

Si Katherine O'Dell était irlandaise de cœur, elle l'était aussi de portefeuille, car nous avions réellement besoin d'argent. Hollywood était un bordel, disait-elle, Londres était invivable, où donc aller ? Fitz n'avait laissé que des dettes. Je le sais car elle refusa de payer ses créanciers durant un long moment. J'avais l'âge de remarquer ce genre de détails pratiques, et dès lors que j'avais commencé à les remarquer, je ne pouvais plus fermer les yeux. C'était, en un sens, la fin de mon enfance. Je savais, à l'âge de treize ans, qu'elle avait un compte en banque chez Coutts, sur le Strand, et qu'il n'y avait pas beaucoup d'argent dessus. La mort de mon grand-père marqua le début d'une partie de ma vie essentiellement passée à résoudre les problèmes de ma mère.

Mon regard sur elle était également plus extérieur. Par exemple, lorsqu'elle se penchait par-dessus la table, sans larmes, le bras tendu, la clope toujours allumée au bout. Je commençais à la voir telle qu'elle était, aux yeux du monde.

* Titres de chansons populaires, signifiant : *À Boolavogue*, *L'Ouest est réveillé* et *Seuls nos fleuves s'écoulent librement*.

Maintenant que j'y repense, elle a sans doute eu une aventure à New York ou Boston. Je me dis aussi qu'elle a peut-être eu une liaison avec un "sympathisant" ou même un membre de l'IRA. Mais il y a toutes sortes d'Irlandais en Amérique et une bonne centaine de raisons pour une femme comme Katherine O'Dell de garder sa vie privée à l'abri des regards.

Je ne suis pas sûre que ses aventures amoureuses constituent d'ailleurs la réponse à aucune vraie question. Je trouvais, en grandissant, qu'elle passait beaucoup de temps à se désespérer de tout cela et très peu de temps à s'en réjouir. C'était une bohémienne. Pour Katherine O'Dell, le sexe était un des nombreux aspects d'un problème plus vaste appelé Amour, et parfois Art. Un grand va-et-vient. Le célibat : aussi compliqué que le chômage ; un amant : presque aussi jouissif qu'un rôle, et tous deux représentaient une sorte de performance, dans laquelle elle était, par l'un comme par l'autre, "possédée". Par le fait d'être amoureuse. Ou de ne pas être amoureuse. De renoncer à l'amour.

À mes yeux, tout cela n'était qu'une vaste fumisterie. Des lettres qu'elle déchirait, d'autres qu'elle n'ouvrait même pas. Des coups de téléphone qui se transformaient en murmures quand j'entrais dans la pièce. Des demandes en mariage. Un homme, notamment, lui demandait sa main chaque année, le jour de son anniversaire – il était immensément riche –, s'il lui avait fait la même proposition le jour de son anniversaire à elle, minaudait-elle, peut-être aurait-elle accepté. De grandes déclarations en retrouvailles, en passant par une liaison discrète, l'un de ces hommes resta dans sa vie, devais-je découvrir plus tard, presque dix ans. Je soupçonne fortement qu'avec tout ce mélodrame, il n'y avait que peu de place pour le sexe. Peut-être que je me trompe.

En la matière, comme en tant d'autres, je suis l'exact opposé de ma mère.

Et je m'interromps un moment pour réfléchir à tout cela, tandis que me parviennent les échos de ton retour à la maison, le tintement de la poignée du portail, le grincement des gonds métalliques. Je réfléchis à notre long mariage, à cette relation que Niall Duggan appelait le "sexe au foyer" – sous-entendant que les hommes y étaient toujours importuns et les femmes agonisantes. Mais c'est un drôle de mensonge, du moins un mensonge intéressant à raconter, et je ne sais pas pourquoi c'est celui que Niall Duggan avait choisi. J'imagine que les femmes, à son époque, avaient sans cesse à l'esprit la peur de tomber enceintes. Cela dit, c'était une idée assez répandue dans ma jeunesse, l'idée que les femmes n'aimaient pas le sexe. Si répandue qu'au moment de perdre ma virginité, je m'attendais à quelque chose de brutal, d'affreux, comme un coup de poignard.

Qui m'a dit (à part tout le monde ?) qu'un homme prend du plaisir mais ne donne que de la douleur. Que le sexe est une sorte de châtiment, et que ce châtiment est parfait car il correspond si bien au crime. Tu vois. Voilà ce qui t'attend, avec ton *désir*.

Imagine ma surprise.

À ce moment-là.

Imagine ma surprise, quand le moment fut venu – j'étais en deuxième année de fac, nous en étions encore à nous guetter du coin de l'œil au bar du Belfield. Tu étais vaguement en couple avec une fille qui avait une vraie voiture, et nous étions sur le point de devenir amants, de cela personne ne doutait, à la façon dont nous avions cessé de nous parler après une longue conversation sur le cinéma français, durant laquelle nous nous étions immédiatement traités de menteurs. C'était en novembre 1971. Tu te promenais, grelottant, dans une veste en velours avec un gilet en cuir dessous, et tu me faisais horreur, j'étais sur le point de dénoncer l'escroc que tu étais – oui, au monde entier, mais surtout et plus essentiellement, à tes yeux à toi. Je te tendrais le miroir de ton escroquerie, de sorte que tu ne pourrais que hurler face à ton propre reflet factice et que finalement je n'aurais pas besoin de coucher avec toi.

Bon débarras.

Parallèlement, j'avais cette lourde affaire de virginité à régler, parce que si je devais coucher avec toi, il fallait que ce soit sur un pied d'égalité et pas comme ta chose pénétrée, hors de question de te donner cette satisfaction, ça non, tu n'aurais ni mon sang ni ma douleur.

En 1971 à Dublin, il était assez rare de tomber sur un préservatif. À part bien sûr dans la salle de bains de Dartmouth Square, où ma mère en avait laissé une poignée dans l'armoire à glace après un voyage à l'étranger alors que j'avais dix-sept ans, m'inspirant ce hurlement de diversion : "Pourquoi y a-t-il un tel bazar ici ?", sans jamais en parler ni même y toucher durant les deux années suivantes. "Avec réservoir", promettait la boîte, dégoûtante, chaque fois que mon regard la croisait en cherchant de l'hamamélis ou une quelconque crème Nivea, puis je refermais la porte et me retrouvais nez à nez avec mon reflet inquiet coupé en deux. Il y avait une date d'expiration sur le paquet, j'avais l'impression que c'était ma propre date d'expiration, si convaincue étais-je que, passé un certain délai d'attente, les femmes "se gâtaient". Deux ans plus tard, le triste paquet de préservatifs continuait, tout comme mon hymen, de me pétrifier – si tant est que j'aie un hymen : car c'était une autre question dont la réponse n'était pas parfaitement claire.

Il y eut une autre altercation, cette fois au pub Hartigan, à propos d'*Orange mécanique*, un film que tu admirais, contrairement à moi, malgré le fait qu'aucun d'entre nous ne l'ait vu (et ne le verrait, puisqu'il n'était pas projeté à Dublin). Mais tu n'avais pas non plus lu le livre. Ce dernier détail, révélé après deux heures de pure mystification, acheva de me rendre furieuse. En te montrant aussi arrogant et stupide, tu m'avais acculée à devoir coucher avec quelqu'un d'autre, et ce le plus vite possible.

À ce moment-là, je sortais avec un étudiant ingénieur du nom de Shay Vincent, qui avait un studio sur Harcourt Street – enfin, un studio, disait-il, une chambre surtout, car on pouvait à peine y faire tenir plus qu'un lit. Ce fut donc sur ce lit que nos baisers se transformèrent en roulé-boulé, crépitant d'électricité statique à cause de son édredon en nylon. Mes cheveux étaient collés, à plat sur le tissu, comme s'ils me plaquaient là par autant de minuscules clous, et Shay les caressa avec le plat d'une cuillère à soupe – pour te neutraliser, dit-il. Au sens électrique du terme. La cuillère était sortie froide du tiroir, et Shay la passa en silence sur mes sourcils et le long de mon arcade sourcilière. C'était très agréable. J'avais envie qu'il la glisse entre mes lèvres un moment, pour en éprouver la sensation.

Sexuellement parlant, Shay était partant pour passer au niveau supérieur. Grâce à son père, vétérinaire dans le comté de Carlow, il connaissait certaines des mécaniques à l'œuvre – ou sans doute aurait-il préféré le terme "hydrauliques". Il avait une manière de ravaler une plaisanterie, en jetant légèrement le menton en avant, comme s'il s'approuvait lui-même tout en se faisant descendre une cacahuète dans le gosier. Cela m'inspirait un mélange d'agacement et d'attendrissement (le sujet du sexe me rendait particulièrement irritable vis-à-vis des hommes). Quand il parvenait à se taire, Shay embrassait merveilleusement bien, quoique de manière un peu trop articulée parfois là aussi. Et il était charmant. Il l'est toujours. Je le revois parfois quand il rentre d'Amérique, tous les cinq ans à peu près, nous sommes assez timides l'un avec l'autre, mais nous partageons une même impression sur ce souvenir – qui diffère de l'un à l'autre, j'imagine, mais pas tant que cela : cela a profondément changé nos vies.

Avec le recul, les préliminaires ayant duré des semaines et des semaines, il est logique que cela n'ait pas été douloureux. Mais cette première surprise fut vite oubliée, noyée sous un étonnement beaucoup plus vaste, devant ce qui se produisait en moi – dans un endroit que je n'avais pas réellement envisagé –, j'avais l'impression qu'il me montait directement à la tête, qu'il pénétrait jusque dans mon esprit. Juste après, il me demanda si j'allais bien, et je répondis "Oui". Un peu plus tard, il me demanda ce que j'en avais pensé. Je lui répondis que c'était comme d'avoir été un avion toute sa vie sans savoir qu'on pouvait voler.

Il était étudiant ingénieur. Je n'allais pas lui répondre que c'était comme un bébé qui ferait ses premiers pas et comprendrait tout à coup à quoi servaient vraiment les pieds. Je répondis que c'était la réalisation d'un concept.

Les encadrements de fenêtres de Shay étaient bourrés de papier journal pour contrecarrer les courants d'air, et il avait laissé son poêle à gaz allumé toute la soirée pour que nous puissions nous mettre tout nus, c'était une autre nouveauté – après des années à se faufiler sous les vêtements en cachette, à repousser d'une claque les gestes trop audacieux, nous y étions, sincères et autorisés. Nous avions l'air si héroïques à la lueur du gaz, ses lueurs orangées sur nos corps virèrent au blanc avant de glisser dans l'obscurité de la pièce. J'étais étendue, abstraite de moi-même, à songer que c'était l'inverse d'un châtiment, que c'était comme une récompense de ma stupidité. Le sexe était tellement mieux que tout ce que j'avais imaginé. C'était la réponse à une question que nos corps se posaient depuis plusieurs années, et cette réponse avait beau être extraordinairement précise, elle était aussi très difficile à retenir. Si difficile qu'effectivement, il nous fallut nous la remémorer nous-mêmes, en recommençant, encore et encore.

Jamais le monde ne m'avait paru plus terne que le lendemain de ce jour-là, et les gens qui le composent tous incroyables. Je les observais depuis le haut du bus : cette femme poussant sa bicyclette avec ses sacs de courses ; cet homme en manteau marron, sortant des plateaux de pains de l'arrière de son camion. Ils savaient – et cependant ils continuaient de vivre leurs vies, comme s'ils n'avaient pas mieux à faire de leur temps.

Dès que le bus m'eut laissée à mon arrêt sur le campus, debout sous la pluie, je fus submergée par un ressac d'émotion. Quelque chose se décrocha et sombra en moi, j'ignore pourquoi. C'était peut-être de la honte, mais je n'en éprouvais pas pourtant. Peut-être était-ce de la culpabilité car je n'étais pas amoureuse de Shay Vincent, du moins pas comme j'étais amoureuse de toi.

Je musardais dans la fac toute la semaine, guettant le choc d'une rencontre avec toi, assis contre un mur brise-vent, fumant une roulée, ou dans la queue du restaurant, un plateau vide entre les mains. Quand finalement je tombai sur toi devant la bibliothèque, je sus immédiatement. Tu avais entendu parler de Shay et moi.

Je te regardai dans le fond des yeux. Et c'est une chose un peu idiote à dire, mais c'est néanmoins vrai, la personne qui m'a renvoyé mon regard à ce moment-là est celle avec qui je vis aujourd'hui. Trente ans ont passé et ne m'ont pas détrompée, ou quarante peut-être, peu importe le nombre d'années qui ont passé depuis, le nombre de tempêtes. Tu étais là.

On ne se remet pas facilement d'un tel regard.

Tes iris sont tachetés et plus flous aujourd'hui, il y a des traces d'ambre et de vert dans le marron, du moins je le crois. Je ne remarque plus la couleur. Je t'envoie un texto rapide.

Quand est-ce que tu rentres ?

Car le portail n'a pas encore grincé, et que je ne suis plus sûre de ce que je vois, ces derniers temps, quand je te regarde.

Une semaine précisément après mon premier rapport sexuel, ma mère commença à devenir folle. Je me traînai hors du lit un samedi après-midi.

“Quelle heure crois-tu qu'il soit ?” dit-elle, provoquant une dispute soudaine, comme il s'en produisit parfois durant mon adolescence. La plupart de ces éclats s'achevaient dans les larmes et la réconciliation ; celui-ci se termina, de manière moins banale, par ma mère ramassant toute ma garde-robe d'un mouvement hystérique du bras, avant de la transbahuter jusque devant la fenêtre de ma chambre, tout en s'écorchant le visage contre les cintres métalliques. Elle avait dans l'idée de l'envoyer valser dans le jardin.

“Tu veux un coup de main ?”

La fenêtre était scellée par la peinture depuis des années.

“Sors de là si tu as l'intention de me parler sur ce ton. Si tu as décidé de te comporter de cette manière, tu peux partir, tu n'as qu'à te trouver un autre hôtel.”

Elle avait remarqué la désinvolture de ma voix, sans parler de la manière arrogante et nonchalante avec laquelle je descendis les escaliers.

Les vêtements volèrent dans mon dos et s'emmêlèrent en un monticule dans lequel il lui fallut ensuite taper et trébucher au passage pour venir me coller une beigne. Et cela n'avait rien de merveilleux, loin de là, le choc bourdonna à mes oreilles, le monde vint s'y réfracter en écho. Je restai un moment hébétée, puis je me retournai et sortis de la maison. Bien sûr, dès que je me retrouvai à l'air froid, je me rendis compte que je n'avais pas de manteau et nulle part où aller, alors j'allai dans le petit parc et m'assis sur un banc, la tête basculée vers le ciel pour arrêter mes larmes.

J'avais passé tellement de temps sous ces arbres, enfant, à jouer seule, à parler toute seule. C'était là que j'avais l'habitude de disposer mes jouets et leur ordonner à tous de bien se tenir ; la poupée, le lapin duveteux, la bouilloire et la roche fossilisée.

"Maintenant, soyez gentils !"

Je leur envoyais un grand coup de poing général, puis les séparais brutalement, et leur mettais le compte.

Et je me retrouvais là, encore, à me débattre toute seule. Ma mère se sentait menacée par les changements qui s'opéraient en moi, je le savais bien. Elle se sentait abandonnée, ou dépassée. Elle se sentait vieille.

Et le plus drôle dans tout cela, c'est que j'étais absolument ravie, parce que j'avais mes secrets à présent, et que cela ne la regardait plus. Ce nouveau bonheur charriait un monstre dans son ombre, qui surgissait et disparaissait tour à tour.

C'était une journée très calme. L'herbe d'hiver était tranchante, et les fenêtres alentour renvoyaient le ciel gris dans des reflets d'étain. J'attendis que le monde retombe autour de moi puis je me levai et marchai jusqu'à la maison. Tout était silencieux, désormais, aucun signe de Kitty, bien que des lumières fussent allumées dans les pièces vides en attendant la tombée de la nuit.

Ma mère était debout dans sa chambre, rideaux tirés, et au bout d'une heure et quelque, je toquai à la porte et entrai. Il faisait sombre. Elle tendit les bras lorsqu'elle vit que c'était moi, je me penchai pour la serrer contre moi, tâtonnant pour m'asseoir à côté d'elle sur le lit. Ma mère était si minuscule ; à dix-neuf ans, j'étais bien plus grande qu'elle. Je berçai son petit corps un moment, fredonnant des excuses, avant de la déposer doucement sur les oreillers. Plus tard, je dus la maintenir redressée pour lui faire boire une tasse de thé.

C'était une catastrophe. Nous n'avions jamais eu de disputes mère-fille. Aucune d'entre nous ne s'était jamais mise en colère pour des histoires de coiffure, de rouge à lèvres ou de vêtements que je pouvais bien porter pour sortir. Contrairement aux autres filles, je le savais, qui causaient tant de problèmes à leurs mères, qui leur étaient une source permanente d'exaspération. Rien de ce qu'elles faisaient n'allait, au point que seul le mariage semblait pouvoir résoudre le conflit. (Mon amie Melanie dut aller jusqu'en Amérique pour fuir le phénomène : elle revenait se faire agonir une fois l'an, à Noël, au sujet de ses cheveux.) Mais ma mère était Katherine O'Dell, une femme qui laissait des préservatifs dans le placard de la salle de bains pour la sécurité et à la disposition de sa fille. Telle était ma merveilleuse mère, qui me disait que j'étais merveilleuse moi aussi.

La crise passa, quelle que fût sa cause. Elle enfila un kimono couleur crème dans une soie artisanale, et je la retrouvai dans la cuisine, dans sa posture habituelle, au téléphone, fumant comme un pompier.

Elle avait décidé d'apprendre à conduire, nous le ferions ensemble. Elle s'était dégoté un gentil instructeur qu'elle tourmentait à loisir : "Comment ça « tournez à gauche » ? C'est par là à gauche ?" Nous prenions place à bord de sa voiture d'apprentissage, avec le deuxième jeu de pédales côté passager. Et il ne manquait jamais d'occasions de s'en servir.

"Ralentissez, maintenant. Ralentissez."

Un homme trapu, avec un accent doux du Donegal, de petits yeux, luisants de peur. Nous l'imitions pendant toute la semaine qui suivait les leçons.

"Ralentissez, maintenant. Ralentissez."

Noël approchait, et après nous être dégoté un sapin, elle me servit un verre de sherry, celui des adultes. "Alors qui est ce jeune homme ? Est-ce qu'il a un nom ?"

Je fondis en larmes.

"Oh ma chérie, dit-elle. Oh, ce n'est rien. Il y en aura d'autres, ma chérie. Dans peu de temps, il y en aura un nouveau."

Je l'avais croisé dans la rue. Quelque chose comme dix jours après l'événement, j'étais tombée sur Shay Vincent, mon charmant dépuceleur, dans Anne Street et il m'avait regardée comme si nous n'avions jamais couché ensemble, et ne recommencerions jamais plus. Je lui demandai s'il allait au Duke, et pour ne pas m'ignorer tout à fait, il répondit : "Suis fauché.

— Ah, OK", répondis-je. L'air de dire qu'il y avait toujours une chance que quelqu'un lui paye un verre.

"Tu n'as pas vu Barry ? dit-il pour parler.

— Pas aujourd'hui.

— D'ac", lâcha-t-il avant de me dépasser. Il aurait aussi bien pu me souhaiter "bonne continuation". Sans doute eut-il ce mouvement du menton, avant de fourrer les poings dans ses poches et de reprendre sa route.

Je restai plantée là à le regarder. Tandis que je me retournai pour poursuivre mon chemin, je sentis palpable dans l'air l'écho d'un mot, comme si quelqu'un avait crié une insulte – dont je compris trop tard qu'elle était dirigée contre moi. J'étais fagotée n'importe comment, soudain je me trouvais énorme. Je me dandinai vaguement jusqu'au Duke, où personne ne buvait à part la femme au cache-œil noir, puis je m'arrêtai au O'Dwyer, désert également. Et durant les semaines suivantes, je traînai dans l'espace étrange et saturé d'échos, où erre une femme qui attend qu'un homme la rappelle.

Le Nouvel An venu, ma mère était de nouveau partie, elle travaillait en Amérique, je triais le courrier sur la table du hall d'entrée quand je vis une enveloppe avec mon nom dessus. Shay Vincent m'avait écrit – une vraie lettre, comme on le faisait à l'époque, sur du papier bleu épais couvert de cette écriture que je découvrais, proprette et serrée. Il disait qu'il chérissait le souvenir de notre rencontre et qu'il me vouerait toujours le plus grand respect, mais qu'il ne pensait pas possible de pouvoir m'aimer comme je le méritais. Je fonçai droit à son studio, il ne me laissa pas entrer ; au lieu de cela, nous allâmes au Coffee Inn, où il glissa les mains sous la table collante pour me dire, avec grande difficulté : "C'était ma première fois, à moi aussi." Puis il se mit dans un état pas possible, roula des yeux vers moi, ses mains prenant les miennes de temps en temps. Il ne m'aimait pas, dit-il.

"Ce n'est pas grave", dis-je. Pourtant c'était grave, manifestement, c'était un désastre. Car nous ne pouvions pas refaire ce que nous avions déjà fait, jamais plus.

À cette époque, nous étions tous à moitié fous. Les hommes étaient hors d'eux, les femmes toujours en larmes. Chaque fois qu'on se soûlait, il y en avait toujours un pour se taper la tête contre les murs, ouvrir une fenêtre et rugir dans la nuit. Ou bien est-ce mon imagination ? Notre maison était près du canal, où des couples se promenaient souvent, et dans mes souvenirs de ces soirées hivernales, des femmes pleuraient tandis que des voix d'hommes les rudoyaient dans le noir "Allez, *ça va*, *ça va*".

C'était l'hiver du Bloody Sunday. À la fin du mois de janvier, des soldats britanniques avaient tiré sur les manifestants d'une marche pour les droits civiques dans le Nord de l'Irlande, et ici à Dublin, il y avait eu un rassemblement de protestation devant l'ambassade britannique. Les nouvelles nous arrivaient lentement – dix morts, puis treize. D'une balle dans la poitrine, dans le dos, l'un d'entre eux avait été abattu alors qu'il avait les mains en l'air. Le mardi, tous les étudiants affluèrent depuis l'université pour venir grossir les rangs de la foule amassée devant l'ambassade, nous criions : "*Brits out, Brits out**." Et bien que ce chahut me semblât juste, je n'y retournai pas le lendemain, car les pierres se transformaient en cocktails Molotov la nuit venue, et que j'ai peur du feu.

Le mercredi, les manifestations se multiplièrent. De nombreux étudiants que je connaissais se joignirent aux rassemblements, d'autres s'abstinrent,

* Laissés tels afin que le lecteur puisse entendre les cris, qui signifient "Dehors les Britanniques".

les choses se durcissaient à présent. La nuit où l'ambassade britannique partit en flammes, j'étais assise au salon avec Kitty. Les événements se déroulaient à moins de deux kilomètres de nous, à Dartmouth Square, le bruit de la foule évoquait un match de rugby au loin, sauf qu'elle scandait d'autres chants et que la partie se poursuivit toute la nuit.

J'allumai la petite télévision du salon, Kitty resta debout à côté de moi à regarder, un plumeau à la main. Quand ce fut l'heure des informations, il y eut d'abord un récit des événements de la veille. Deux types que je ne reconnaissais pas avaient fait brûler l'Union Jack sur les marches de l'ambassade, un cercueil en carton portant le nombre 13 peint sur le côté avait traversé la foule de bras en bras. Je me souvenais du cercueil, j'essayais de repérer des visages familiers, dont le mien. J'avais envie de dire à Kitty que j'y étais, ou du moins que j'y étais allée, que le type au mégaphone était un étudiant de Trinity College, pas de l'UCD, pour ainsi dire une sorte de touriste – ou peut-être l'avaient-ils qualifié de maoïste –, quoi qu'il en soit, il n'était pas, comme les gars l'auraient dit, "solide". Mais Kitty n'écoutait pas les informations, elle était branchée sur une météo intérieure. Une vague odeur de papier brûlé s'était insinuée dans la pièce.

J'avais le sentiment très étrange, en regardant le reportage, que les événements sur l'écran étaient en train de se dérouler, que j'étais à la fois dans la télévision et assise sur mon canapé.

Plus tard, j'éteignis le poste et Kitty descendit faire sa ronde avant de se coucher. Je traversai la maison plongée dans l'obscurité jusqu'à la porte d'entrée pour tester l'air, puis je remontai à la fenêtre du haut, à l'arrière de la maison, d'où j'aperçus les lueurs de l'incendie. Je vérifiai que tout était fermé à double tour, que la ligne téléphonique fonctionnait toujours. Ma mère était aux États-Unis à ce moment-là, sans travail, ou si peu, elle reviendrait peu de temps après, désespérée, presque consumée, comme si les manifestations et les exécutions étaient un enfant qu'elle avait abandonné, et non un pays entier. En attendant, le téléphone en bakélite sur la table de l'entrée, d'un blanc crème fabuleux, demeurait massif et silencieux, de même que sa version en plastique beige accrochée au mur de la cuisine.

Kitty, qui ne boudait jamais son malheur, déclara : "Avec un peu de chance, je serai morte avant que ça n'empire encore", puis elle se dirigea avec force grincements jusqu'à son lit, au-devant de vingt autres années encore d'une insolente bonne santé, tandis que je restai assise dans la chaleur de la cuisine, puis allongée sur mon matelas, à me demander ce qui allait nous arriver à tous maintenant.

Une nuit à cette époque, je rêvai que tu me donnais un poisson. C'était une truite arc-en-ciel, dis-tu, ou peut-être un saumon arc-en-ciel. Le poisson était lourd, ventru et luisant, très semblable à celui du florin irlandais, une pièce récemment retirée de la circulation. Je me souviens de ce rêve à cause du poisson sur la pièce (finalement nous ne sommes jamais devenus riches) et parce que je n'ai jamais plus rêvé de toi, pas même quand tu dormais à mes côtés. Et je me souviens de la beauté pesante de ce poisson, de ce cadeau si inattendu.

Le lendemain, je descendis constater les dégâts. L'ambassade incendiée était humide et vide, il ne restait du toit que des poutres noircies qui se découpaient sur un ciel mouillé. Quelques autres personnes s'arrêtaient un moment pour observer la scène avant de poursuivre leur route. À présent que le bâtiment était éventré, une autre ambiance s'installait. À la fac, les conversations butaient contre un mur d'absurde, de politique. Les garçons en particulier s'enhardissaient, puis se dégonflaient. Comme une odeur. Comme si les gens prenaient des décisions en silence ; des décisions qu'ils ne souhaitaient pas partager.

Il se passe cette chose étrange quand le monde bascule comme il avait basculé pour nous la nuit où nous avons incendié l'ambassade britannique. Le lendemain matin, on se lève et on continue.

Ma mère vint se heurter à cette altération de l'humeur nationale, comme un oiseau fonce dans une vitre.

Elle était de retour avant la fin du mois de mars. Un après-midi, je rentrai et la trouvai assoupie en haut. L'entendant parler au téléphone dans la cuisine au milieu de la nuit, je descendis en chemise de nuit et elle me prit dans ses bras.

"Comment vas-tu ma chérie, comment t'en es-tu sortie ?"

Elle était ahurie par le décalage horaire. La table était déjà recouverte de livres et de journaux éparpillés. Ainsi que de deux scénarios qui traînaient dans des enveloppes marron depuis tellement longtemps qu'elles étaient déchirées par l'usure.

"Je me suis tellement inquiétée pour toi, dit-elle.

— Ça a été.

— Comment ça s'est passé ?"

À ce moment-là, ce "ça" ne signifiait plus rien. Il n'y avait plus de manifestations, et plus de cocktails Molotov bien sûr, rien que des rumeurs qui couraient partout. On racontait que quelques types se promenaient avec des bérets noirs dans leurs sacs en toile. Brendan McSorley, de Walkinstown, avait une cagoule de l'IRA, il l'avait sortie chez Toners, se transformant instantanément en créature terrifiante et mythologique. Il avait regardé autour de la table, était parti d'un éclat de rire, et le trou étroit brûlé dans la laine pour sa bouche s'était rempli de dents.

Le barman avait alors surgi de derrière ses robinets si vite qu'on aurait cru qu'il avait sauté par-dessus le comptoir. Il avait ôté la cagoule de la tête de Brendan en tirant d'un coup sec et les avait jetés dehors brutalement, lui et sa cagoule, avant de revenir à l'intérieur, prêt à en découdre, les doigts tambourinant contre ses cuisses.

Le temps que ma mère soit de retour, les vrais types à cagoules du Nord avaient posé une bombe en Angleterre, une autre à Belfast. Un homme se vidait de son sang sur le trottoir en une du *Irish Times*, le bras tendu, dans son costume-cravate. Un homme comme un autre. Cet homme morne devant vous dans la queue à la banque : il expirait au sol, et déjà ce n'était plus ma bombe. Bien que, au Toners, certains des gars manifestaient une certaine satisfaction, de même que certains peuvent parfois se réjouir d'avoir gagné un match de foot, alors qu'ils n'ont jamais touché un ballon de leur vie.

"Tout s'est bien passé ici, dis-je à ma mère. Comment vas-tu ?"

Elle était restée quelque temps à New York dans une petite chambre d'hôtel carrée, à travailler pour NBC sur une mini-série qui n'avait pas dépassé le stade du pilote (dont le titre était, je crois, *Longue journée à Kilfinoola*). Le projet était voué à l'échec, depuis le début, la mésaventure l'avait détruite, c'était trop brutal. Elle ne supportait pas de regarder les informations des événements en Irlande, et puis tout d'un coup il n'y avait plus eu aucune information. Elle était allée à Amagansett où elle avait séjourné dans une maison appartenant à Bob et Laura, complètement seule. Et pourtant c'était merveilleux, elle avait envie de prendre un chien pour le regarder courir le long de ces plages, regarder sa queue onduler entre les herbes hautes dans les dunes, aller au petit café où l'on servait encore des langoustes et des huîtres, mais elle se sentait tellement loin de tout.

"Regarde-toi."

Elle me prit par la taille – dont la minceur lui faisait un plaisir immense – et posa la paume de sa main sur ma joue. Elle se pencha pour me serrer contre elle, me respirer, sentir l'odeur de mes cheveux.

Elle se retira et haussa les sourcils d'un air interrogateur.

"Quoi ? dis-je.

— Oh, rien.

— Quoi ? répétai-je, agacée car elle insinuait quelque chose à propos de ma fichue vie sexuelle.

— C'est juste que tu fais tellement adulte, voilà tout.

— Eh bien, tu es partie depuis un moment", répondis-je. Non sans amertume. Trois appels sur des lignes hachurées, dont le coût à l'époque était prohibitif, mais ce n'était pas l'argent qui l'avait arrêtée. Elle n'aimait pas me parler au téléphone, elle se sentait complètement désincarnée, disait-elle. Comme si elle était déjà morte.

(Ou bien, peut-être n'a-t-elle jamais dit cela, peut-être l'ai-je simplement imaginé. La légende raconte qu'enfant j'avais tapé du pied rageusement et refusé de parler à ma mère au téléphone.)

Quoi qu'il en soit, après nous être mutuellement pardonné, nous marchâmes jusqu'au pied des escaliers, bras dessus bras dessous, dans nos chemises de nuit de satin, couleur lilas pour elle, bleu ciel pour moi. Elle se pencha par-dessus la balustrade en disant : "Je suis désolée de ne pas avoir pris un vol la semaine dernière, il fallait que je reste pour la parade." Elle était prévue sur un char qui descendrait la Cinquième Avenue le jour de la Saint-Patrick, où elle devait faire semblant de jouer d'une énorme harpe dorée : la réception au consulat irlandais qui suivit, et les conversations pour le moins "étouffées" qui s'y déroulèrent la mirent dans une rage folle.

Elle alla jusqu'à sa chambre où je l'aidai à débarrasser le lit de tous les carnets et papiers qui s'y entassaient près d'une nouvelle machine à écrire électrique américaine, qui pouvait tout aussi bien ne pas fonctionner au courant irlandais, et d'un sac où brinquebalaient tout un tas de médicaments américains très forts : des antidouleurs puissants, des antibiotiques, des crèmes bourrées de cortisone, les redoutables boîtes de préservatifs, que je considérais d'un œil intéressé à présent – car elle avait raison, en fait, je voyais quelqu'un, je sortais tous les samedis soir.

J'étais avec cet étudiant en médecine que tu détestais tout particulièrement. Et pour cause, il avait de quoi déplaire. C'était comme l'une de ces relations que les adolescents ont entre eux, pour s'entraîner. Nous avions des rapports sexuels directs et besogneux, sans la moindre conversation digne de ce nom d'une semaine à l'autre, mais c'était Mon Petit Copain, et j'étais Sa Copine. Sans défaut physique majeur. Il voulait se spécialiser en chirurgie orthopédique, disait-il, car au fond il s'agissait de menuiserie, ni plus ni moins. Emmet Mahon, de Monkstown : de toute l'Irlande, la meilleure raison de ne pas se casser la jambe.

Je n'arrivais pas à comprendre pourquoi le sexe, qui avait été une découverte si extraordinaire, n'avait plus rien d'extraordinaire à présent. Je pensais qu'il fallait juste y consacrer le temps nécessaire. Pendant ce temps, à Belfield, je passais toutes mes journées avec toi. Nous avions décidé de lancer un magazine mais sans avoir complètement décidé de quel genre de magazine il s'agirait. Ce qui donnait lieu à des discussions interminables. Il fallait qu'il y ait de vraies idées à l'intérieur. Nous buvions des litres de thé.

(En réalité, toi et tes copains aviez décidé de lancer un magazine et je m'étais immiscée dans le projet grâce à mes compétences de dactylo. Cette nouvelle machine IBM Selectric que ma mère avait rapportée des États-Unis crachait les mots comme une mitraillette les balles, et j'adorais le bruit formidable qu'elle produisait. Melanie de l'école était mon binôme. Elle balançait ses cheveux durant les conférences de rédaction et distribuait des Polo Mints.)

Quand le magazine fut bouclé, nous eûmes une vraie dispute – dont le sujet n'était pas uniquement le cinéma français. Il était tard, c'était dans les locaux du syndicat étudiant, où il y avait une imprimante Gestetner que nous avions le droit d'utiliser. Nous avions fini par sortir une fournée de *Commentaires*, notre nouveau magazine : de la BD par ton ami Noel, des articles principalement de ton cru, un article brillant par ton ami Barry, qui s'avéra, à notre grande déception, entièrement volé à Paulo Freire, et pour finir, une demi-page de blagues potaches par Jim, un autre de tes amis.

J'avais dit que c'était bien.

Ce n'était pas vrai. Il avait fallu que je tape sur des feuilles de papier stencil qui craquaient sous les frappes, trop fin et ingérable. Le tout empestait le solvant, et le produit final était plein d'auréoles blanches. Mais d'après toi, ce n'était pas le problème. Le problème c'était ma contribution : un petit texte satirique, écrit du point de vue d'une "benne", ou d'un aspirateur de Trinity College, censément fréquenté par les étudiants riches. Tu le trouvais un peu putassier. Tu prétendais que je n'abordais pas les vrais sujets en jeu, c'est-à-dire (ainsi que je le compris en creusant le sous-texte) qu'effectivement, j'étais sans doute trop bourgeoise pour le magazine *Commentaires*, et peut-être voulais-tu dire par là, qu'étant aussi bien moralement que financièrement indépendante, j'étais sexuellement immorale. Ou peut-être pas. Ou bien n'était-ce absolument pas ton propos. En réalité, le fait que je pense que c'était le problème était le vrai problème, car la dernière chose dont ce magazine avait besoin était d'une femme qui pérorait sur elle-même, alors qu'on pourrait se concentrer sur les mécanismes des grands bouleversements.

Tout était donc ma faute, d'où qu'on se positionne. Mais j'entendis également le compliment contenu dans ta colère. Ce que tu voulais dire au fond était que toi aussi tu désirais – ou bien ne désirais *absolument pas* – coucher avec moi.

Seigneur.

Parfois je ne sais pas pourquoi je me suis mariée avec toi.

J'ai grandi entourée de gens fous et je crois que cela me plaisait en un sens, mais cette fois, c'était trop stupide et vexant, même pour moi. Je partis. À grandes enjambées dans mes nouveaux sabots en cuir, ker-klopp ker-klopp, tandis que tu me pourchassais en disant : Ce n'est pas ce que j'ai voulu dire. Et je pleurai, et tu me réconfortas des blessures que tu m'avais causées, là, dans l'allée qui menait à l'arrêt de bus, et c'est ainsi que nous avons continué ensemble plus de quarante ans.

Non, c'était une blague.

Mais c'est toujours vrai, tu es gentil tant que je "t'appartiens", et blessant quand je cesse de "t'appartenir", et ce sentiment de possession est mouvant, peu importe que je parle, que je sourie ou que je quitte la pièce où nous nous trouvons.

Nous nous sommes embrassés dans l'allée, ce soir d'avril 1972, et nous avons continué de nous embrasser durant tout le mois de mai dans différents endroits de la ville de Dublin : contre des grilles sur Northumberland Road, tu tenais dans tes deux mains les pointes de lance en fer forgé de part et d'autre de ma tête ; sur un banc dans Herbert Park, les rebonds des balles de tennis fournissant un écho aux allées et venues de nos baisers ; dans le jardin secret derrière Earlsfort Terrace ; à l'arrêt du bus 14A, qui était ton bus, dont le moteur tournait, monstrueux derrière l'écran de ses mailles orange. Un baiser poétique sur un banc depuis le pont de Baggot Street, un baiser interminable sur un appui de fenêtre au coin de Suffolk Street, où j'oubliai mon sac, ivre de t'avoir trop embrassé, baiser dont le souvenir perdura des années durant, même lorsque la fenêtre fut détruite et remplacée par une porte par laquelle les gens entrent et sortent désormais, traversant encore et encore notre baiser. Un baiser près de chez moi, contre un arbre au bord du canal, où je n'étais pas une de ces femmes qui pleurent et toi un de ces hommes qui les rudoient, meuglant tel un veau malade : "Allez, *ça va*, *ça va*." Un baiser assis sur les marches du perron de Dartmouth Square, après que tu avais compris comment m'attirer dans ton lit.

"Allons nous mettre au lit", avais-tu dit. Et c'est ce que nous avions fait.

Début juin déjà, nous passions tout notre temps ensemble – planqués le plus souvent à Dartmouth Square pour ne pas contrarier Kitty, ou bien ta mère à Rathfarnham, qui aurait été contrariée également. Nous étions amants. Nous n'étions pas des amants maudits, je crois qu'il y a une différence. Avec des rapports fréquents et sincères, cependant nous manquions d'expérience et préférions presque discuter – c'était là que nous étions les meilleurs, et c'était ce que nous faisions, habillés ou non, des jours entiers. Le sexe s'améliora rapidement, malgré les campagnes de dénigrement de Duggan sur les femmes au foyer dans le monde, ou bien ses médisances sur les hommes et les femmes à la fois – que le sexe est le chemin le plus sûr vers l'insatisfaction et ne peut que mourir de sa belle mort avec le temps. Il nous est arrivé tout l'inverse. Et j'ignore pour quelle raison.

Je ne sais pas pourquoi il pensait une chose pareille, ou pourquoi il avait tort.

C'est très réel. Ce n'est pas une performance, je veux dire. Il n'y a ni masques, ni costumes, ni cruauté. Personne n'est blessé ou ne fait semblant de l'être.

Bon, peut-être un peu.

Ou bien je me trompe et ce n'est que de la cruauté – rien de plus sérieux ne peut advenir entre deux corps. Peut-être qu'il entre, au cœur de la relation, une part de destruction mutuelle. Et sans doute une forme de dénouement qui régénère.

Y penser est une grande source de distraction. Je prends le téléphone pour t'appeler et j'entends le chant de grillons de ton portable en bas.

"Tu es là ?" Je crie à travers le sol.

Pas de réponse. Je referme mon ordinateur portable sur une kyrielle de papiers en tous genres, recule du bureau d'écolière de notre fille et passe la tête par la porte.

"Tu es rentré ?"

La maison autour de moi est un puzzle d'absences, pièce après pièce.

Ma mère sortit de sa chambre en flottant, un matin de juillet, et te lança un "Oh bonjour" en te voyant entrer dans la salle de bains, massif et poilu, enveloppé dans ma robe de chambre en satin bleu. Pour être honnête, tu ne ressemblais à rien. Tu te carapatas dans ma chambre, me bousculas au passage et te cachas sous les draps comme dans un vaudeville.

Ce genre de choses ne pourrait pas se produire à Rathfarnham, dis-tu. Et effectivement. Si j'avais été "surprise" dans ta chambre chez toi, chambre que, de toute façon, tu partageais avec tes frères Tom et Andy, ta grenouille de bénitier de mère serait tombée dans les pommes, tandis que ton stoïque de père aurait sombré dans le silence et la déception, et sans doute aurais-tu fini par épouser une autre fille.

Sans doute.

Au lieu de quoi, tu essuyas une question moqueuse et doucereuse sur la façon dont tu prendrais ton thé – ou bien est-ce que vous préférez un café ? – elle avait une nouvelle cafetière à expressos italienne, tu venais de la repérer sur le poêle. Tu eus droit à ses fameuses tartines de confiture et, un peu plus tard, à des présentations en bonne et due forme, pour lesquelles elle s'équipa de ses lunettes de lecture, afin de me jeter un regard au-dessus de la monture en disant : "Ma chérie, tu ne nous as pas présentés." Puis elle t'offrit quelques pages de son journal – ce devait être le supplément week-end – qu'elle te passa sans un regard, comme à un vieil ami.

Après des années à nous aimer toutes les deux, ou du moins à t'accommoder de notre duo, tu crias : "Toi et ta putain de bourge de mère !" et je me souvins alors de ta mortification ce matin-là, comme tu haïssais te trouver assis là, toi qui, avec les années, avais pourtant fini par devenir un lecteur assidu du journal, un amoureux des petits-déjeuners interminables, un amateur de bon café. Tu me le rebalanças en pleine figure quand les enfants étaient encore petits.

Toi et ta putain de bourge de mère !

À quoi j'avais répondu : "Oh nous y voilà. Tu m'en diras tant."

Qu'est-ce qu'ils ont tous ces hétéros ? J'ai vu ça des tonnes de fois. Cette sensation qu'ils éprouvent chaque fois qu'une jolie femme leur sourit, comme si, en un sens, elle les avait humiliés.

Six mois après le Bloody Sunday, Katherine fut photographiée dans une manifestation de protestation à Derry pour le premier anniversaire des internements sans procès. Elle marchait bras dessus bras dessous au premier rang avec des femmes de Derry et des activistes des droits civiques. Elle avait une espèce de foulard de ménagère noué sous le menton, en fait c'était un carré Hermès, et en passant devant l'œil de la caméra, elle rejeta la tête en arrière et sourit.

Le parcours était bloqué par des soldats britanniques et par la suite la manifestation vira à l'émeute avec jets de pierre, c'est d'ailleurs tout ce qu'on en vit aux informations. Je manquai le journal télévisé – les bouteilles en flammes et les hommes chétifs avec leurs chiffons blancs devant le visage lançant des morceaux de briques –, je ne savais même pas qu'elle était là-bas. Puis une photographie parut. Même pas dans la presse nationale, dans une publication locale qu'elle ouvrit sur la table de la cuisine et laissa bien en évidence pour que je tombe dessus.

Je n'évoquai pas le sujet. Je ne suis même pas sûre de l'avoir bien vu. J'aurais dû m'inquiéter qu'elle eût pu se faire tirer dessus, mais tout ce dont je me souviens, c'est d'en avoir conçu de l'agacement. J'avais ma propre vie. J'avais vingt et un ans et ma principale activité était d'être amoureuse.

C'était notre première année en tant que couple, nous la passâmes plongés dans les yeux l'un de l'autre, errant dans une hébétude attendrie, à nous demander "Où veux-tu aller ? " et "Où vas-tu ?" et "Où étais-tu ? Je t'ai attendu". Nous nous tenions la main et nous accrochions gentiment, te plaisais-je vraiment autant que telle ou telle autre passante que tu regardais par-dessous tes longs cils. Tu disais que oui. Bien sûr. Comment pouvais-je me tromper à ce point ? Tu disais que j'étais une fille tranquille, et que tu trouvais ça sexy. Tu aimais mon regard analytique, ma capacité à me confier si intensément puis à faire comme si tu n'existais pas, cette manière que j'avais de sauter du lit et de prendre la porte sans un mot. Toi tu portais l'empreinte de notre amour, disais-tu, au fer rouge, tandis que moi j'étais une fille-ardoise magique.

Quoi que cela pût signifier.

Tu disais que tu avais l'impression que je t'oubliais chaque fois que je tournais la tête.

"Non, c'est faux. Je ne t'oublie pas."

J'avais déjà beaucoup à faire, c'est cela que je voulais dire. J'avais suffisamment de problèmes, je m'entraînais à mimer des expressions dans le miroir, je m'efforçais d'avoir l'air d'autre chose qu'une fille impassible, et tout ça pour ce garçon supérieurement intelligent de Rathfarnham. J'ai un visage immobile. J'ai toujours la même expression sur les photos. Je suis sûre que si on découpait mon visage dans toutes les photos d'un album et qu'on les échangeait, on n'y verrait que du feu. La voilà le jour de son anniversaire, et là, seule au bord de la mer. Et cela me donne l'impression d'être invisible, comme si l'anniversaire n'avait jamais eu lieu, ou bien sans moi. Tu disais aussi – au début c'était un reproche mais ce n'en est plus un maintenant – que je garde les choses pour moi et les rends rarement.

J'essayais donc d'avoir l'air moins effacé, plus intéressante à tes yeux, parce que tu étais, toi, si incroyablement fascinant. Tes sourcils se rejoignaient à une hauteur malheureuse, et tu parlais avec les mains. Des mains longues, blanches, expressives. Nous passions notre temps au restaurant universitaire à débattre de l'avenir de l'art dans un monde capitaliste, tandis que les plateaux usagés retournaient en cuisine sur leurs circuits automatiques. À l'époque, Nietzsche était un vrai sujet pour nous. Nous retournions diverses trahisons, romantiques ou idéologiques, dans tous les sens. Qui faisait semblant, qui était sincère : est-ce que Barry le pensait vraiment ou bien faisait-il *semblant* d'aimer Artaud.

Ta veste en velours et ton gilet en cuir étaient recouverts, cet automne-là, d'un long pardessus poivre et sel avec de grands revers recourbés et une ceinture qui pendait, tu le portais toujours ouvert pour que je puisse y réchauffer mes mains, ou caresser ton petit cul maigrichon, tandis que nous attendions sous la pluie. J'avais acheté un gilet afghan : il me descendait jusqu'aux chevilles, avec sa doublure miteuse. Je le livrais aux airs dubitatifs en l'accessoirisant d'un feutre mou et de cigarettes fines. Peut-être que c'est la raison pour laquelle je n'ai pas pris l'engagement politique de ma mère trop au sérieux. À mes yeux, elle avait juste mis un foulard. C'était un changement de costume, rien de plus.

Ma mère est morte depuis longtemps, et j'aurais envie de croire que rien n'a jamais mal tourné entre nous deux. Katherine – ainsi que je commençai de l'appeler en entrant à la fac – était trop souvent absente, et quand elle était à la maison, nous avions envie d'être heureuses. Nous passions des soirées entières assises sur le même canapé. Elle installait un coussin sur ses genoux pour que j'y pose la tête, et nous fumions des cigarettes du même paquet, comme si fumer était une sorte de passe-temps.

J'avais toujours un livre en cours. Elle buvait un chianti tord-boyaux en lisant un script ou en le repoussant sur le côté. Si je partageais avec elle mon opinion sur la place que j'occupais dans le monde, elle abondait dans mon sens, immédiatement – puis elle ajoutait un détail qui s'avérait, dans l'heure ou les deux heures qui suivaient, retourner mon idée à l'exact opposé. Sans que j'arrive à savoir à quel moment cela avait basculé. Nous pivotions l'une autour de l'autre. Nous adorions être d'accord.

Par exemple, j'avais plutôt envie de me marier. Elle déclara que c'était une idée charmante.

"Oh oui", dit-elle.

Comme si elle ne savait pas du tout qui tu étais, que tu étais complètement déroutant et impossible à aimer. Une heure plus tard, j'étais fermement décidée à rester célibataire, ou du moins sans enfant, et elle pensait elle aussi que c'était une bonne idée. Et nous fumions en nous prélassant, comme deux femmes en transe l'une de l'autre.

Nous laissions la télévision allumée sans le son, le remettions pour écouter les informations, qui concernaient essentiellement, à ce moment-là, l'Irlande du Nord. Tirs, représailles, raids, bombardements. Quand je regarde en ligne, j'ai l'impression qu'il n'y a eu qu'un mauvais jour alors qu'ils sont tous advenus les uns après les autres : un membre de l'IRA abattu par des soldats britanniques, un soldat britannique abattu par l'IRA, un catholique lambda abattu par des troupes paramilitaires protestantes, deux hommes abattus dans Belfast-Ouest pour des raisons inconnues. Durant toute l'année 1973, les gens explosèrent en morceaux dans les pubs et les baraques à frites, tués par accident ou dans la panique, tués sans raison ou de manière très ciblée. Tout cela bruissait à nos oreilles, le jour, la nuit, et le silence entre nous se fit de plus en plus triste.

Nous ne nous disputions pas au sujet de la politique. Je ne commentai pas l'escapade idiote à Derry. Je ne me plaignais pas des chansons nationalistes qu'elle passait sur le tourne-disque, ou des hymnes funèbres, des vers de mirliton que des types à moustache venaient déclamer dans notre cuisine à la nuit tombée (puis, sortie de nulle part, se mettaient à chanter une chanson d'une tristesse à vous broyer le cœur). Je gardai mes lèvres scellées lorsqu'elle alla agiter le vieux shillelagh pour une collecte de fonds à Boston, au profit des femmes de "prisonniers". Pourtant c'était difficile d'être dans la même pièce qu'elle parfois – de ressentir cette pointe de satisfaction arrogante et silencieuse quand les informations annonçaient des nouvelles choquantes. Il y entrait une forme de plaisir et le genre de déviance qui me mettait dans des rages folles.

À Pâques de notre dernière année de fac, tu me quittas pour des raisons que je ne pouvais pas comprendre. Puis au moment de nous remettre ensemble, nous passâmes deux jours au lit avant de nous quitter de nouveau pour préparer nos examens. Après les examens, tu m'envoyas un poème de Patrick Kavanagh. Puis tu embarquas dans l'InterRail avec ton Anglaise Olivia, qui n'avait jamais lu un poème de toute sa vie. Tu n'étais pas là pour ma fête d'anniversaire.

Désolée, j'avais oublié cela : tu as raté mon vingt et unième anniversaire. Tu appelas le lendemain d'une cabine téléphonique à Padoue, la voix paniquée à l'idée de manquer de pièces à mettre dans la fente. Après quoi tu rentras pour trois ou quatre semaines d'automne, et la poésie nous sortait par les oreilles.

Puis tu me quittas pour de bon.

Puis, finalement, je *te* quittai pour de bon, car je ne pouvais plus endurer tes absurdités un jour de plus, ta mère corsetée, ton trou à rats de famille banlieusarde catholique, ce cauchemar de Rathfarnham et ses putains de tapis immondes, ton obsession supérieurement intelligente et totalement stupide pour Artaud.

Après quoi il y eut des tas d'ultimes étreintes, car notre amour était une cause désespérée et que Noël approchait. En janvier, tu embarquas sur un bateau pour Londres, car il n'y avait rien à faire en Irlande pour un garçon supérieurement intelligent de Rathfarnham.

À ce point de l'histoire, je maîtrisais le look débraillé à la perfection. Cheveux longs, vêtements dégoulinants. Des tonnes d'eye-liner et de petits grelots tintant à chacun de mes mouvements. Tu disais que j'avais l'air d'une femme qui vient de sortir du lit d'un homme, rien ne pouvait me faire plus plaisir. Du moins à l'époque. Après ton départ, je me demandais ce qui te faisait dire une chose pareille, alors que le seul homme dans le lit duquel j'avais jamais eu envie d'être, c'était toi.

Je trouvai un travail ce premier hiver à la sortie de la fac, cela consistait à rédiger les pages d'annonces pour un journal et plus tard, la section loisirs. J'étais une journaliste. J'enfilais mes bottines compensées et chancelais dans la nuit d'hiver jusqu'à une soirée de première au Gate Theatre, ou au Spring Show de la RDS. J'avais obtenu ce poste grâce aux contacts de ma mère, j'étais chanceuse – il n'y avait pas de travail à l'époque – mais je n'étais pas heureuse. Ma vie me donnait l'impression d'une pâle copie et j'étais terrifiée à l'idée qu'elle le devienne pour de bon.

J'étais blasée avant l'heure, j'arrivais avec mes boucles d'oreilles clinquantes et l'ennui sur mon visage. Dans les années qui suivirent ton départ, je devins jeune et fatiguée. Je sortais tous les soirs. En rentrant, je trouvais la maison plongée dans l'obscurité quand elle était partie, ou bien hantée par ses déambulations nocturnes quand elle était là. J'évitais ses amis : ceux qui promenaient leur bohème hors d'âge au petit salon, comme les jeunes républicains qui cherchaient la note d'une chanson à la cuisine. Je passais devant eux et montais les escaliers pour aller retrouver mon lit.

C'étaient des nerveux, ces types qui secouaient la tête en rythme sur la musique. Des corps blancs, à tirer sur leurs cigarettes à toute allure ; de vilaines coupes de cheveux, et les épaules étroites des hommes qui avaient grandi dans la pauvreté. La plupart d'entre eux n'étaient pas "engagés", tel était l'euphémisme que nous employions pour parler de ceux qui s'impliquaient activement dans les tueries et les mutilations, mais peut-être que certains d'entre eux l'étaient, "engagés". Les frontières n'étaient pas claires.

Ce n'était pas une grande époque de ma vie. Au début des années 1970, n'importe qui vous dirait que tout Dublin sentait comme le pont supérieur d'un bus à impériale un matin de pluie. Je noircissais des pages sur Abbey Street puis j'allais boire des verres avec les journaleux burinés, à l'Oval ou au Batch sur Bachelors Walk, avec vue sur le fleuve étoilé en contrebas. J'essayais de m'extraire des pages loisirs pour me faire une place dans le vrai journal, les hommes qui buvaient dans ces bars en étaient. Ils savaient ce qui se passait à l'intérieur. Ils se plaisaient à prédire la suite des événements, et lorsqu'ils se trompaient – c'est-à-dire exactement la moitié du temps – ils adoraient expliquer comment nous avions tous été bernés. De sorte qu'étant doublement mieux informés, ils étaient de nouveau dans le vrai.

"Va au Buswells, renifle tout ce qui se passe." Le rédacteur en chef m'envoya dans un hôtel fréquenté par des politiciens, où mon travail consistait à flirter avec de vieux messieurs, ce que je fis, pour découvrir des choses, ce qui n'arriva guère en réalité. J'appris des choses sur les pensions de retraite de l'armée, les défauts de paiement infligés au planning familial, mais c'était le genre de trucs qu'on pouvait bien rapporter un million de fois dans des articles, tout le monde s'en fichait. Les journaux regorgeaient de lettres piégées, de tueries au nord et au sud de Dublin la pacifique, tout le monde était obsédé par l'argent secret, les maîtresses secrètes – tout le monde voulait *être tenu au parfum*.

Flirter au Buswells n'était pas la pire manière de passer un jeudi soir et je ne m'en sentais pas particulièrement salie. J'évitais de coucher avec la plupart d'entre eux, bien qu'il y ait eu des nuits où je sortis de là en chancelant, époussetant mes vêtements. C'était un jeu que nous jouions ; un vieux connard quelconque commandait du champagne et je répondais "Dégage de là", avant de boire quand même et de m'en aller.

Bien sûr, je ne m'en allais pas toujours. Il y eut Duggan – quoique, plus tard, et sans une goutte de champagne. Mais je suis incapable d'expliquer correctement combien ces hommes me plaisaient, ceux de l'Oval qui veillaient sur moi, ceux du Buswells, finalement très inoffensifs. J'aimais leurs yeux tristes et méfiants, la manière qu'ils avaient de me transformer en objet de leur galanterie, une fille en goguette.

Et une nuit, c'est vrai, je suis tombée sur Duggan et je l'ai laissé flirter avec moi, et je ne suis pas partie en courant.

Duggan était l'un de mes maîtres de conférences à la fac, même si je m'efforçais de ne pas suivre ses séminaires, aucune fille sensée n'avait envie d'être notée par Duggan le Baiseur – c'eût été un gage de franche stupidité. Il m'arrivait de jeter un œil de temps à autre dans l'amphi L où les élèves s'entassaient jusqu'aux portes pour l'écouter, dans ses costumes trop larges en velours vert foncé, disserter sur D. H. Lawrence. Il prononçait le mot "génital" à tout bout de champ – avec son accent du pays de Monaghan – et c'était l'attraction la plus folle dans une université où les toilettes étaient séparées en "Homme", "Femme" et "Nonnes". Il admirait Bellow et Mailer, il était férocement, et de manière revigorante, anti-irlandais – c'était sa carte de visite – et cette posture faisait de lui à la fois un original et un grand rebelle.

Mais j'aimais notre complicité. Avec lui je me sentais non seulement intelligente, mais meilleure que tous les gens intelligents, qui étaient – autant le dire – inutiles en réalité. Pas comme nous.

"Regarde-toi, aimait-il dire. Tu pourrais renverser la maison tout entière. Faire que tout s'écroule autour d'eux."

Je ne savais jamais s'il m'encensait ou se moquait de moi. J'étais une étudiante silencieuse et observatrice.

J'avais l'impression qu'au moindre écart, je serais comme une vigne qui s'épaissit : rampant, invisible et nuisible, les décennies passant, jusqu'à ma destruction végétale. Mais comment le savait-il ? Que si je voulais un homme, je n'avais qu'à m'avancer pour le prendre – le savait-il ? J'avais beau être une ravissante petite Irlandaise. Avec lui c'était davantage un motif pour me gronder, auparavant. Tu es une ravissante petite Irlandaaaiiise. Après coup, je me demandais sur combien d'autres femmes cela avait marché. Combien de ravissantes petites Irlandaaaaiiises il avait ainsi mises dans son lit.

Quatre ans après la fin de mes études, je tombai nez à nez avec lui au Grogan après la soirée de lancement d'un poète, et j'étais devenue une adulte à qui il dit : "Regarde-toi, tu es devenue une adulte", mais je ne m'en sentais qu'endurcie et triste. Il remarqua mon nouveau cynisme et me le renvoya en pleine figure, et nous continuâmes de déblatérer et de nous disputer en allant de pub en pub, jusqu'à nous retrouver dans sa cuisine à Ranelagh. Cette dernière invitation contribua à me donner l'impression que j'étais une adulte – depuis tout le temps que je le connaissais, je n'étais jamais allée chez lui. Et ce n'était pas comme si je n'avais pas su ce que nous nous apprêtions à faire.

Il avait tellement été question de Duggan, il avait alimenté tant de conversations au fil des ans, de ses provocations, toujours insaisissables. Pourtant, aux impulsions que je pouvais avoir de le contenir, de le rejeter même, le choc de sa peau nue mit fin en un instant. Duggan était un homme ventru, et ses bras étaient maigres en comparaison, il était aussi très blanc et très poilu. On n'en voit plus, ou plus tant que ça, des hommes avec leur ventre de bière brune, c'étaient des hommes d'apparence puissante en leur temps. Cela dit, son érection semblait en porte-à-faux avec le reste de sa personne. Et j'étais, autant que je m'en souvienne, surprise que tout fonctionne encore, il avait l'air tellement vieux (il avait, d'après mes calculs *a posteriori*, cinquante et un ans).

J'en étais donc là, dans toute l'arrogance de ma jeunesse. Face à Duggan, soumis, étalé sur son dos fragile : au-dessus de lui, moi je n'étais qu'agilité et déception. Il n'avait plus rien à voir avec Duggan – cet homme méchant, s'engouffrant dans les combats qui enflammaient les foules ; les lesbiennes à un bout, le prêtre à l'autre, entre les deux l'obsession de Jonathan Swift pour la merde. Il était étonnamment retenu. Coucher avec le corps de Duggan revenait à coucher avec l'aspect le moins intéressant de sa personne, et c'est précisément, j'imagine, la vengeance que je recherchais.

Je demeurais allongée dans ses bras après, réfléchissant à mon évasion, retardée par le son chaleureux de sa voix résonnant sous mon oreille dans sa cage thoracique, la sensation inattendue de sa main sur ma tête, démêlant les mèches de mes cheveux.

Nous étions dans la petite maison de Rugby Road, que sa femme avait abandonnée quelques années plus tôt. Rien n'était propre. Les draps retombaient doucement sur nous, je les dégageai d'un geste, dévoilant au passage le dessin parfait de mon propre profil, la courbe de mes hanches et de ma taille. Duggan parlait de l'année qu'il avait passée dans un hôpital pour tuberculeux quand il était enfant, de ce qui arrivait à l'époque lorsqu'un garçon mouillait son lit. Il se mit à hurler d'un coup : *"Sœur Margaret ! Sœur*

Margaret !" et je regrettais de n'avoir personne à qui raconter cela. Duggan se plaignant d'avoir mouillé son lit, cinq minutes après avoir joui.

Personne ne lui rendait visite là-bas, il y passait pourtant toute l'année. Pas une âme ne faisait le voyage jusqu'à Monaghan pour vérifier s'il était mort ou vivant ; ni sa mère, ni son père, ni le prêtre de la paroisse. Il avait huit ans. Le lendemain, j'éprouvai une pointe de chagrin et de regret, peut-être en couchant avec cet homme lui avais-je causé davantage de tort encore. Un sursaut d'émotion fréquent ces jours-là, à me dire, mon Dieu, l'hôpital pour tuberculeux, ce devait être si dur. L'un de ces petits trous noirs qui s'ouvrent en vous un matin et dans lequel toute l'Irlande catholique s'engouffre.

Mais sur le moment, étendue entre ses draps sales à Ranelagh, j'en aurais presque pleuré de rire. Le professeur Niall Duggan, le type qui avait quitté avec pertes et fracas la table d'un dîner avec Frank Kermode et même refusé de coucher avec la première femme d'Harold Pinter, me parlait de mouiller ses draps.

Sœur Margaret ! Il a recommencé. Sœur Margaret !

Par une claire soirée de 1974, alors que je rentrais à la maison, longeant Merrion Square en marchant, j'entendis un bruit de chute, rien de vraiment désastreux, une chute lointaine, suivie d'un craquement net.

"Vous avez entendu ?" interpellai-je un passant, comme si nous nous connaissions depuis toujours.

"Je crois bien, oui", dit-il.

Les Dublinois se parlent très facilement. Nous nous parlons comme si nous reprenions le fil d'une conversation après une interruption quelconque.

“Faites bien attention à vous”, dit-il, et nous pressâmes le pas tous les deux pour nous éloigner le plus vite possible du centre-ville.

Au coin d’Holles Street, je sentis un bruit énorme. Je croyais que le son s’était produit sous mes pieds mais, quand je baissai les yeux, rien n’avait changé. Je jetai un œil de là où je venais et vis une femme les mains au sol, les genoux relevés, devant le Mont Clare Hotel. Je sus que c’était une femme à cause de son sac à main enroulé autour de son poignet et gisant à plat sur le sol, et de son chapeau encore accroché par son épingle, mais sur le point de tomber également. J’eus le réflexe de vouloir le rattraper. Je ne me souviens pas d’avoir couru jusqu’à elle – ces quelque quarante secondes sont sorties de mon esprit pour ne plus jamais le réintégrer – mais le temps que je revienne sur mes pas, un homme l’avait déjà redressée. Il y avait deux trous identiques aux genoux de ses collants couleur chair, le talon de sa main était grisé. Mais elle ne se préoccupait que de remettre de l’ordre dans ses cheveux, aplatissant et coinçant ses mèches sous son chapeau.

“Oh mon Dieu, dit-elle. J’ai rendez-vous demain, en parlant du coiffeur.

— Vous êtes superbe”, dis-je. Cette mortification incongrue au sujet de ses cheveux suffit à me distraire de la circulation à l’arrêt et de la fumée qui montait de Trinity College. À quelques mètres de nous, un homme au visage ensanglanté s’immobilisa et s’essuya les yeux.

Plus tard, les gens décrivirent ou refusèrent de décrire les blessures dont ils avaient été les témoins. Une femme fut décapitée sur Dublin Street à moins de trois cents mètres de là où je me trouvais, mais il se passa vingt années supplémentaires avant que je découvre pour la première fois une photo de son corps atrocement raccourci gisant au sol, ses bottines compensées à la mode dépassant sous le manteau d'un inconnu. C'était un manteau d'homme, j'y repensais encore longtemps après : cette idée d'enlever son manteau et de l'étendre sur le cadavre d'une fille dont il ne restait rien au-dessus du col, puis de rentrer chez soi sans manteau. Sa femme qui avait dû lui dire : "Et ton beau manteau, qu'est-ce que tu en as fait ?" Et je me souviens d'avoir détourné le visage de l'homme ensanglanté pour préserver son intimité, il semblait tellement à nu.

J'entendais les sirènes à présent, mais elles étaient ailleurs. En dehors du murmure des pas des gens qui s'échappaient en courant, la rue était très calme.

Je m'efforçais de faire traverser la femme au chapeau de l'autre côté de la route pour qu'elle puisse monter dans un bus. Mais non, protesta-t-elle, si ça se trouve c'était pire dans le quartier des bâtiments gouvernementaux. Un homme marchait le long de la ligne tracée au centre de la route, entre les véhicules à l'arrêt, il disait que c'était une voiture qui avait explosé, une bombe dans une voiture qui était garée. Difficile de décrire la certitude qui était la mienne tandis que nous rebroussions chemin vers Holles Street, que chaque capot, chaque coffre pouvait nous envoyer en enfer, que n'importe quelle Fiat, Volkswagen, propre ou sale, noire, verte ou orange, pouvait se transformer en monstre hurlant de métal déchiré, que nous marcherions sous une pluie de verre de pare-brise, empalés sur un essuie-glace déplié, que nous étions sur le point de mourir. Les voitures demeuraient, dans ces circonstances, étonnamment muettes.

La femme au chapeau essayait de m'échapper. Elle disait qu'elle irait à Ballymun, où elle avait un cousin. Je la laissai au coin de la maternité, où les infirmières étaient amassées sur le perron, épinglant leurs pèlerines pour courir vers les lieux de l'explosion.

Je portai des talons absurdes ce jour-là sur lesquels je trébuchais tout le long du kilomètre et demi qui me séparait de Dartmouth Square. Il y avait un attroupement devant le pub de Larry Murphy, ils disaient que les bus étaient tous arrêtés, il y avait plus d'une bombe, trois déjà. Au coin de Fitzwilliam Street, une voiture explosa dans le hurlement d'un chien projeté contre la vitre arrière. Quelqu'un avait laissé un jack russell à l'intérieur, et ainsi que je le racontais toujours par la suite, ils avaient *pété les plombs.*

En rentrant à la maison, je fus saisie par l'odeur de vieux lilas dans un vase, gâtés par la chaleur inattendue de ce mois de mai. Arrivée à l'étage, je découvris ma mère à côté du poste de radio dans le salon. Elle me vit entrer et n'esquissa pas un sourire.

"Tu as entendu les nouvelles ? demandai-je. Tu as entendu ?"

Elle me dévisageait, encore et encore.

"Pas nous", dit-elle.

Deux mots.

"Qu'est-ce que tu veux dire par « nous » ?"

Il se produisait cette chose dans ces yeux – il me semble – dans les moments de grande irrationalité. Leur vert épaississait, le pigment se faisait boueux, opaque. Son propre regard revêtait un masque, en quelque sorte.

"Nous ?"

Pour qui se prenait-elle ?

Elle n'était même pas irlandaise.

Ce soir-là, je perdis mon calme. Je tempêtai en faisant les cent pas. Je tirai une valise du placard situé sous les escaliers et remontai dans ma chambre, en cognant la valise vide contre la balustrade. Après quoi je me retrouvai démunie, ne sachant ni quels vêtements emporter, ni où aller. J'étais en état de choc. Je m'assis sur le bord du lit et regardai dans le vide.

Il existe un test psychologique que certains processus de recrutement vous demandent de passer – des pages et des pages de questions sur votre type de personnalité ("Êtes-vous une flèche ou un bateau ?") et l'avant-dernière question est : "Votre mère est-elle ou était-elle quelqu'un de bien ?" Apparemment si vous répondez "non", c'est interprété comme un signe d'instabilité, aucune mère n'est quelqu'un de mauvais. Cela n'existe pas.

On ne retrouva jamais les responsables des explosions qui se produisirent à Dublin ce jour-là, même s'il est probable que les services secrets britanniques aient été impliqués. J'ai connaissance également de la rumeur selon laquelle, au début des années 1970, Katherine O'Dell avait un amant qui grimpa ensuite les échelons et devint un membre éminent de l'IRA. Je ne sais pas quoi répondre à cela. Premièrement que je pense que ce n'est pas vrai. Et si c'était vrai – et ce n'est pas le cas – je peux comprendre qu'un tel homme, dans les jours qui suivirent le Bloody Sunday, ait été considéré comme un héros. Ma mère n'était pas snob, elle avait un sens aigu de l'injustice, et par ailleurs, si vous voulez mon avis, elle pouvait coucher avec tous les hommes qu'elle souhaitait avoir. Mais je crois que la cause n'était qu'une passade pour elle, ce qui ne fait qu'empirer les choses en un sens. Ma mère flirtait avec la violence. Elle a aussi bien pu coucher avec la violence – je n'en sais rien et je m'en fiche. Le sexe, à mes yeux, est hors sujet.

Et d'ailleurs, il nous arrive à tous, à un moment ou un autre, de vouloir coucher avec le méchant – pour réparer ses blessures, ou bien pour souffrir nous aussi –, d'une manière ou d'une autre, nous sommes tous attirés par le côté obscur.

En l'occurrence, c'était juste trop réel pour moi.

Malgré tout ce que les événements des années 1970 remuèrent chez ma mère – malgré le succès qui la rendit folle, les échecs qui la rendirent folle, l'injustice qui la rendit folle et les Anglais qui la rendaient particulièrement folle –, je ne la considérais pas comme cliniquement folle, à l'époque. Elle payait un lourd tribut aux incertitudes de sa profession bien sûr. Et il était difficile de travailler avec elle. C'était de notoriété publique.

Ou tout l'inverse. C'était *merveilleux* de travailler avec elle. Ma mère était *fantastique*. Elle travaillait toutes ces heures, elle était *d'une grâce incroyable*. Une *perfectionniste absolue*. Tout ceci devenait une manière de dire que Katherine O'Dell était plus ou moins en furie, la majeure partie du temps.

Elle tenait des raisonnements interminables et disruptifs sur le fait de mourir sur scène – elle était contre. Elle était aussi contre les monologues, dont elle prétendait qu'ils devaient être réservés à la radio, et aux enfants bien sûr. Pas parce qu'ils focalisaient l'attention sur l'acteur mais parce qu'ils interrompaient la fiction. Ils étaient trop réels. Les enfants sont comme les cadavres, personne ne les croit – à l'exception du garçon dans *En attendant Godot*, car dans *En attendant Godot*, on ne demande à personne de croire quoi que ce soit. À l'exception, aussi, de l'enfant présent pour chanter, parce que quand on chante, alors rien ne va plus.

"Oh mon Dieu, ne me lancez pas sur le sujet des enfants", disait-elle.

Elle détestait même ceux qui ne mettaient jamais un pied sur scène. Moi, c'était différent, j'étais son bébé. Sa reproduction cent pour cent fidèle, et peut-être que nous avions juste eu de la chance, mais, si elle recevait encore un scénario avec un enfant mort dedans, un enfant mort depuis longtemps, le fantôme d'un enfant ou un enfant adopté, elle allait se mettre à hurler. De quoi s'agissait-il donc ? Les actrices n'étaient-elles vouées qu'à se tripoter les cheveux en se caressant d'une main absente le lieu où elles avaient autrefois porté la vie. Pourquoi fallait-il toujours qu'on attende d'elles qu'elles se raccrochent à leur triste ventre ?

Ses colères envers les critiques étaient légendaires, en particulier les critiques irlandais. Qui, apparemment, étaient juste envieux.

"Qui l'a critiqué ? disait-elle. Qui a chuchoté à sa jeune oreille qu'il n'était pas bon, ou pas assez bon, ou complètement à côté de la plaque ?"

Certains jours, sa rage était même dirigée contre le public. Des vampires, tous ou presque, là dans le noir, à se délecter de votre sang. Tout ce qu'ils veulent, c'est vous voir souffrir, disait-elle. Ils veulent vous voir pleurer.

Et de fait, elle était capable de pleurer d'un œil ou des deux, dans le plus pur style hollywoodien. Je me souviendrai toujours – ou bien penserais-je me souvenir – de ce jour, assise dans un cinéma face à

Mulligan, le visage de ma mère haut de six mètres devant moi. Sa joue : une falaise blanche, un mur lisse, et une larme, une seule – une goutte d'eau lourde, tremblante et captant une lumière cristalline sur le rebord de son œil. Aussi large que des bras ouverts. De la taille d'un lustre suspendu tout là-haut, sur le point de tomber.

Sur scène, elle pouvait mugir comme dans une tragédie grecque, ou bien s'enfoncer le poing dans la bouche et l'en arracher ensuite. Elle avait aussi des larmes sublimes et réalistes, de compassion comme d'angoisse. Ses larmes étaient essentiellement des larmes nobles, bien qu'elle fût aussi capable de renifler comme une domestique, en particulier si quelqu'un la frappait, ce qu'ils faisaient également, pour de vrai. Ils la frappaient. Souvent. Généralement au visage. Biff, schlack, paf.

Slap.

Difficile de dire, en étant juste spectatrice, ce qu'elle ressentait. Cela relevait de l'expérience extracorporelle pour moi. Le monde s'arrêtait. C'était une autre époque, une époque où les femmes réclamaient – parfois littéralement. Elles demandaient qu'on leur fasse mal, pas parce qu'elles le désiraient, mais par désir de vicier, de culpabiliser des hommes forts et purs. Il y a ce passage sans âge d'un dialogue dans *Emotional Blackmail (Chantage émotionnel)*, dont la première eut lieu à Manchester, à l'automne 1974. Je l'avais aidée à répéter. Nous allions d'une pièce à l'autre en psalmodiant les répliques.

"Frappe-moi, allez, frappe-moi, tu sais que tu en as envie.

— Ah, tu aimerais bien, hein ?

— Vas-y. Tu sais que tu es tombé aussi bas que cela.

— Ne me tente pas, femme.

— Vas-y.

— Ne me tente pas.

— Frappe-moi. Avec ce bébé dans mon ventre. Avec ton bébé dans mon ventre. Vas-y.

— Arrête de me hurler dessus, femme. Arrête de me hurler dessus, tout de suite."

Manchester n'était pas un haut lieu, mais c'était le genre de choix qu'elle faisait alors. Elle avait envie de quelque chose de réel, disait-elle, ce qui dans sa bouche signifiait politique ou austère.

Boudée par les grandes scènes, elle avait peu à peu été reléguée aux salles de seconde zone. Cela suscitait un certain émoi, à la fois paniqué et ravi, au sein des petits théâtres : l'idée de gifler Katherine O'Dell avait de quoi mettre l'acteur de Manchester dans tous ses états, quant à elle, c'était moins le soufflet que le camouflet de la gifle qui lui faisait monter les larmes, mais elle disait qu'elle préférait continuer de tenter le coup, "quitte à en prendre, des coups".

Elle avait passé l'âge, à ce moment-là, de porter un enfant, la réplique sur le bébé était donc un peu tirée par les cheveux. ("La performance de la maturité", avait commenté Michael Billington dans le *Guardian*.) Après Manchester, elle prit du champ, ou fut poussée à le faire, et lorsqu'elle remonta sur les planches, elle était vieille. Personne ne peut imaginer ce que cela lui coûta – les heures passées devant le miroir en éventail de sa chambre, le bruit de la porte de sa garde-robe, s'ouvrant et se refermant, encore et encore, les régimes à base de pamplemousses et d'œufs durs, les compresses et les bains de boue, les injections, les lavements, le travail, le travail, le travail. En 1975, Katherine O'Dell finit par abandonner. À l'âge de quarante-sept ans, elle passa directement de la vingtaine peu convaincante à la soixantaine – rien d'intéressant ne se jouait pour elle dans l'intervalle. Et bien que ce fût douloureux au-delà du dicible, elle le fit avec panache, dans une production de *Mère Courage et ses enfants* au Festival d'Édimbourg en août de cette année-là.

Le rôle était énorme, elle n'avait jamais autant travaillé. Le soir de la première, un nid de bébés araignées éclôt dans sa nouvelle perruque grise – des centaines de points minuscules, sécrétant déjà une toile soyeuse dont elles se servirent pour lui descendre devant le front et les yeux. Elle tressaillit vaguement, mais personne ne remarqua rien car ma mère était *une grande professionnelle*. Elle chanta "La chanson de la grande capitulation" ce soir-là dans le troisième acte de Brecht, et la pauvre Katrin violée, sa fille de scène, raconta par la suite que le frisson d'adhésion qui parcourut la salle se répandit jusqu'aux derniers rangs.

Un critique irlandais, qui avait fait le voyage spécialement pour la première, rapporta n'avoir pas été suffisamment engagé émotionnellement par le spectacle ("C'est du Brecht ! hurla-t-elle. C'est tout l'intérêt de Brecht !") et déclara que c'était un échec. La presse londonienne apprécia, les Écossais furent plus circonspects. Elle était satisfaite. Durant la journée, elle parcourait les rues d'Édimbourg, assistait aux matinées et rencontrait de merveilleux jeunes gens. Elle fit teindre ces cheveux qu'elle cachait sous l'affreuse perruque grise, dans un rouge plus vibrant.

C'était le début de sa relation avec le metteur en scène en vogue, Denis Malone, qui l'adorait, du moins l'adora un moment. Ensemble, ils montèrent une pièce iconique et rare de Beckett : *Pas moi*, qu'elle joua dans la grotte d'Ailwee dans le comté de Clare, puis dans des grottes en Yougoslavie et à Majorque. Ils avaient aussi prévu une version filmée de *L'Ombre de la vallée*, qui n'arriva pas jusqu'au stade de la production, malgré l'intérêt de Boyd O'Neill, l'homme sur lequel elle finirait par tirer, d'une manière bien peu théâtrale, à son bureau dublinois quelques années plus tard.

Katherine adapta le scénario d'après la pièce de J. M. Synge, et repensa complètement le personnage principal sous les traits d'une femme mûre, du moins pas en jeune mariée.

"Une femme normale. Quel est le problème avec la normalité ?

— Absolument aucun", répondis-je.

La grosse machine à écrire américaine fut déplacée de sa chambre à la chambre d'amis, où on l'entoura d'un vrai bureau et d'étagères. Je rentrais tard le soir, et la trouvais encore là, cramponnée à son ouvrage. Il n'était pas aisé de s'endormir dans le fracas de son inspiration : les brèves puis les longues envolées, les silences tiraillés de la grosse machine à écrire électrique, que nous avions baptisée Monica à cause du vrombissement d'impatience frénétique qu'elle émettait dès qu'on la mettait en marche. Une nuit, je me traînai jusque dans son bureau à quatre heures du matin pour glisser une couverture pliée sous le moteur et nous formions un drôle de tableau : moi les yeux bouffis et à moitié endormie, Katherine échevelée et songeuse.

Elle sursauta, sans me reconnaître.

"Ce n'est que moi", dis-je, et il me fallut un moment pour la rassurer.

Le scénario fut achevé rapidement, bâclé, puis repris, plus lentement, et soigné. Elle ne prit pas la peine de vérifier le copyright, et cela s'avéra un problème avec Boyd, qui lui adressa un "tss, tss" bien senti.

"Il a juste fait « tss, tss » !"

À quoi bon le lire, avait-il dit, s'il ne pouvait pas le porter sur scène.

J. M. Synge était mort depuis très longtemps, de sorte que je n'avais aucune idée de ce qui pouvait poser problème avec le copyright, mais ce que je sais, en revanche, c'est que l'irritabilité de Boyd magnétisait ma mère. Elle était, déjà à l'époque, vaguement obsédée par cet homme, peut-être que "saisie" serait un mot plus juste d'ailleurs. Il occupait ses pensées et ses espoirs. "Je vais demander son avis à Boyd", disait-elle. Ou : "Je ne crois pas qu'il aimera. Tu crois qu'il aimera ?" Elle arrivait rarement à le joindre au téléphone.

Si je devais le dater, je dirais que son intérêt pour Boyd avait été piqué le jour où il l'avait refusée. L'audition pour *My Dark Rosaleen* a eu lieu durant l'hiver 1970. Ce n'est pas tant que je remarquai le jour précis, mais elle en fit plus tard une complainte. Un jour d'hiver ordinaire, elle était partie à une audition aux Studios Ardmore ("Il n'a même pas envoyé de voiture !") pour un rôle qu'elle était trop vieille pour jouer – car, bien qu'elle parvînt toujours à faire illusion sur scène, l'œil de la pellicule, comme chacun sait, est clinique.

Il la fit patienter sur une chaise en plastique à l'extérieur de la salle d'enregistrement jusqu'à ce qu'on l'appelle, les producteurs furent ravis de la voir entrer. Le metteur en scène fou, l'Américain, était un homme énorme, puissant, avec une barbe et un pull à torsades. Il prit sa main dans sa grande patte et ne la lâcha plus.

"Juste. Quel souffle. C'est un tel honneur de vous rencontrer, miss O'Dell."

C'était un fan.

Boyd, qui se tenait en retrait de toute cette scène, lui adressa un hochement de tête silencieux, puis elle s'installa face à la grosse caméra tandis qu'on tamisait les éclairages autour d'elle. Elle prit son élan, leva le menton bien haut et récita les quelques répliques à la perfection. La qualité de sa prestation était palpable dans l'obscurité qui suivit – dans ce silence juste après où l'on ne sait pas quoi faire de vous, à présent.

Il y eut un bref conciliabule. La voix de Boyd résonna derrière la caméra, lui demandant de ne pas jouer autant, de ne pas mettre autant d'"émotion". Ou peut-être lui demandait-il juste d'en faire "moins".

Elle lui en donna "moins".

Il lui demanda de la "refaire vide", elle s'exécuta, pour lui, aussi vide qu'un ciel de midi. Aussi blanche qu'un champ de neige vierge tandis qu'elle prononçait ces répliques, qui étaient épouvantables, et cependant elle les faisait chanter.

Il ne voulait pas que les répliques chantent.

"Juste rien. Juste complètement rien."

Elle fit rien. Au point que les phrases heurtées saillaient tels des os sous la peau, et quand elle eut fini, Boyd O'Neill se pencha vers le metteur en scène fou américain et lui glissa, *sotto voce* : "Tu vois ce que je veux dire ?"

Il y eut un petit silence. Le gros Américain était embarrassé à présent, car il l'avait trouvée bonne, il avait l'impression de s'être complètement fourvoyé.

"Merci, miss O'Dell. Pouvez-vous raccompagner miss O'Dell s'il vous plaît ? Attention aux câbles par terre."

Qu'avait-il vu ?

Boyd l'avait forcée à mal dire ses répliques pour mieux décréter qu'elle ne savait pas les dire correctement. Mais je ne crois pas qu'il s'agissait des répliques en elles-mêmes.

Elle n'aurait jamais été bien. Maura Herlihy, qui était née et avait grandi dans le New Jersey *(Elle n'est même pas irlandaise !)* possédait le genre de visage que les producteurs finiraient par exiger. Elle arborait un rouge à lèvres pâle et cet air d'indifférence étudié, celui d'une femme susceptible d'essayer des tas de positions sexuelles juste pour tromper son ennui. Elle était moderne. Aussi, elle avait dix-neuf ans. Peu importe ce que ce genre de créature pouvait bien fabriquer dans la lande vierge et fantasque de la campagne irlandaise, Katherine O'Dell aurait été parfaite pour le rôle en partie parce que Katherine O'Dell était d'une autre époque. Ce qui signifiait aussi, malheureusement, qu'elle était beaucoup trop vieille.

Et il y avait autre chose de beaucoup plus humiliant encore dans cette audition. Ce vieux bonnet de nuit de Boyd O'Neill lui avait marché dessus. Il lui avait suffi d'une phrase.

"Tu vois ce que je veux dire ?"

Boyd s'était hissé vers les sommets en orchestrant sa chute à elle, une chute sur laquelle tous ces hommes pouvaient s'entendre. Il n'était plus la personne la moins importante dans la pièce désormais.

"Tu vois ce que je veux dire ?"

Cela avait suffi pour que tout ce qu'elle avait jamais possédé lui échappe.

Katherine rentra à la maison et pleura. À genoux sur le canapé, elle pressa un coussin contre son ventre et *gémit*.

"Oh mon Dieu. Oh mon Dieu."

C'est là que je la trouvai en rentrant de la fac, et je ne me montrai pas particulièrement compatissante. Je commençais à fatiguer du manège permanent qu'était la carrière de Katherine O'Dell.

"Allez, ai-je sans doute dit. Allez. Relève-toi."

Alors elle s'est levée.

Elle s'est essuyé le visage dans le coussin, a réclamé un dirty martini sans glace, s'est installée correctement sur le canapé et a patienté là deux ou trois ans, le temps que l'étoile de Maura Herlihy ternisse et meure de sa belle mort (en réalité cela prit six ans, et chaque année sembla interminable).

Elle aurait pu éviter Boyd après cela, mais c'était ma mère, alors elle fit exactement le contraire. Il était là à mon vingt et unième anniversaire en août de cette même année, avec son acolyte Duggan, et après la sortie du film en septembre (Maura Herlihy était épouvantable dans le rôle, c'en était réjouissant, elle anéantissait littéralement le film tout entier) elle commença à courtiser Boyd, à coups de petits dîners de saumon poché et de crème à l'ananas, durant lesquels il ne bronchait même pas.

Je crois qu'elle a même flirté. En fait, je n'ai pas le moindre doute, elle a flirté avec Boyd O'Neill, un homme qui n'était manifestement pas du tout porté sur la chose, encore moins avec ma mère.

Elle lui accordait un réel crédit. Dans sa tête, Boyd était à la manœuvre – et si c'était le fruit de ses divagations, c'étaient des divagations que jamais il ne contredit. Dans les années qui suivirent *My Dark Rosaleen*,

Boyd se présentait comme le fer de lance du cinéma irlandais – même s'il n'y avait pas vraiment de cinéma en Irlande. Ou bien manœuvrait-il autrement, endossant un rôle difficile à définir.

C'était le genre d'hommes qui sait toujours tout mieux que son interlocuteur. Par exemple, Boyd adorait les imprécisions, car la moindre d'entre elles avait le pouvoir d'invalider tout un raisonnement. C'était une ruse. Tout comme les investigations sur les questions de copyright. À mesure que son autorité se délite à mes yeux, je le perçois comme une série de demi-mensonges et de manipulations, sans doute apeurées. Boyd devançait toujours la meute. Ainsi qu'Hughie Snell le soulignait, il ne rechignait jamais à remporter une dispute, ravi même d'y consentir en adoptant le point de vue de son adversaire, de sorte que lorsqu'il battait en retraite, il était difficile de ne pas se sentir volé.

Et Katherine O'Dell était une artiste. Elle n'était que sincérité, courage, sacrifice. C'était tout l'intérêt. À chaque proposition, chaque répétition, chaque performance, elle donnait tout. Tout !! Boyd, en réaction, expliquait – non sans raison – que peut-être chaque chose gagnerait à être à sa juste place. Que le marché pour ce genre de choses était restreint. Il omettait soigneusement de mentionner qu'il ne réussissait plus à financer le moindre spectacle depuis quelques années déjà, ou bien qu'il n'était tout simplement pas intéressé. Ainsi devint-il important, pour chacun d'entre eux je crois, que ma mère fût toujours légèrement dans l'erreur et Boyd à la manœuvre.

Cette dynamique devait s'avérer dangereuse, mais sur le moment cela ne semblait ni extravagant ni malsain. Ce n'était pas non plus immoral, quoique tirer sur cet homme le fût en revanche assurément. J'y consacrais de longs moments de réflexion durant les jours qu'elle passa incarcérée. Je songeais à la manière dont Boyd l'avait "rendue folle".

Bien sûr c'est moi que j'accable, même si je ne suis pas sûre que ce soit le rôle d'un enfant de préserver la santé mentale de son parent – il me semble que c'est plutôt l'inverse. D'ailleurs, ma mère avait un psy pour ce genre de problèmes imaginaires, ces paradoxes. Depuis le début, et durant toutes les années 1970 : elle allait le voir tous les jeudis à neuf heures et demie.

Le père Des Folan était le genre d'hommes qui divisait l'opinion à Dublin. Pour chaque personne qui le trouvait insupportable, il s'en trouvait une autre qui prétendait que le père Des l'avait sauvée (la plupart du temps) quand elle était au plus mal. Étant également prêtre, il était bien sûr le seul psy à proposer l'absolution au menu de ses services, et les clients faisaient la queue devant la porte.

Il était, depuis des années, l'un des visiteurs réguliers de Dartmouth Square. Quand j'étais enfant, il était le conseiller spirituel de ma mère. Il lui prêtait des livres dans lesquels il glissait des cartes de prière en guise de marque-pages et je me souviens d'au moins une messe qu'il dit dans le salon. Kitty était remontée de la cuisine spécialement, et nous nous étions tous agenouillés en ligne pour la communion. Ma mère inclina la tête de sorte que sa mantille blanche lui effleura les épaules, et la manière dont elle tendit la langue vers lui me déplut ; les minuscules tendons musculeux sous la chair rose et piquetée, la pâleur de son visage à lui, lorsqu'il avança ensuite jusqu'à moi.

Des Folan était un jeune homme, plus jeune que ma mère d'une bonne dizaine d'années, d'une beauté banale. Il n'était pas grand. Après quelques années à sécher l'enseignement des jésuites pour le salon de ma mère, il alla à Londres racheter son sort, et lorsqu'il reparut à Dublin, cinq ans plus tard, il était devenu une version miniature de Dieu lui-même. Son sourire était la bonté incarnée, ses cheveux d'un blanc prématuré. Il était l'avenir de l'Église catholique libérale, le père Des. Il n'était même pas gay.

Une fois acquise son exclaustration, avec la bénédiction de son père supérieur, il commença à donner des séminaires sur la psychanalyse existentielle, et devint, avec le temps, un jésuite à proprement parler. Il ne se définissait pas comme analyste, quoiqu'il ait étudié, pendant son séjour à Londres, sous la direction d'un élève de Lacan. "Prêtre un jour, prêtre toujours", disait-il, en jetant un œil triste à ses belles et petites mains. Sa vocation ne l'avait pas quitté, simplement, à présent, il préférait sauver les gens un par un.

Inévitablement, cette pulsion d'amour envers ses semblables impliquait les visites hebdomadaires de ma mère dans ses appartements d'Ely Place. Elle prenait un taxi jusque chez lui, et revenait par la même voiture (avec une heure au compteur), chaque jeudi matin, et ce pendant toutes mes années de fac. De retour à la maison, elle dormait. Le père Des était son arme secrète – elle l'appelait ainsi. Il était sa bouée de sauvetage.

Je voyais très bien quel attrait représentait le fait d'avoir un homme tel que le père Des dans sa vie. Ma mère parlait à cet homme une fois par semaine, personne d'autre ne l'aimait pour ce qu'elle était, disait-elle, ce qui était un peu paranoïaque et aussi un peu vrai.

Elle produisait un effet étrange sur les gens. Ça valait la peine de se promener avec elle de temps en temps, rien que pour assister au phénomène. Les étrangers bafouillaient parfois les premiers mots qu'ils lui adressaient, il lui fallait patienter un moment, le temps qu'ils se reprennent. Parfois ils venaient à elle avec une chose très précise à lui dire : "Je crois que vous devriez éviter de porter du jaune", ils avaient vraiment besoin qu'elle le sache. Ou bien ce pouvait être quelque chose de dévastateur : "Vous devez avoir eu une vie réellement tragique, lui dit une femme un jour. Je suis si triste pour vous, quand je vous vois sur scène."

De temps en temps, on lui disait qu'elle n'était pas aussi bonne que telle ou telle autre actrice. Ce genre d'opinion émanait toujours d'une femme et elle l'accueillait avec une coquetterie feinte : un geste pour remettre son collier en place, un regard vers un coin en hauteur de la pièce.

"Oh, pour moi il n'y a que Liz Taylor."

Ou bien, ces femmes la regardaient droit dans les yeux, le regard scintillant de détermination : "Oui. J'ai vu Billie Whitelaw dans ce rôle. Elle était tout simplement incomparable."

Les gens expliquaient à ma mère ce qu'elle leur inspirait. Une faveur, aimait-elle à concéder, qu'elle avait rarement l'occasion de rendre. Et bien qu'elle fût entretenue toute sa vie par l'amour de ceux qui veillaient sur elle dans l'ombre, il suffisait d'un seul de ces gêneurs pour qu'elle rentre chez elle en courant.

Le problème se cristallisa à la fin des années 1970, quand elle tourna dans une publicité qui passa en boucle sur les écrans en Irlande, mais aussi dans les cinémas du monde entier. On pourrait croire qu'elle l'avait fait pour l'argent – elle avait vraiment besoin de cet argent –, mais la vraie raison pour laquelle elle l'avait fait, c'est parce que le rôle était prévu pour Maura Herlihy. Et puis, il y avait un hélicoptère. Herlihy avait eu un souci d'agenda et ma mère avait sauté sur l'occasion. Elle avait ramassé – et ce n'était pas la première fois – les restes et le vieux châle.

C'est une publicité pour du beurre irlandais. Katherine O'Dell se dresse à la pointe d'une île sauvage, enveloppée dans un vieux châle, le vent dans les cheveux, tandis qu'un curragh – ces magnifiques chaloupes noires de l'Ouest irlandais – s'avance vers le rivage. Le bateau apparaît derrière les immenses vagues successives, les rameurs peinent sur leurs rames, et Katherine O'Dell commente "Bien sûr, c'n'est qu'du beurre", d'une manière mélancolique, comme si la cargaison ne valait pas tant d'efforts ou de risques. Apparaît ensuite une image anticipée de beurre luisant et doré sur une assiette, et l'on comprend que, sans doute, cela vaut bien tous les risques, et que c'est aussi peut-être ce que trahissait cet infléchissement avide dans sa voix, cette inclinaison de son corps vers l'horizon. La mer se soulève, les hommes bataillent contre une autre vague, soudain le feu de tourbe apparaît, une miche de pain chaud sort de son moule. Une autre vague. Un rouleau doré de beurre est prélevé du bloc. Plan tourbillonnant de Katherine vue d'en haut sur sa falaise depuis un hélicoptère tandis que le beurre est étalé, d'un geste lent, sur le pain. Elle se retourne vers une chaumière au moment où les hommes éreintés accostent sur la plage en contrebas, et finit par mordre avec une cruauté feinte dans cette satanée tranche de pain, nappée de ce beurre doré et si précieux.

La publicité devint immédiatement légendaire. Il y avait un bond dans la consommation d'électricité chaque fois qu'elle passait, la moitié de la population se levait et allait ouvrir le réfrigérateur pour se faire une tartine beurrée. Jamais Katherine n'aurait pu anticiper les conséquences. Sa réplique, "Bien sûr, c'n'est qu'du beurre", devint un élément du patrimoine conversationnel, qui la poursuivait partout où elle allait. Chaque fois que le résultat ne valait pas les efforts – ou parfois même quand le résultat valait les efforts –, chaque fois que quiconque se livrait à des exercices d'endurance absurdes, ou que des efforts s'avéraient absurdes à force d'être répétés, ils étaient ponctués de "Bien sûr, c'n'est qu'du beurre". Apparemment c'était une manière condensée de dire quelque chose sur la futilité et le plaisir. Les enfants la lui lançaient dans la rue. Les garçons la lui servaient au restaurant, en posant son assiette devant elle. Un journal la décrivit comme "Katherine « Bien sûr, c'n'est qu'du beurre », la grand-mère préférée des Irlandais", et bien qu'elle réussît à en rire, je crois que cela devint un vrai handicap pour ma mère, qui la tira vers le bas de plus en plus, à mesure que cette réplique stupide s'enracinait dans le paysage.

Les jours qui précédaient une représentation publique étaient désormais ponctués de crises de larmes et d'un désespoir global. Elle n'y arriverait pas, le scénario était nul, il n'y avait pas de taxi, personne ne lui avait dit comment s'y rendre, ou comment elle rentrerait chez elle, il n'y avait, étonnamment, étonnamment, étonnamment, pas de cachet. Que lui voulaient-ils ? Quoi ?

Ils la dévoraient vivante, disait-elle.

Soudain tout lui manquait – elle n'avait pas le bon chemisier, pas les bonnes chaussures, pas le bon rouge à lèvres, pas le bon fond de teint, pas le bon recourbe-cils. Elle trébuchait d'une pièce à l'autre en gémissant. J'avais appris, dès mon plus jeune âge, à me faire la plus impassible possible quand ma mère se préparait pour le reste du monde. Je savais toujours où se trouvaient ses clés. Elle sortait de sa chambre, rerentrait, cherchant quelque chose qu'elle avait oublié, se tapotant pour se calmer tout en dévalant les escaliers. Enfin, parvenue à la porte d'entrée, elle se retournait vers le miroir pour se redonner une contenance et c'était un spectacle extraordinaire – la manière dont elle fermait les yeux sur son propre reflet et se coulait, par un glissement imperceptible, dans son personnage public. Un léger réalignement des épaules, du cou, du menton ; chaque élément en lévitation, en équilibre, comme sur des poids et des câbles invisibles, de part et d'autre de la ligne raide de son regard.

Bonjour vous.

Puis elle passait la porte, célèbre pour le reste de la journée.

Mais si la célébrité était une partie du problème, le père Des n'était sans doute pas la meilleure réponse, car Des Folan adorait les gens célèbres, tout comme il adorait être célèbre lui-même, et de temps à autre il faisait une apparition sur les plateaux télévisés, pour parler de questions psycho-spirituelles. Vers la fin des années 1970, il donna aussi un peu de LSD à ma mère pour augmenter, ou libérer, sa créativité ou ses blessures, je ne me souviens pas bien. Je l'appris à l'énoncé des preuves apportées au tribunal, d'après lesquelles ma mère avait basculé dans la folie, je l'ignorais auparavant. Le "traitement" eut lieu peu de temps après la publicité pour le beurre, apparemment, mais j'ai beau me triturer le cerveau, je ne peux pas affirmer avoir noté une quelconque différence dans son degré d'excentricité sur le moment.

Je ne suis pas complètement sûre de ce qu'elle faisait de son temps les jours où elle se "reposait" – ce qui était fréquent. Elle ne buvait jamais avant cinq heures, à part le vendredi, quand elle allait déjeuner à La Licorne. Certains matins étaient dévolus aux soins esthétiques, exercices vocaux, à des mouvements de stretching qui semblait avant-gardistes pour l'époque. Elle faisait des mots croisés, de désespoir, passait des coups de téléphone, de désespoir, évitait la machine à écrire, s'acharnait sur la machine à écrire. Des mois durant, l'objet prenait la poussière, puis, soudainement, je l'entendais carburer toute la nuit, alternant entre envolées furieuses et silences interminables. Il y avait des piles et des piles de papiers, qui, la plupart du temps, atterrissaient au sol.

Elle écrivit deux monologues, forme qu'elle prétendait pourtant mépriser. Il me semble que l'un des deux adoptait le point de vue d'Hazel Lavery, la femme décrite comme "Erin*" sur les billets de banque irlandais. L'autre parlait d'une dénommée Asenath Nicholson, venue d'Amérique et qui avait sillonné l'Irlande durant la Grande Famine. Elle faisait venir Hughie Snell pour les lire à voix haute

* Hazel Lavery (1880-1935) est une peintre et la deuxième épouse du portraitiste Sir John Lavery, son portrait est présent sur les billets de banque d'Irlande pendant une grande partie du XXe siècle.

à ses côtés, elle mit Duggan, l'homme de lettres, dans la boucle également.

Le scénario dont elle était la plus fière était l'histoire de Dorcas Kelly, l'élégante meurtrière de Copper Alley qui avait été brûlée vive au bout de notre route, en 1761. Ou bien "Moitié pendue, moitié brûlée, aimait-elle préciser. On l'appelait la route des Potences".

Je ne vis pas le résultat final, je n'en avais pas spécialement envie. Les extraits que j'en attrapais au vol étaient rédigés dans une parodie de dialogue Restauration avec un zeste d'écossais*. C'était un peu, ainsi qu'Hughie Snell le formula, "Prithee Sirrah and Begorrah".

"Eh bien, madame, est-ce un couteau que vous cachez là ?

— Mais bien sûr, pourquoi les gens comme moi cacheraient-ils quoi que ce soit, alors que vous êtes un tel gentleman, Votre Honneur, sir. Laissez-moi vous aider."

Duggan semblait aussi embarrassé que moi par la qualité de l'écriture – ses yeux papillotèrent dans ma direction tandis que je passais devant la porte ouverte de la chambre d'amis. Mais en l'occurrence je n'avais aucune envie d'être de mèche avec lui sur ce point. En fait, je n'avais aucune envie d'être de mèche avec lui tout court, plus maintenant.

"C'est quoi ce passage déjà ?"

Il se tenait face au bureau, cerné par les pages d'écriture de ma mère, un samedi après-midi ordinaire. Katherine était assise dans un fauteuil, les pieds joints,

* Référence à des mots emblématiques du vocabulaire shakespearien.

les yeux fous et fixes, la bouche en cul-de-poule. Penchée vers lui.

“Pardon. Où en es-tu ?”

Duggan le Baiseur n’était pas la bonne personne pour l’aider, me disais-je. Il ramassait les pages comme s’il s’agissait de choses fragiles, ou sales. Il annotait, du bout du stylo.

Duggan était maître de conférences en littérature anglaise, et il était de notoriété publique qu’il détestait la fiction, quelle qu’elle soit. Il était trop vieux pour cela. Les livres qu’il enseignait, il les avait lus entre dix-sept et vingt-cinq ans, après quoi il n’avait jamais cessé de décliner. Et ça n’aurait pas été un problème s’il avait vécu où que ce soit d’autre, mais à Dublin n’importe quel idiot a un roman en cours, de sorte qu’il était, ainsi qu’Hughie Snell le lui répétait encore et encore, “un eunuque dans le grand harem de la littérature irlandaise”.

Il avait beau tout savoir, il ne savait pas écrire, ou plus précisément, il ne savait pas inventer. En la matière, il était comme Boyd O’Neill : ils pouvaient bien être à la manœuvre pour les autres, mais ils ne savaient rien faire eux-mêmes. Quelque chose les arrêtait, les bloquait, un fait, un événement qui les hantait et les châtrait pour toujours.

“Pardon. Est-ce que c’est la suite ici, ou c’est une nouvelle scène ?”

Rien n’allait. Peut-être avait-il été poussé si dramatiquement bas dans sa jeunesse que l’art devait demeurer pour lui dramatiquement élevé.

“Ah. Je vois.”

J’étais doublement embarrassée de trouver Duggan dans la pièce mitoyenne de ma chambre – pas seulement parce que j’avais couché avec lui quelques semaines auparavant, mais parce que cela s'était reproduit. Et pas parce que je l'avais voulu. C'était arrivé, voilà tout.

Une semaine environ après que j'avais atterri dans sa chambre à coucher sur Rugby Road, le téléphone avait sonné et ma mère avait décroché le combiné dans le couloir de l'entrée, silence au bout du fil. C'était assez fréquent à l'époque. Nous avions un sifflet particulier pour dissuader ce genre d'importuns, elle fouilla dans le tiroir de la console et le laissa sur la table au cas où il rappelle. Je crois que nous l'avons utilisé une ou deux fois, ce qui, avec le recul, me console un peu.

Il fallut que je décroche le téléphone pour comprendre qui était au bout du fil depuis le début.

"Où étais-tu ?" demanda-t-il.

C'était Duggan.

"Pardon ?

— Pourquoi ne décrochais-tu pas ?"

Je ne savais pas quoi répondre à une telle question.

"Tu viendrais au Hill ?"

Le Hill était un pub à mi-chemin entre nos deux maisons, avec une petite banquette confortable pour que les vieilles dames puissent venir boire un verre, et un bar rempli d'hommes.

"Non, dis-je.

— Au Smyths, alors."

Comme si le choix du pub était le sujet.

Je le vis le lendemain soir, comme on accepte un rendez-vous avec un maître chanteur (cette expression géniale, et désuète) pourtant il n'y avait aucun mal à voir Duggan. Aucun mal. J'avais vingt-cinq ans. Il en avait cinquante et un – ce qui n'était pas exactement un amour de jeunesse rêvé mais qui n'avait absolument rien d'illégal. Et cependant, j'avais l'impression d'être son otage à cause de ce que nous avions fait.

De ce que j'avais fait. Ainsi que le sourire avec lequel il m'accueillit semblait le suggérer, on aurait cru que lui-même n'avait absolument rien fait. C'était moi qui avais enlevé mes vêtements.

Peut-être n'avait-il fait que regarder.

Duggan posa mon verre de Harp sur la table basse et jeta un paquet de chips fromage-oignon à côté. Puis il vint s'asseoir près de moi sur la banquette en vinyle effiloché, et mon cœur sombra dans ma poitrine.

Il ouvrit les chips et me poussa du coude en m'en proposant.

"Regarde-moi ça."

Il faisait encore jour. Duggan adorait boire en plein jour. Il avait l'impression de voler quelque chose à la vie, disait-il. Il ramassa la mousse débordant de la pinte d'un de ses doigts aux bouts carrés, puis projeta l'excédent au sol.

"Bien."

Puis il souleva sa bière et la versa dans son gosier – assez simplement – on entendait le liquide couler sous la chair de son cou. Sa gorge eut un, deux soubresauts puissants. Il claqua la pinte sur la table, à moitié vide, et adressa un léger mouvement du menton au serveur, qui se pencha sous le comptoir pour attraper un verre propre. Puis il essuya les restes de mousse sur le dessus de sa lèvre inférieure, et se rassit.

S'abstint de roter.

Il me regarda et déclara : "Je suis une sacrée salope." Il prenait un accent de Monaghan bien gras. C'était une de ses expressions.

Aux trois quarts exacts de mon deuxième verre, je décidai que la seule manière de sortir de cette situation c'était de la traverser.

"Tu en veux un autre.

— Je ne le ferai pas, Niall.

— Tu quoi ? Bien sûr que si."

Je me disais que je le repousserais gentiment, que je buvais pour me donner le courage d'y arriver. Mais je savais aussi qu'il faudrait sans doute que je paye le fait d'avoir couché avec Duggan en couchant de nouveau avec lui, et il semblait sage de m'engourdir à l'avance, de m'abstraire de cette perspective.

Et puis j'avais très envie de ce troisième verre. En un sens je buvais pour fuir la beuverie minable, ce qui est une drôle de tournure d'esprit, très difficile à défendre. Quoi qu'il en soit, j'étais parfaitement ivre quand Duggan introduisit sa clé usée dans la porte de Rugby Road.

("Tu reviendras, tu verras.

— Non, je ne reviendrai pas Niall, je ne reviendrai pas.")

J'étais ivre quand il referma la porte d'un coup de pied derrière nous. Ivre quand il me poussa en arrière vers les escaliers, les mains sous ma veste, de sorte que si j'avais voulu m'extirper de ses bras, ç'aurait été pour me retrouver devant son lit.

Mais ce n'était même pas envisageable, vu l'état dans lequel j'étais. Je lui dis de me laisser respirer, et le repoussai, sans beaucoup d'effet.

"Laisse-moi tranquille, dis-je.

— Tu es charmante", répondit-il.

À deux reprises, ce soir-là, quelque chose faiblit, ou céda en moi. La première fois, aux trois quarts de mon deuxième verre au Harp, la seconde devant son lit, le rebord du matelas pressé dans le creux de mon genou, alors que mes protestations rencontraient un mur.

(En Irlande, comme je l'explique parfois à mes amis venus d'ailleurs, on commence toujours par refuser une tasse de thé.

"Vous prendrez bien une tasse de thé.

— Non, merci."

Chaque personne refuse ainsi trois fois, et cela ne veut absolument rien dire. Tout le monde prend du thé.)

Peut-être est-ce la raison pour laquelle j'ai aidé Niall Duggan à défaire mon soutien-gorge. Ou bien était-ce par réflexe, pour compenser les incompétences des hommes. *Allez, laisse-moi faire.* Alors que dans le même temps je disais non et qu'il refusait de prendre ce non pour une réponse. Le caractère inévitable de ce qui était sur le point de se produire me poussa à sortir ma jambe du fatras de collants et de sous-vêtements, tandis qu'il allait chercher le bas de mon pull pour le passer au-dessus de ma tête. Je l'aidai pour pallier toute cette maladresse, presque douloureuse pour moi. L'idée me vint tardivement à l'esprit, mais curieusement – je ne sais pas si c'est une expérience fréquente, en tout cas c'est la mienne –, en dehors des affreux frottements préparatoires entre mes jambes, à part ça, ou malgré ça, mon corps s'ouvrit assez facilement pour lui, si facilement pensais-je, après coup, que cela semblait un avantage de l'évolution, cette capacité à être pénétrée sans dégâts.

Peut-être était-ce à cause de l'alcool. Ce sursaut de dégoût ou d'excitation qu'on a parfois quand on a peur : il n'est pas arrivé. Je n'avais pas peur. Il n'y avait donc aucune excuse, en fait, à ce que je me retrouve allongée là.

La chambre était la même, nous étions les mêmes escrocs tombés dans les mailles du même filet, les rideaux rosâtres étaient toujours coincés au même endroit de leur tringle en plastique, avec leur gros ourlet, noirci sur les bords. Les vêtements qui jonchaient le sol étaient peut-être les mêmes que deux semaines auparavant, la dernière fois que je m'étais retrouvée sur ce lit, le même livre était posé sur la table de chevet. Je n'arrive pas à me souvenir du titre, alors que je me rappelle très bien en avoir observé la tranche, tandis qu'il terminait de me baiser, tandis qu'il s'efforçait de mettre la main sur son plaisir. Ce qui lui prit un moment. Il portait un préservatif, je le savais à cause de l'odeur et de la sensation du latex en moi. En appui sur un bras, il m'épargnait le poids de son corps – c'était pour protéger son dos fragile. (J'eus, d'après mes souvenirs, un instant d'inquiétude au sujet de ce dos fragile.) Il n'essaya pas de m'embrasser outre mesure.

Et je crois l'avoir prononcé clairement. Le "non", je veux dire. Pas comme dans les films, d'une voix troublée par un désir refoulé. Mais sans doute aussi à la manière d'une Irlandaise, la voix piteusement entortillée sur elle-même. Doucement. Avant de me taire complètement, et de me mettre à penser : *C'est en train d'arriver.*

Quand il eut fini, il se retira et referma mes genoux, me faisant rouler sur le côté. Puis il me donna une tape sur la hanche avec un "Voilà".

Je restai ainsi, recroquevillée sur moi-même, immobile. Un peu trop longtemps.

Il alla à la salle de bains, j'entendis le bruit de l'eau qui coulait du robinet durant un moment, puis il revint, la chemise à moitié boutonnée, et chercha son caleçon sur le sol près du lit.

“Ça va, toi ?”

Et comme je n’avais pas envie de faire des histoires, je tirai mes vêtements vers moi et les enfilai, et après une vague conversation il me raccompagna au Triangle – l’intersection la plus proche où je pourrais trouver un taxi –, puis se pencha à la fenêtre du chauffeur, avec qui il eut un aparté humoristique, avant de lui donner de quoi me ramener chez moi.

Il ne me vint pas à l’esprit de considérer que ce qui venait de se passer était mal. Duggan s’était montré si fermé, si inerte dans son plaisir, qu’il était difficile de savoir ce qui lui avait traversé l’esprit. Peut-être qu’il avait raison, que c’était juste la manière dont le sexe était censé se dérouler : la femme disait non, et l’homme répondait, tu es charmante. C’était dans la nature même du sexe. Le cours normal des choses du sexe.

Mais ce n’était pas le genre de Duggan de me raccompagner jusqu’à la station de taxis comme ça. Cela ne lui ressemblait pas d’être si chevaleresque, et cela me le rendit antipathique en un sens. Cette façon qu’il avait eue de plaisanter avec le chauffeur de taxi, ce gloussement qu’ils avaient échangé m’écœuraient. Et je haïssais tout à fait le petit sourire qu’il avait sur le visage après que j’étais montée dans la voiture et qu’il avait refermé la porte.

Il savait qu’il avait gagné.

Je me levais le lendemain avec la gueule de bois et le cœur brisé, et je ne sais plus dans quel état je traversai les jours suivants, j’imagine pas trop mal. Le vieux baiseur avait fait son affaire entre mes jambes, c’était tout. Je me sentais comme on se sent sans doute après un cambriolage, quand tous ces trucs stupides ont disparu – la hi-fi, la radiocassette –, et qu'ils ont laissé ce que vous aimez le plus, parce que ce sont des choses qui ne se voient pas et qui n'ont pas de prix. La petite photographie, la fleur séchée. Qu'ont-ils pris ? demandent les gens, et vous répondez, Oh, juste quelques trucs.

Mais je trouvais difficile de balayer la tempête de colère qui souffla en moi, brièvement, la semaine suivante. J'avais été tellement idiote – d'aller au pub, d'aller chez lui –, je m'étais fourrée là-dedans toute seule (Duggan s'effondrant sur moi, vidé). Ma vie était si solitaire désormais.

Voilà ce qu'on gagne à courir après son papa, pensais-je. On obtient plus que ce qu'on avait marchandé.

Dans la période qui suivit, cela me revenait en pleine figure à des moments bizarres – par vagues de haine de moi, qui me terrassaient, comme de l'intérieur. L'événement en tant que tel était tout juste sordide, terne, et cependant je me demandais comment survivre dans son ombre, comment survivre à sa répétition fantôme et incontrôlable dans mon corps.

Alors je m'en suis débarrassée.

Je ne sais pas comment le décrire autrement. J'ai jeté ma blessure aux ordures.

J'ai pris ma bicyclette, je suis allée jusqu'à Seapoint, j'ai nagé, et le frisson de l'eau contre ma peau était délicieux. Le soleil rasait Dublin, le ciel était d'un jaune délavé, la mer plate et silencieuse. J'étais à moitié sèche quand je me suis souvenue de la raison pour laquelle j'étais venue. En rentrant à Dartmouth Square, je sortis le sifflet de son tiroir et le reposai près du téléphone.

Et voilà qu'il était de retour. Duggan le Baiseur, dans ma maison, l'air vaguement nauséeux des Guinness de la veille, à débattre de dialogues historiques minables avec ma mère. Pas moyen de se débarrasser de lui une bonne fois pour toutes, manifestement.

Il était assez imposant, assis au bureau de la chambre d'amis, pendant qu'elle paraissait toute petite, une vieille dame dans son fauteuil – cette femme décidait de sa taille en fonction de l'éclairage.

"Bonjour", dis-je.

J'y repensais souvent après, à la douceur de ma voix.

"Bonjour."

Tellement polie. Juste au cas où il se soucie d'avoir fait quoi que ce soit de mal.

Aussi parce que Duggan n'était pas le genre d'homme qui dit bonjour le premier. Jamais il ne traversait une pièce pour aller parler à qui que ce soit, jamais il n'entamait une conversation, sinon par un sarcasme, ou une méchanceté. Et c'était une des autres raisons pour lesquelles il était si agacé lorsqu'il m'avait appelée pour me convoquer au pub. Tout était une question de poids, d'orbite, de pouvoir. Duggan le Baiseur ne faisait pas le premier pas.

"Est-ce que c'est toi ?" dit-il.

Je ne répondis pas. Je descendis à la cuisine où Kitty préparait du thé. Quelque chose n'allait pas avec sa jambe, elle n'arrivait plus à monter les escaliers. De sorte que j'apportai le plateau à sa place. Que je me penchai vers le haut pour demander à la volée : "Est-ce que vous le prendrez en bas ?" À quoi ma mère répondit : "Monte-le-nous ici", alors que Duggan répondait "Oui", ce qui fait qu'au bout d'un moment ils se retrouvèrent tous les deux sur le palier.

J'apportai le plateau sur la table de la salle à manger lorsqu'ils apparurent de part et d'autre de moi, nous avions l'air tout droit sortis d'une pièce de théâtre sur la scène de l'Abbey. Je cherchai le lait, le petit pot m'échappa des mains et se répandit sur l'acajou du plateau, ce blanc éclatant sur le bois sombre. J'en étais démesurément contrariée, Duggan démesurément excité. Il nous fit son cri strident de l'hôpital des tuberculeux.

"Sœur Margaret ! Sœur Margaret !"

Mais malgré le vacarme qu'il faisait, son expression demeurait figée, plate, et, oubliant ma réserve, je le fixai droit dans les yeux. En le faisant, je l'y vis brûler, la lueur qu'il avait réussi à me camoufler sous ses draps même.

Ouais. C'est moi.

Il savait exactement ce qu'il m'avait fait. Il croyait qu'en tordant mon désir suffisamment fort, il réussirait peut-être à recommencer.

"Va chercher un torchon, petite, dit-il en souriant. Allez, file."

Et je m'en allai.

Je ne revins pas avec le torchon. J'enfilai mon manteau et sortis. Je marchai le long du canal, vers l'est, vers la mer, et m'arrêtai au banc de Baggot Street Bridge. Je ne me sentais pas bien. Je me relevai et marchai jusqu'à Boland's Mill, et je ne sais où encore. Je me retrouvai sur le pont à nouveau et me rassis sur ce banc où nous nous embrassions autrefois. Je fixai le canal et le ciel qui se reflétait à sa surface.

Je pourrais mourir là, pensai-je. Sous ce tumulte immobile de nuages blancs. Je pourrais me laisser aller dans l'eau noire sous le ciel et l'avaler. Comme je l'avais fait si souvent, avec la sensation aiguë de la ligne mouvante entre l'air et l'eau froide sur ma joue et ma bouche. Je le refis, encore et encore, en pensée. Et quand je tentai d'émerger de ces pensées, je me retrouvai recouverte de l'horreur poisseuse des intentions de Duggan.

Tu sais que tu en as envie.

C'est ce qu'il disait, que j'avais envie d'être brisée de l'intérieur. Et c'était vrai. Tandis que je coulais et remontais des eaux noires vers l'angoisse et l'abjection, j'avais envie d'être dévastée, achevée, insultée.

Mais pas par Duggan.

Un soir, en nous relevant pour rentrer, nous nous étions longuement enlacés, juste ici. Nous nous serrions si fort, nous avions tellement envie de nous arracher l'un à l'autre – je croyais que nous n'y survivrions pas. On peut être détruit par l'amour aussi, pensais-je. Dans la bouche de l'être aimé, son propre nom peut se transformer en insulte.

Norah.

Ce fut tel un frisson, une brise qui rida la surface de l'eau. Un couple de cygnes au-dessus de l'écluse, les eaux se déversant dans le bassin en dessous : l'ordre des choses me rendit à mes propres désirs. Je me levai et marchai jusque chez moi très lentement, remettant chaque volonté à sa juste place. Voilà ce que Duggan a fait, voilà ce que j'ai fait. Voilà ce qu'il voulait, ce qu'il savait, voilà ce que je voulais. Et ce que je ne voulais pas. Ce que je ne savais pas. De même que la différence entre ce qui se passe dans la tête et ce qui se passe dans la pièce. La grande différence.

À mon retour, je trouvai le lait essuyé. Peut-être y avait-il sur le bois une vague auréole moins lustrée, mais le chiffon de Kitty la gommerait vite.

Jamais je n'ai revu Duggan dans la maison.

Nous n'avons jamais parlé de mon départ abrupt, ou du temps que j'avais passé dehors, mais si la question que vous me posez c'est à quel moment ma mère est devenue folle, je dirais que c'est précisément à ce moment-là. Car en rentrant à la maison, je l'ai trouvée assise à la table de la salle à manger comme si elle n'avait pas bougé d'un millimètre depuis le moment où j'étais partie. Elle avait les doigts posés sur la nappe, légèrement, et lorsqu'elle releva la tête vers moi, ses yeux étaient d'un vert total.

Au fil des années, nous avons dormi ensemble dans de nombreuses chambres, il m'arrive parfois de ne plus savoir dans laquelle je me trouve. Je me réveille en pleine nuit, repère le rectangle sombre de la porte, s'il est à gauche ou à droite. Je vais à la salle de bains, les pieds sur la moquette, le tapis, ou les lattes nues du parquet, et puis je reviens, quand j'ai fini, et retrouve ta chaleur endormie à mes côtés. Et bien que mes yeux se soient alors habitués à l'obscurité, je ne regarde pas ta tête sur l'oreiller – tes paupières tombées, ton menton affaissé, le naufrage d'un corps qui s'ignore, qui oublie qu'il n'est pas seul.

Tu n'es pas beau, endormi. Les muscles qui font ta prestance sont ramollis. Dans ton sommeil, tu n'as pas de personnalité. Alors, bien que je sois heureuse que tu dormes – ce doit être reposant –, je ne suis pas heureuse d'y être extérieure, d'en être spectatrice.

Au matin, je peux dire, sans même ouvrir les yeux, où se trouve la fenêtre, et si elle est orientée face à l'aurore. Sous le drap, mon bras décrit un arc de cercle, tu étais là il y a peu de temps, le fantôme de ta chaleur est encore dans le coton. Ou bien le lit est froid. Ou bien je me cogne contre toi, nos peaux rêches de poils s'entrechoquent légèrement, et tu ne bronches pas. Je laisse ma main posée là jusqu'à ce que tu t'éveilles. Il y a un moment de silence. D'éveil silencieux. Et puis tu te retournes.

Cela m'émerveille toujours. J'ai beau t'avoir tiré de ton rêve, tu es ravi de me trouver là. Chaque fois, j'ai l'impression d'être pardonnée.

Il y a peut-être trente ans, durant une semaine ou deux, en me réveillant chaque matin je te trouvais penché au-dessus d'une plante posée sur un petit guéridon. C'était une belle-de-jour, tu l'avais plantée toi-même. Peut-être s'enroulait-elle autour d'un tuteur, elle grimpait bel et bien. Tu étais debout à côté, comme si tu allais la surprendre en pleine croissance, cette fleur en trompette s'enroulant autour de sa tige comme un serpentin de papier, dénudant ses pétales pour dévoiler son cœur bleu. La lumière de la lucarne descendait sur vous, tu n'étais pas encore vêtu, et la scène a beau, dans mon souvenir, être figée dans la beauté, et ton corps dans son époustouflante jeunesse, c'était en réalité l'une des périodes les plus tristes de notre vie.

Nous passions notre temps à tutoyer la fin de tout, toujours à quitter ou être quitté. Mais tu sais, si j'avais pu apparaître, telle princesse Leia, sous la forme d'un hologramme à côté du pot de fleurs pour prononcer ces paroles rassurantes : "Ne t'inquiète pas, dans trente ans, nous serons encore ensemble", je ne sais pas si cela t'aurait rendu plus joyeux. Notre amour a toujours charrié son lot de peur.

Ce matin, nous nous réveillons en plusieurs temps, à Bray, dans le comté de Wicklow, et il pleut. Je sais où est la porte, je sais où est la fenêtre, et je sais où tu dors, car c'est toujours du même côté, quel que soit le lit où nous dormons. Mais je ne sais pas si tu es là ou non. Et j'ai beau me souvenir de m'être endormie le dos tourné à toi, à mon réveil je n'arrive pas à me souvenir de quel côté j'étais. Comment est-ce possible ?

Notre fille Pamela agrémentait son sommeil d'innombrables jeux et rituels. Nous l'abandonnions au lit plus que nous ne l'y mettions, tâchant d'aller dormir nous-mêmes, en l'écoutant remuer et se retourner sur son matelas de l'autre côté du mur.

"Comment se fait-il, disait-elle, qu'un lit soit l'endroit le plus inconfortable du monde quand on essaie de s'endormir, et l'endroit le plus confortable du monde quand il faut se réveiller ?"

Comment cela se fait-il, en effet. La lumière vient de ma gauche, de l'autre côté de la porte, à ma droite, me parvient le silence de la maison. C'est le moment qui précède la reprise du cours de ma vie. Tu es entre la fenêtre et moi, la pluie tambourine contre la vitre. Le ciel est toujours aussi morne. Le mois de mai est déjà là et le temps semble s'étirer en longueur jusqu'à l'été. La nouvelle année n'a pas encore pris ses aises. J'en sais quelque chose (mais pas tout) tandis que je m'apprête à aller à la rencontre de cette nouvelle journée.

Il y a eu des moments – des années entières, peut-être – durant lesquels tu m'as agacée, d'une manière ou d'une autre, mais ça n'est plus le cas aujourd'hui.

Ces temps-ci, je suis heureuse de constater que tu es vivant, dans le lit, à côté de moi, alors qu'il y a eu des matins où je me réveillais en te croyant mort, et quelque chose dans cette idée – oh non ! – me réjouissait. Il est si immobile. Il doit être mort. Il est mort ! Le corps à côté du mien ne se comportait plus comme un corps, il n'inspirait plus, n'expirait plus, ne vivait plus, le corps à côté de moi se changeait en ex-corps, il refroidissait. C'était l'image qui me réveillait de terreur, de sorte que je n'y pensais pas tant que je le rêvais, et le sursaut de panique contenait un minuscule soupçon de plaisir rapidement balayé. Non. Quelle horrible façon de penser. Il est vivant. Ce corps. Le corps de cet homme. Le corps de mon mari est vivant.

Ma culpabilité se transforme aussitôt en gratitude – là aussi vaguement surjouée (oh chéri !) –, je roule de ton côté et découvre les gestes désordonnés de ton corps se rapprochant du mien, avant-bras, ventre, formant une question à laquelle il m'est si facile de répondre. Mon Dieu, oui. M'avançant vers toi pour un baiser lèvres closes, à cause de tout ce qui niche dans et entre tes dents : haleine rance, vin de la veille, poches dissidentes dans la république du corps. Je pose la tête dans la courbe de ton bras et ton torse, l'oreille collée au battement de cœur de l'être humain à côté duquel je dors.

Je ne compte pas les années. Il y a longtemps, je ne sais plus quand, tu as dit que nous avions vécu plus de temps en nous connaissant que sans nous connaître. Et autant de revers, entre draps et couette, de nos corps chauds au petit jour.

Je pense beaucoup à la gratitude ces jours-ci, et je pense aussi au sadisme – la tache sombre chez Niall Duggan, le noble dédain de Boyd O'Neill, tous deux, si importants à leurs propres yeux. Bien sûr ils étaient parfois horribles l'un envers l'autre, cela va sans dire, mais quand je pense à la manière dont ils traitèrent ma mère, sous les habits recherchés de la courtoisie, je vois quelque chose de profondément déplaisant. De l'envie, sans doute. Le besoin de posséder ou de souiller, non pas sa sexualité mais son talent, la magnifique, l'inconséquente flamme de son existence.

Et c'est une chose qui, plus tard, s'est mise à me passionner. Je me suis prise de passion pour ma propre cruauté. Ce moment de tendresse quand la plume se pose sur la page, et la possibilité du sadisme à la naissance des mots. Nommer la chose. La posséder et l'achever. Je reconnais là la tentation que Duggan m'a un jour avancée sur un plateau : "Qui vas-tu tuer ?" Moi en écrivaine-meurtrière, ivre d'un pouvoir artificiel.

Mais je me réveille le matin et le corps à mes côtés n'est pas mort. Je n'ai tué personne, à part, peut-être, dans mes rêves. Je ne le ferai jamais.

Quand j'avais six ou sept ans, lors d'une fête ou d'une quelconque occasion, un garçon m'a poussée, et ma mère, toute maquillée, dans sa jupe en taffetas qui ondulait derrière elle, s'est penchée vers lui et a sifflé : "Si tu touches ma fille encore une fois, je te mords." Sa réaction était totalement outrée par rapport à l'offense – j'ai appris très tôt à ne pas parler à ma mère de l'instituteur cruel, ou de la méchante fille au terrain de jeu. Mes blessures lui étaient insoutenables et cela les redoublait, car en vérité elles ne l'étaient pas tant pour moi. C'était ce qui arrivait quand elle n'était pas là pour me protéger, voilà tout.

Après l'incident avec Duggan, les rideaux restèrent tirés des semaines durant, elle passait des journées entières sans sortir du lit. Je vérifiais qu'elle allait bien matin et soir, et faisais tourner la maison comme j'en avais l'habitude. J'aurais peut-être dû m'inquiéter davantage, mais j'étais trop occupée à me désespérer de ne pas savoir comment la remettre sur pied.

"Vraiment, disais-je. Vraiment, maman, tu devrais te lever et prendre un peu l'air, cela te fera du bien."

Les semaines devenant des mois, je crois que nous avons compris toutes les deux que c'était davantage qu'une humeur passagère. Et cependant j'étais incapable de briser le tabou qui s'était installé entre nous et de prononcer le nom de Duggan. J'étais incapable de lui dire que j'allais bien.

De temps à autre, Hughie Snell se hissait à tâtons en haut des escaliers, pour lui raconter les derniers ragots et la faire rire. Et elle avait toujours le père Des, l'homme qui avait autrefois déclaré que son jeu d'actrice hissait chacun de nous un peu plus près du Seigneur. J'étais reconnaissante envers Des à cette époque, c'était pour lui qu'une fois par semaine elle s'habillait de pied en cap. Le jeudi matin, elle se levait tôt pour faire sa toilette et enfiler ses vêtements de thérapie : une de ses robes en jersey de soie ou polyester imprimées, puis elle grimpait dans le taxi qui l'attendait, joyeuse et chic. C'était toujours le même chauffeur.

"Ah, Manus, ravie de vous voir, comment allez-vous ce matin ?"

Plus tard, elle rentrait à la maison et dormait.

Je me demande parfois pourquoi il ne l'a pas sauvée.

Le printemps arriva. Elle regardait la glycine dans le parc, et les larmes coulaient sur ses joues. Elle faisait les cent pas en secouant ses avant-bras – un drôle de geste de marionnette qui me faisait penser à moi-même, après ma mauvaise soirée avec le Baiseur, me tordant les mains tel un personnage dans un drame victorien. Au bout de quelques jours, elle cessa de secouer ses mains et circula dans la pièce, fébrile.

"Qu'est-ce que ça fait là ça ?"

Elle commença à jeter des choses à la poubelle, puis passa une après-midi de panique à chercher toutes ces choses qu'elle venait de jeter aux ordures. Elle pleura de nouveau, dormit, marcha, se forgea une opinion solide sur un article qu'elle venait de lire dans le journal (elle lisait le journal !), puis, au milieu de la nuit, la machine à écrire reprit ses épouvantables spasmes de silences et fracas. Elle écrivait de nouveau. Soudain, elle était déchaînée, elle commençait plusieurs choses à la fois. Le père Des l'encourageait dans sa tâche – apparemment il pensait que c'était une bonne chose.

Du moins c'était ce qu'elle disait.

Je l'appelai une fois, depuis le bureau, à l'heure du déjeuner. Je me disais qu'il pourrait peut-être m'aider.

À l'époque, les téléphones étaient des objets massifs, et le souffle laissait de la condensation sur le combiné, ce qui donnait parfois l'impression qu'il était sale ou chaud. Je me souviens d'avoir porté le combiné très près de ma bouche, pourtant il n'y avait personne autour de moi pour m'entendre, et je me souviens aussi de l'impression étrange que cela me faisait de lui parler dans cette si grande proximité. Il se trouve que la voix du père Des était une de ces voix distantes qui, même toute proche, semble toujours lointaine. Oui, dit-il à sa manière flottante. Oui, effectivement. Ces sujets étaient, par définition, confidentiels.

"Si on ouvre la boîte, cela cesse de marcher", dit-il, ou quelque chose dans ce goût-là. Il mentionna le chat de Schrödinger, ce qui nous sembla à la fois pertinent et drôle à tous les deux. Mais c'était moi, sa fille, ajouta-t-il. Je la connaissais mieux que personne, mieux que lui-même en réalité.

"Oui", dis-je.

Et cet amour, dit-il, est très réel. Indestructible. Quoi que je ressente au fond de mon cœur. C'était la pure vérité.

En raccrochant, je me sentais tellement mieux qu'il me fallut un moment pour comprendre que je n'avais pas avancé d'un pouce.

Ses appartements m'intriguaient, elle les fréquentait depuis tellement d'années. Avait-il des masques africains sculptés, une *chaise longue* ? Y avait-il un crucifix à côté d'un bâton d'encens et d'une statuette du Bouddha ? Ou bien les murs étaient-ils entièrement blancs et nus ?

J'essayais d'imaginer ce qu'il pouvait bien lui raconter, et avant même de m'en rendre compte, je lui avouais, en pensée, tous mes secrets. Et il était merveilleusement rassurant, ce psy fantasmé qu'était ce presque Des Folan. Il me comprenait mieux que moi-même.

Je lui confiai me sentir coupable d'avoir déclenché quelque chose en couchant avec Duggan. J'avais l'impression que peut-être je l'avais volé à ma mère. Comme si nous étions rivales face au Vieux Baiseur, alors que nous étions le contraire de rivales.

"Le contraire de rivales", reprenait-il.

Je dis que sans doute Duggan m'avait volée à elle, car c'était un homme affreux. Il voulait la chose que ma mère aimait le plus. Et c'était moi.

Le Baiseur.

Les choses que je disais au père Des dans ma tête me semblaient profondes, bien que certaines d'entre elles soient aussi sans importance. Je lui racontais que j'avais envie d'étudier la chimie mais que c'était impossible car j'étais une fille, alors j'avais choisi la littérature. Et je ne voyais pas ce que le père Des pouvait bien y changer, c'était l'ordre du monde, après tout. Je lui racontai que j'étais allée au pub. Que j'étais la seule femme là-bas. Que j'étais la seule chez Smyths ce soir-là avec Duggan, car les femmes ne fréquentaient pas les pubs en réalité, à moins d'être vieilles avec un cache-œil, ça ne se faisait pas. Et quant à moi, j'y passais ma vie. Je lui racontais que parmi mes amies elles étaient nombreuses à être encore vierges. À vingt-cinq ans.

"Et qu'est-ce que cela vous fait ?" demandait le père Des.

Cela me donnait l'impression que quelque chose clochait chez moi, disais-je, car je prenais un réel plaisir à coucher avec différentes personnes, je trouvais que c'était quelque chose de fabuleux. J'aimais la diversité de leurs corps, le rythme de leurs caresses, leurs manières, chacun avec son propre langage de baisers et de séduction. Mais je ne connaissais pas une seule autre femme qui me ressemblât, disais-je au père Des, celles que je connaissais se transformaient en petites écervelées dès que le mot sexe était prononcé et je n'avais rien d'une écervelée. Parfois, entre la promiscuité et mon obsession pour la chimie, je me disais que je devais être un homme. Ma mère m'avait changée en homme. Ce qui était forcément une mauvaise chose.

"Non ?"

Pas sur la durée. Non. Car les filles qui couchent à droite à gauche tournent mal.

"Et ta mère ? demandait-il peut-être.

— Oh, ne me lancez pas là-dessus."

Je lui racontais toutes les choses que je n'avais le droit de dire à personne, jamais, car personne ne devait savoir. Je la trahissais en toute liberté. Je la décrivais sous ses bigoudis, ivre, appelant Olivier "cette vieille folle", dans quel souk elle laissait la salle de bains après son passage.

Surtout, je lui parlais de l'homme que j'avais vu coucher, ou du moins essayer, avec ma mère sur le palier, l'homme que j'avais vu l'embrasser sur le palier quand j'avais dans les six ans. J'étais sortie de ma chambre à moitié endormie, la vessie pleine à craquer, et j'étais tombée sur eux. Le fait que j'aie eu envie de faire pipi à ce moment-là avait son importance dans la conversation que j'avais avec le père Des – ma propre excitation (si on peut l'appeler ainsi) aurait été un signe de complicité dans l'enchevêtrement à l'œuvre contre la porte de sa chambre. Il leur fallut un moment pour remarquer ma présence. Mais je n'avais fait que me réveiller dans la nuit, dis-je. Il faisait noir et j'avais besoin d'aller aux toilettes. Comme je le lui expliquais encore et encore.

"Et qu'est-ce que cela t'a fait de les voir ? demandait mon père Des imaginaire.

— Eh bien", dis-je.

Après cela, il n'y avait plus jamais eu d'hommes sur le palier, donc c'était une bonne chose en fin de compte.

"Oui", dit le père Des.

Quand je demandais à ma mère de me parler des moments qu'elle passait avec le père Des et de ses appartements, elle répondait : "Rien de spécial, vraiment. Tu sais, des plafonds hauts, des persiennes. Il y a un. Il y a un." Elle peinait à finir sa phrase. "Il y a un tapis très épais sur le sol. Une peau de mouton. Pour mes pieds. Ou ceux de quelqu'un d'autre. Les fils cornés du labeur quotidien."

C'est une approximation. Il m'est difficile de reproduire les détours et les fractures du phrasé de ma mère quand elle commençait à fléchir. Elle n'était ni logique ni illogique. Chacune de ses phrases prenait des virages aveugles, débouchait vers l'inattendu. Et quand il lui arrivait d'être obscène, c'était sur un mode étrangement banal. Par exemple, elle était incapable de passer devant un chien sans parler d'érection, mais sur le ton que les gens emploient pour parler itinéraires de bus, ou météo. Et puis, elle était assez drôle.

"Oh, et là, les lèvres bien rouges, rehaussées de *Rose Passion*, par L'Oréal."

Et bien que le père Des semblât si gentil et si présent pour elle, j'obtins beaucoup plus du médecin local, un homme définitivement monosyllabique pour qui il n'existait pas de maladies en dessous de la ceinture – c'est la pure vérité, il s'asseyait sur le rebord du lit et observait ma mère, et si elle dévoilait une bande de peau à examiner, il marmonnait, dans son accent de Cork : "Ne vous donnez pas cette peine." Mais malgré ou à cause de cette répulsion, il était un excellent diagnosticien ; tout son art tenait à ses qualités d'observation. Ce colosse lui administrait des cachets – bien qu'elle en prît déjà – après lesquels sa syntaxe semblait se redresser. Elle devenait plus calme.

Personne ne remarqua, ou ne sembla remarquer, sa période de difficultés, sous le purdah des rideaux tirés, des lunettes noires qu'elle portait même sous la pluie. En un sens, c'était ce que l'on attendait d'elle. Elle était une star. Mais c'était aussi un enfer de solitude. Tandis qu'avril débordait sur mai, elle passa de plus en plus de temps assise et, avec l'aide de Kitty, s'installa dans une sorte de routine.

À la lecture de cet épisode, comme j'ai fini par l'appeler, d'autres périodes de rideaux tirés et d'impossible action survenues dans le passé semblaient s'éclairer. Celle-ci finit par prendre fin, ainsi que les précédentes, mais cette fois, elle en ressortit éteinte. Elle avait perdu une demi-année.

Durant le difficile hiver 1977 et toute l'année qui suivit, Katherine ne remonta pas sur scène. Ses journées étaient silencieuses. Elle fumait en permanence, essayait d'écrire et y échouait. Elle haïssait les médicaments que Kitty s'obstinait à lui faire prendre, debout à côté de son lit chaque matin, telle la statue *Patience on a Monument**, les comprimés dans la main.

Elle allait jusqu'à la Bibliothèque nationale pour travailler sur la pièce de Dorcas Kelly, ils adoraient la voir là-bas. Elle portait un sac fin, avec son manuscrit à l'intérieur, des gants en cuir et un chapeau.

"Je vois votre mère souvent, me dit un poète un jour. Elle reste assise, à fixer quelque chose devant elle, à mi-distance, comme ça."

La boisson devint plus laborieuse. L'alcool n'avait plus le même effet – peut-être que c'étaient les cachets –, mais elle s'y attelait néanmoins. Je la retrouvai endormie sur le canapé dans une puanteur d'acétone, et le médecin colosse déclara qu'elle devait boire de l'eau en permanence, du thé en permanence, de l'alcool jamais.

Oui bien sûr, c'était ce qu'elle allait faire. C'était logique.

* Il s'agit d'une illustration du dessinateur Thomas Nast, parue dans la *Cincinnati Gazette* et le *Harper's Weekly* en octobre 1868, représentant un esclave affranchi assis sur une stèle recensant tous les crimes perpétrés contre les Noirs, au pied de la statue, une femme et un enfant gisent, en sang, à l'arrière-plan, les combats font rage (l'illustration est visible au Smithsonian National Museum of African American History and Culture).

Elle m'encourageait à partir, et c'était vrai, j'avais réellement besoin de m'en aller. Nous étions toutes les deux d'accord, il était important que j'aie une vie à moi. J'étais passée des journaux à un magazine féminin et je me débrouillais plutôt bien. Je cherchai un appartement mais rien ne convenait. Je me dis que j'avais envie de déménager à Londres plutôt. Je passai presque un an à tenter d'établir un réseau là-bas, cela ne donna rien.

Lentement, elle se remit au travail.

Elle avait beau être en proie à des difficultés en coulisses, sur scène, durant ces dernières années, je la trouvais de plus en plus extraordinaire. Katherine O'Dell résistait magnifiquement. Les histoires qu'elle racontait étaient de moins en moins importantes, l'actrice qui les incarnait, de plus en plus présente, avec une précision et une sensibilité toujours plus grandes. Elle se dénudait de son être, lentement, savamment, c'était un spectacle douloureux.

Six mois avant de s'en prendre à Boyd, elle accepta une offre du metteur en scène polonais, Aleksy Wójcik, de venir jouer avec lui en France, une pièce appelée *La Bête*, tout ce que je peux dire de positif sur cette représentation c'est qu'elle fut donnée dans une langue étrangère. Je suis l'une des rares personnes à avoir vu sa mère nue, en compagnie de trois cent cinquante autres personnes qui la voyaient nue, elles aussi. C'était, en termes d'expérience, très pur (s'il faut choisir ce mot). Bien sûr je voyais l'intérêt que cela avait à ce moment-là.

Wójcik avait la réputation d'être un metteur en scène audacieux, et c'était ce dont ma mère avait envie désormais. Autrement, à quoi bon ? Elle avait envie qu'il la réduise à l'essence de son être, ou bien était-ce juste ce qu'elle prétendait.

Les scènes de dégradation avaient toutes lieu dans la première moitié de la pièce, tandis que son personnage perdait, un à un, son trench-coat beige, son pull à col roulé beige, sa jupe trapèze et ses chaussures. Dessous, elle portait des sous-vêtements ordinaires : des collants couleur chair, une culotte en coton, un soutien-gorge d'entrée de gamme. J'ai oublié l'intrigue, si tant est qu'il y en eût une. J'étais pétrifiée sur mon siège, avec la sensation aiguë et puissante de l'odeur de cigarette qui se dégageait de mes doigts et de mes vêtements. Je craignais que l'homme assis à côté de moi, dont je soupçonnais qu'il fût un critique, n'en soit dégoûté.

Le viol avait lieu, ainsi qu'on pouvait s'y attendre, durant une coupure de courant. Ma mère, en sous-vêtements, était traînée par les cheveux dans des râles à travers la scène, par un acteur appelé Bernard DuBois. Il la plaquait contre une table, lui arrachait ses affreux collants bon marché, se tortillait tout en défaisant sa braguette, puis il y avait un interminable – et bien dirigé, me semblait-il – interlude, tandis qu'il enchevêtrait leurs deux anatomies, après quoi, la tête toujours basculée en arrière – étourdie – dans le noir, elle poussait le mugissement caractéristique, animal d'un corps humain qu'on pénètre. Du moins dans la fiction. Un corps humain fictivement pénétré. Même si cela semblait terriblement réel, je dois bien l'admettre.

La lumière revient dans la salle, la scène est vide, mes mains sont enfoncées dans les accoudoirs de chaque côté. Je suis littéralement "hors de mon siège", quelques centimètres d'air me séparent de la garniture rouge. À côté de moi, l'homme laisse échapper un frisson d'admiration avant la succession de courtoisies et de courbettes me libérant le passage vers le bar, où j'avale, contrairement à mes habitudes, un verre de scotch Johnnie Walker, cul sec.

Elle m'avait demandé de ne pas venir. Puis de ne surtout ramener personne. Je voyais bien pourquoi à présent. Je n'avais jamais réussi à obtenir d'elle une entrée gratuite – je crois que c'est là quelque chose d'intéressant – alors qu'elle m'avait toujours accueillie dans sa loge, très chaleureusement, chaque fois que j'étais venue voir ses spectacles.

Dans le second acte, ensuite, elle est nue. Il se passe encore une vingtaine de minutes de Bernard DuBois vaquant à ses occupations (c'est un boucher, ils ont tout un attirail de hachoirs et une demi-vache à démembrer – à la fin des représentations, il était devenu tellement bon que le reste de l'équipe repartait avec des côtelettes et des escalopes). Il parle avec une jeune cliente en robe d'été, ils se content fleurette. Puis Katherine réapparaît, elle marche, nue. Elle a de beaux pieds. Chacun de ses pas libère une source très bien cachée, et un torrent d'eau fraîche la suit tandis qu'elle traverse la scène. Ma mère a cinquante et un ans. Et sa chair vivante ne laisse pas de doute, son corps raconte une histoire. La scène est plongée dans l'obscurité, les rares lumières ne sont pas exactement flatteuses, et au bout d'un moment, sa nudité modifie l'atmosphère autour d'elle. La vision de son corps occupe plus d'espace que son corps seul. Elle irradie.

Cette femme, presque trop réelle à regarder, se baisse pour prendre un peu d'eau dans ses mains et s'en sert pour nettoyer les traînées de crasse sur ses bras et ses cuisses. Le reste de l'eau a coulé hors de scène et rempli un petit bassin. Elle s'étend dans ce bassin et semble flotter, les bras en croix, tandis que Bernard DuBois trébuche jusqu'à elle et entre dans l'eau en éclaboussant ses vêtements de tous les jours.

Je suis incapable de me souvenir de la fin de la pièce, après cette scène onirique où ma mère flotte là-dedans. Je me rappelle en revanche m'être frayée un chemin pour la rejoindre en coulisses, avoir cherché sa loge dans une sorte de panique. Ce théâtre lyonnais était un horrible dédale, empestant les vieux costumes et la plomberie défectueuse, c'était plein de recoins inattendus et de marches qui ne menaient nulle part. Et bien que ma mère soit morte depuis plusieurs années, je rêve encore qu'elle est prise au piège, coincée dans un endroit semblable : il y a un incendie, elle cherche désespérément une issue, elle court le long du mur du fond, grimpe à des échelles, escalade des portiques. Dans la vraie vie, je trouvai sa porte assez facilement, et le spectacle qui m'accueillit lorsque j'entrai fut celui de Katherine dans un peignoir en éponge avec un élégant pantalon noir en dessous, pliée en deux pour enfiler ses chaussures de ville. Il y avait quelques objets dans sa loge, pas beaucoup. La carte que j'avais envoyée pour lui souhaiter bonne chance le soir de la première était coincée dans le miroir, il y avait une orchidée blanche – une rareté à l'époque – dans un vase en verre tout simple. Divers papiers épars recouverts de son encre verte préférée. Son peignoir, blanc. La serviette enroulée autour de ses cheveux, blanche elle aussi.

Elle dit : “J'ai bien l'impression que cette saleté d'eau m'a donné la courante, ils refusent de mettre du chlore dedans, il faut les aimer, les Français. Comment ça va ma chérie, tu as l'air fatiguée."

Fatiguée n'était qu'un des mots pour décrire l'état dans lequel je me trouvais. J'étais révulsée par l'absolue normalité de la situation, elle assise là. Elle glissa son pied dans sa chaussure, avant de se redresser et de lancer : "Oh ma chérie, tu aurais dû me prévenir que tu venais."

Car c'est ce qu'elle disait toujours quand j'apparaissais, malgré toutes ses préventions et ses blocus.

"J'ai ce fichu dîner, j'adorerais que tu viennes mais si c'était le conseil du comté local, ce ne serait pas pire. Des vieux types imbus d'eux-mêmes, une vraie corvée."

Comme si j'ignorais encore comment elle rentrait chaque soir dans sa chambre, vidée par ces mondanités, terminant la soirée dans toujours plus d'eau, un bain cette fois-ci, et bien qu'elle fût plus vigilante quand elle travaillait, une bouteille (pas plus !) de vin. Difficile de ne pas boire de vin quand on est en France.

Rendez-vous fut donc pris pour le lendemain matin, avant qu'elle fasse semblant de héler un taxi en s'éloignant de moi à travers les rues, une femme âgée habillée avec pudeur, qui avait l'air de savoir parfaitement où elle allait, sans pour autant savoir où allait sa vie. Certaines nuits, il lui fallait marcher longtemps avant de retrouver le chemin de sa chambre.

Le lendemain, je la retrouvai pour un petit-déjeuner très tardif. J'avais si souvent appelé depuis la réception pour la sortir du lit, que nous avions fini par abdiquer et appeler cela un déjeuner.

Nous étions douées pour les restaurants. Nous aimions ce jeu de rôles, une mère et sa fille adulte discutant du menu, des dernières nouvelles. Quelles nouvelles racontes-tu à ta mère ? Des choses et d'autres. Une relation en cours, mais jamais ce qu'elle m'inspirait. Une sélection de petites victoires pour la rendre heureuse par procuration. Quelques difficultés au travail, pour qu'elle puisse compatir.

J'ai un petit ami, lui racontai-je. Un garçon gentil, il s'appelle Mark, je le lui décris un peu.

"Charmant, dit ma mère. Il a l'air tout à fait charmant.

— Oui.

— Qu'est-ce qu'il fait déjà ?

— Il est à l'IDA.

— La quoi ?

— Il est dans les affaires.

— Ne me dis pas qu'il a de l'argent.

— Pas vraiment.

— Petite maligne."

Je suis maligne effectivement. Mark est un type bien, grand et fort, il aime le rugby et il est étonnamment étourdi. Rien ne cloche chez Mark O'Donohue qui semble béni des dieux. Il n'a de colères qu'en privé, rarement et lentement (et avec une assurance incroyable). Il se débrouille tout seul, Mark, il ne me renvoie pas la balle.

"Il est très stable, éclairai-je.

— Oh, je suis contente", dit-elle en fouillant nerveusement dans son sac en quête de mouchoirs, son portefeuille, ses clés.

Je n'ai pas le droit de lui demander comment elle va. Ni quels sont ses projets. Le seul sujet convenable pour une fille avec sa mère, c'est de parler d'elle-même, ou d'une version autorisée d'elle-même, une personne pour laquelle toutes deux peuvent se réjouir.

Six semaines plus tard, en rentrant à Dartmouth Square, je la trouve sur le canapé du salon, à siroter du vin. Le cendrier déborde, elle est en peignoir, ses pieds nus joints tout contre son corps. Je m'assois et je lui caresse le talon sous l'os de la cheville, là où la peau revêt des ombres bleutées. J'essaie de me la représenter sur scène à Lyon, les pieds mouillés. Je n'ai pas encore réussi à décrire à mon petit ami Mark la pièce qu'elle vient de terminer. Je sens qu'il ne comprendrait pas.

Puis le père Des entre. Il porte un pantalon en toile et une chemise Oxford bleue qui fait ressortir le blanc brillant de ses cheveux. Il a une tasse de thé dans les mains et il manifeste son étonnement de me voir là avec douceur. Il ne vacille pas.

Je passais juste, dis-je, pour prendre mes affaires de tennis.

Puis je me demande pourquoi je m'excuse de ma présence auprès de cet homme, sous mon propre toit.

Je me lève pour les laisser et je remarque qu'il ne porte pas de chaussures.

Le père Des est l'homme que j'ai vu sur le palier quand j'avais six ans – c'est ce que je crois désormais. Je le lui dis dans son cabinet, celui où je me rends mentalement. Je suis assise face au père Des, ou bien allongée sur l'inévitable divan et je lui dis donc comment, étant jeune, j'ai surpris, ou bien l'ai-je imaginée, cette scène primitive.

Il me demande ce que cela m'a fait.

"J'ai cru qu'on était en train de l'assassiner.

— C'est vrai ?

— J'ai cru que j'allais me retrouver toute seule."

Et, tandis que je lui raconte tout cela, son cabinet se transforme en cube, dont j'inspecte les angles un par un. Et je ne lui parle pas de cette forme secrète, combien c'est important pour moi de fabriquer cet espace où je conserverai ces choses. Eux deux, matérialisés, aux prises l'un avec l'autre.

Il interroge : "Tu te sentais exclue ?"

Je réponds : "Jusqu'à un certain point, père Des. Jusqu'à un certain point."

Dès que j'ai su qu'ils étaient intimes, au moment même où j'ai vu ses pieds nus dans notre salon, j'ai su que cela durait depuis toujours. Cela avait commencé peu de temps après la mort de Lillian MacVeigh, paix à son âme, quand ma mère souffrait et avait besoin de sollicitude. Le père Des était venu prier avec elle. Il avait tenté d'apaiser son chagrin par l'apposition de ses mains sacrées, et à la seconde où il l'avait touchée, c'était fini. Ils avaient baisé. Il avait fui. (Je ne fais que deviner mais tu sais déjà la suite de l'histoire.) Il avait supplié Dieu de le libérer du désir charnel, de l'agonie de son désespoir, mais Dieu semblait avoir d'autres chats à fouetter et la situation avait continué de vaciller, sur cette corde impossible, des années durant. Le père Des était horriblement amoureux d'elle. Il venait lui déclarer son amour tous les jeudis après-midi.

Suivait le bruit de leur dispute, au milieu de la nuit, rage, reproches, silence pesant. Je n'en pouvais plus de lui – si c'était bien lui, le père Des qui luttait avec sa conscience dans la chambre à coucher de ma mère. Le tout me laissait un goût de mépris vis-à-vis des hommes, de cette lutte sans merci qui activait les muscles de leurs culs, contractés vers le haut tandis qu'elle s'abandonnait, le cou offert, contre un mur. Ce besoin qu'il avait de la harponner, d'introduire en elle cette excroissance qui débordait de lui. C'est sans doute ce que j'ai surpris.

Le père Des alla à Londres pour s'analyser, il revint cinq ans plus tard analyser tous les autres, y compris ma mère. Il est possible qu'ils n'aient pas couché ensemble au début, qu'il ait fallu un moment. Ils s'efforçaient de résister. C'était mal à tous points de vue, ce qui ne déplaisait pas à ma mère. Le père Des était discret, il était régulier. Il prenait soin d'elle, il faisait de son mieux. Ce qui – crois-moi – était loin d'être suffisant. Mais enfin, elle n'aurait pas exactement pu coucher avec le facteur. Dublin est une petite ville.

Et il ne la quitta jamais.

J'adorerais pouvoir dire qu'après que ma mère eut blessé Boyd O'Neill, on nous entoura de gentillesse, de soutien, qu'il y eut des appels, des bouquets de fleurs, des dettes effacées et des paniers de nourriture posés sur le seuil de notre maison à Dartmouth Square, mais ce n'est pas comme ça que ça marche. Ce qui succéda à l'accès de folie et à l'arrestation de ma mère fut un silence. Suivi du frottement, du chuintement discret de nombreuses paires de jambes prenant la poudre d'escampette.

Elle fut conduite de la maison au commissariat de Pearse Street Garda, et déférée le lendemain dans l'aile des femmes de Mountjoy. Deux jours plus tard, on la transféra à l'hôpital psychiatrique central de Dundrum, puis plus rien ne se passa durant un long moment.

Ils l'avaient emmenée.

C'était étonnamment simple. De retour à Dartmouth Square, le silence de la maison était pareil au silence après une porte qui claque. Chacun de ces jours était également interminable. Des heures entières s'écoulaient sans que le téléphone sonne, hormis des appels d'inconnus.

Par une belle soirée irlandaise, pendant cette période, j'ouvris la porte à un homme qui s'introduisit dans l'entrée et me tendit une lettre. Il resta planté devant moi attendant que je lise sa lettre, je l'ouvris donc en me demandant ce qu'elle pouvait bien contenir de si terrible. Dehors, des arbres se découpaient dans le soleil du soir, des enfants couraient dans le parc. Un taxi était garé à cheval sur le trottoir, bloquant notre portail. La lettre était difficile à lire. Elle venait d'un journal. Ce qu'elle semblait dire était que ce journal viendrait m'interviewer, que je le veuille ou non. L'homme, cette personne qui s'était sentie autorisée à entrer chez nous pour s'assurer que je lise bien sa stupide lettre jusqu'à la fin, était chauffeur de taxi. Il garda ses lunettes de soleil à l'intérieur et, à sa façon de se tenir devant moi, je devinai qu'il était galvanisé par le pouvoir qu'il avait sur moi. Je ne crois pas qu'il était sexuellement excité, mais peut-être que si au fond. La déchéance de ma mère – la mienne sans doute – le fascinait.

Puis il sortit de sa transe et prit la porte. À toute allure, comme si je le dégoûtais trop pour s'attarder une minute de plus.

Cet incident avec le chauffeur de taxi, c'était si négligeable, à peine racontable – et il me fallut un moment pour me rendre compte que je n'avais de toute façon personne à qui le raconter. Je parlais à mes amies mais le "Oh non, ma pauvre chérie" typique de la consolation féminine ne me faisait plus beaucoup d'effet (pourquoi n'avais-je que des amies si inutiles ?). J'avais besoin d'un avocat. Mark était à Chicago à un salon professionnel, ce qui était une bénédiction, même s'il appelait.

Mark appela.

Il ne connaissait pas de bon avocat.

En dehors de cela, le téléphone de Dartmouth Square restait muet, alors que des téléphones continuaient bel et bien de sonner dans tout Dublin. La bande de gens que ma mère appelait ses amis s'employait désormais à reformer une bande sans elle. La différence entre l'intérieur et l'extérieur de la bande était si ténue, c'était presque pareil. À partir de ce moment, on parla davantage d'elle qu'avec elle. Elle était le sujet des conversations de toute la ville.

Il y avait des exceptions à tout cela. Le médecin colosse déboula avec son sac et s'engouffra dans la chambre de Kitty pour s'occuper de sa jambe douloureuse. Après quoi il sortit et se retrouva dans la cuisine où il me dévisagea un long moment. Il se retourna dans un soubresaut – un peu comme le chauffeur de taxi d'ailleurs – puis se ravisa et me dit : "Vous savez où me trouver."

Hughie Snell était assidu à l'hôpital psychiatrique, dans son luxueux costume couleur camel, une rose jaune à la boutonnière, il déambulait la tête haute dans les couloirs. Hughie portait un lourd fardeau – du moins était-ce un fardeau pour lui qui continuait à vivre dans la terreur d'être démasqué, alors que le monde entier savait qu'il était gay –, cela leur faisait un point commun désormais ; l'affreux sentiment de la disgrâce.

Et puis il y avait le père Des, bien connu des infirmières : "Bonjour, mon père, comment allez-vous aujourd'hui ?" Il s'asseyait, prenait ses mains dans les siennes, la tête courbée dans une prière silencieuse, puis il se tournait pour me saluer d'un sourire.

Elle a toujours su qui j'étais, toutefois au cœur de cette période, la plus alambiquée de sa folie, elle faisait semblant de ne pas m'aimer. Un rictus s'installa. Elle se détournait quand j'entrais dans la pièce, comme si son nez se remplissait tout à coup, et elle reniflait à grand bruit. Je demandais comment elle allait et elle ne me répondait pas. Rien de ce que je lui apportais n'allait : c'était toujours le mauvais pyjama, le mauvais livre, son pire rouge à lèvres, des chocolats affreux. Elle chantonnait : "Oh merci, comme c'est gentil", sans même prendre la peine de dissimuler ses sarcasmes, pas la peine d'essayer de la tromper : désormais j'étais son ennemie. Une fois, elle a jeté un bouquet d'œillets roses par-dessus son épaule sans même attendre que je sois partie. Juste sous mon nez.

J'effectuai donc ce périple parfaitement ingrat chaque samedi après-midi, dès que les visites furent autorisées. Nous restions assises dans sa petite cellule, ou bien dans la salle commune, un espace institutionnel décrépit, assez banal en dehors de la cage où la télévision était enfermée, fixée haut sur le mur, et perpétuellement allumée. Il y avait quelques femmes à l'air doux et fébrile dans cette pièce : Brenda, Mary, Mary, Siobháin. Elles étaient mal fagotées, voûtées, leurs crimes sans doute étaient ridicules quoique l'une d'entre elles eût sucé l'œil d'un inconnu hors de son orbite au bout de O'Connell Street, apparemment (du moins c'est ce que m'a raconté, à la libération de ma mère, le brancardier qui nous a raccompagnées le long de l'avenue). Ces femmes restaient assises là à me regarder me faire ignorer par ma mère. Je voyais bien quelle variété de réactions le phénomène causait chez elles. Je voyais aussi qu'elles appréciaient les cadeaux que je lui faisais.

La seule chose qui intéressait ma mère, c'était la cartouche de cigarettes que je lui apportais chaque semaine, et ses vingt paquets de John Player Blue. Le temps que j'en rapporte, elle était toujours à court et désespérée. Mais elle était obligée de cacher son désespoir au cas où je les lui reprendrais. Nous jouions donc (je jouais moi aussi) ce jeu malsain. Je posais la cartouche sur la table et elle faisait semblant, avec une grande nonchalance, qu'elle n'était pas là. J'ai honte de dire que j'y prenais un certain plaisir. Deux cents clopes entre nous, un rectangle bleu de désir. Et moi bavardant tandis qu'elle se cherchait des distractions autour. À n'importe quel propos :

"Tu as une mine affreuse. Peut-être que c'est les cheveux."

"Ce que j'aimerais vraiment ici, c'est un oiseau."

"Tu vois cette femme là-bas ? Elle a eu un bébé autrefois, quand il est sorti d'elle, il était mort."

Le temps que je me retourne, elle avait froissé la cellophane de la cartouche et fourré un puis deux paquets sous ses vêtements. Elle arrachait le haut d'un paquet et en fumait quatre à la chaîne. Bon sang, elle tirait dessus avec une force. Ma mère se montrait suspicieuse à tout propos, de l'eau dans la cuvette des toilettes à celle du thé dans sa tasse, elle prétendait que les infirmières essayaient de la tuer et refusait d'enfiler une paire de chaussures "empoisonnées". Mais les cigarettes étaient toujours de son côté, elles. Je m'en étonnais parfois. Sa folie n'était jamais assez folle pour l'empêcher de fumer. Sa folie, à cet égard, était un monstre sensible.

Je restais assise à la regarder passer à autre chose, j'observais la chair de ma mère redessinant les contours d'un visage que je ne reconnaissais pas.

Elle était là-dedans, quelque part. Cachée à des kilomètres derrière ses yeux verts fous. Sors, sors !

Je restais assise à l'implorer en silence. Elle aspirait la fumée, et me repoussait à chacune de ses expirations. Une semaine, elle avait perdu une dent.

"Qu'est-il arrivé à ta dent ? demandai-je.

— Oh, ça, disait-elle. Ça fait des années que c'est une fausse."

J'appris à ne pas poser de questions, à ne l'obliger ou la commander d'aucune manière. Je lui répétais ce qu'elle me disait. Et lorsque j'arrivais à m'y tenir assez longtemps, à rester parfaitement neutre, alors parfois remontait-elle à la surface d'elle-même. Je surprenais une vision fugitive de la personne que j'avais autrefois connue. La plupart du temps, elle n'était ma mère – je ne sais pas comment l'expliquer – qu'incidemment. Mais quand j'arrivais à en apercevoir le reflet, alors je me sentais, avec une acuité immense, de nouveau sa fille.

Il y eut de nombreux samedis où je n'aboutis nulle part, j'apprenais alors à sourire et à la laisser tranquille. Elle avait besoin de rester cachée un moment, je pouvais le comprendre. Tout était tellement impossible pour elle à présent.

Elle n'était pas elle-même. C'est ce qu'elle disait aux brancardiers, aux infirmières et au médecin qui passait de temps à autre.

"Je ne suis pas moi-même aujourd'hui.

— Vous n'êtes pas vous-même ?

— Non, je ne suis pas moi-même aujourd'hui."

Ou parfois : "Je ne me sens pas moi-même aujourd'hui."

Ce qui produisait cette réplique à double sens, légèrement embarrassante : "Vous ne vous sentez pas vous-même aujourd'hui.

— Non."

Ou, dernière variation : “Je ne me sens pas comme moi-même, aujourd’hui.

— Vous ne vous sentez pas comme vous-même aujourd’hui.”

Et cette dernière réplique appelait tant d’autres questions, si ce n’était pas comme elle-même, alors comme qui ? (Napoléon, Greta Garbo, Jeanne d’Arc, sœur Mary Felicitas), et je souriais.

À mesure que les mois s’écoulaient, la catatonie et le rictus furent remplacés par son “air affectueux”. Un regard profondément aimant qui me terrorisait et me rendait triste. Elle secouait la tête, émerveillée par la merveille que j’étais. Tout ce que je disais était précieux. Elle concevait une terrible solitude de savoir que personne d’autre qu’elle ne voyait à quel point j’étais merveilleuse. Sa fille unique. Qui était. Et c’était là qu’elle butait. Qui était.

Quelque chose était arrivé à sa fille, se penchait-elle pour murmurer. C’était la petite fille la plus douce qui soit.

“À cause d’un homme”, disait-elle. Un homme l’avait volée. Il lui avait pris son seul et unique ravissement, ce qu’elle avait de meilleur.

À la fin de ces journées indescriptibles, je rentrais à la maison retrouver Kitty, qui errait dans la maison en soupirant et en faisant claquer ses pantoufles d’une pièce à l’autre. Elle oubliait de racheter du papier-toilette, faisait brûler des côtelettes d’agneau et réussissait à se rendre agaçante d’une manière, étant donné les circonstances, proprement héroïque.

Quand je rentrais de mon pèlerinage sur le lieu de naissance de ma mère à Herne Hill, je décidai de m'acquitter d'une corvée que je repoussais depuis des années et d'apporter l'une de ses bagues au bijoutier. À sa mort, j'avais fidèlement porté l'anneau, mais quand les enfants étaient arrivés, mes doigts avaient tellement gonflé qu'il avait fallu que je l'enlève au savon. Puis je n'avais rien fait. Je suppose que j'imaginais que mes mains retrouveraient leur aspect initial, qu'elles redeviendraient agiles et jeunes, mais, après Herne Hill, je me résignai à l'inflexible épaississement du temps et décidai de la faire ajuster une bonne fois pour toutes.

Cette bague était le dernier vestige de son époque hollywoodienne. Elle aimait l'appeler son émeraude noire, peut-être que c'en était vraiment une. La pierre était d'un vert sombre avec trois diamants taille baguette sur chaque côté, j'adorais en caresser les facettes du bout du doigt, assise devant la cheminée. C'était une sorte de fascination : être jalouse de la bague, désirer la bague, avoir envie qu'elle me dise : "Un jour, elle sera à toi."

Ne pas vouloir qu'elle meure.

J'avais rangé la bague dans un endroit sûr, mais je n'arrivais plus à me souvenir où exactement. Elle n'était pas dans les endroits évidents : le coffre du chevet, le coffret à bijoux que je gardais dans la commode. Pas non plus dans la boîte derrière l'armoire ou parmi les sacs et les valises sous les escaliers. Sans aucune raison légitime, j'allai dans la chambre de Max et vérifiai ses tiroirs, trouvant au passage une chaussette de foot roulée en boule, après des années sans lavage, trois épaves de téléphones, un vieux tee-shirt préféré trop petit d'au moins six tailles, que je pressai contre ma joue un moment. Une hache en plastique. Je la pris en photo et l'envoyai avec ce message :

Poubelle ?

Quelques secondes s'écoulèrent.

Hache, répondit-il.

Qui fut suivi, quelques minutes plus tard, par une image de chauve-souris, un petit personnage volant rose et gris.

Je demande :

Tu rentres quand ?

Pas de réponse.

Pamela est partie prendre son service à l'hôpital Waterford. Sa chambre est, comme d'habitude, nickel. Je me sens toujours vaguement coupable dans cette pièce. Comme si je pouvais être découverte.

Tu es allée dans ma chambre ?

Je fouille en silence et avec une grande précision, me convainquant au fur et à mesure que c'est elle qui a pris la bague, bien sûr – tout comme elle a toujours pris mon coupe-ongles, mon mètre ruban ou ma clé de la grande entrée. En fait, tous les deux, enfants, étaient fétichistes de ces petits objets indispensables. Le souvenir de ces menues disparitions rallume une vieille étincelle de fureur – je revois le lacet des chaussures chics de leur père, l'indispensable câble, le bidule qui se branchait dans le gadget. "Je dois juste, disait-elle. Je dois juste partir…" pour quelque mission imaginaire vers le désastre. Avant je pensais qu'ils recherchaient la catastrophe – le chaos qu'on découvre au moment de sortir de la maison, un des gosses qui a totalement saccagé le chemin qui mène à la porte d'entrée.

Mais, *Peut-être qu'ils voulaient juste nous garder à la maison*, pensai-je à présent en ouvrant l'armoire de Pamela et en glissant une main au hasard dans les poches de ses manteaux, toutes vides, à part une où se trouvait une carte mémoire que je déposai sur une étagère, en me demandant quelles images elle renfermait.

J'ai un espace de travail dans le grenier sous un velux avec vue sur le ciel et les oiseaux qui passent, mais il fait vite très chaud sous les toits et il y a tellement de paperasses, alors parfois je descends travailler ici plutôt. Avec le sentiment d'être vaguement criminelle. La chambre de Pamela est la plus ordonnée de la maison, elle jouit de la lumière douce du nord. J'aime l'imaginer grandissant dans cette pièce, occupant peu à peu, avec une lenteur infinie, toute la longueur de son matelas.

Il a bien dû y avoir un jour où elle a cessé de me prendre mes affaires. Un samedi quelconque où elle s'est servie de mon crayon pour les yeux et l'a remis dans ma trousse à maquillage. Enfin sortie de la transse de son enfance, prête à devenir une adulte. Ma belle petite fille. Elle n'avait pas pris la bague : jamais elle ne ferait une chose pareille.

C'était tellement agréable d'être assise sur son lit à penser à la jeune femme épanouie qu'elle était devenue, et puis de lui envoyer un texto :

Salut
Slt

Je savais que je n'en obtiendrais pas davantage.

Où est la bague de grand-mère ?
<Émoji yeux au ciel>
Sérieusement.
<Émoji cœur> <Émoji cœur>

Elle me manquait tellement après cela que je restai assise sur son lit, le temps que mon amour pour elle désenfle.

Une fois les chambres des enfants mises à sac, je décidai de sonder la maison méthodiquement : de l'arrière vers l'avant, de haut en bas. Mais il s'avéra impossible de demeurer dans un seul et même endroit, j'étais sans cesse saisie et distraite par des convictions soudaines : elle doit être là, non là. Certains endroits furent fouillés plusieurs fois de suite, pas parce que la bague s'y trouvait mais parce qu'il n'était pas croyable qu'elle n'y soit manifestement pas. Le coffre de la table de chevet, pour la cinquième fois, tous les sous-vêtements hors du tiroir des sous-vêtements. Pas de bague dans le buffet, oubliée dans une tasse en porcelaine, ou dans la fichue valise rangée sous les escaliers.

Je l'avais cachée. À force de m'employer à ne surtout jamais perdre la bague de ma mère, j'avais perdu la bague de ma mère. Alors j'étais furieuse, pas pour la bague mais contre ma propre stupidité, le fait que je perdais les pédales en plus de tout le reste. Et soudainement je me retrouvais à enrager contre toutes les pertes déjà subies, déjà souffertes, contre toutes celles encore à venir. J'extirpai une paire de bottes du fin fond de mon armoire, effleurai d'une main désespérée le haut des livres dans la bibliothèque, en tirai un ou deux. Éparpillai ma vie entière sur le sol.

Elle avait disparu. Remontée dans notre chambre, je m'assis au bout du lit et me pris la tête dans les mains. Si je pouvais cesser rien qu'un instant de chercher, je savais que je me souviendrais d'où elle était. Pour retrouver les choses, il faut d'abord lâcher prise.

Il faut d'abord pleurer sa perte.

Mais je n'avais pas envie de pleurer, j'avais envie de donner des coups de pied. Je résolus d'abandonner un moment, redescendis et me préparai un thé. En sortant de la chambre, j'envoyai un coup de cintre métallique furieux dans le sac au-dessus de l'armoire, il y avait une vieille boîte en fer à l'intérieur. Et tintant contre le métal, quatre épingles de nourrice.

Je criai ton nom, mais tu n'étais pas encore rentré.

L'année qui précéda sa mort, ma mère fit don de certains documents à la Bibliothèque nationale. Quand j'allai là-bas me renseigner à ce sujet, on me dit qu'ils avaient trois boîtes de documents éphémères, principalement des programmes de théâtre, des affiches, mais aussi un scénario de *Mulligan's Holy War* validé pour la scène de la main de Laslo Molnár. Je demandai à le voir et passai plusieurs jours tristes et extatiques à prendre des notes, à transformer ce scénario en informations utiles.

J'appelai sept églises différentes, des institutions d'État, à la recherche de Des Folan. L'une d'entre elles me dit qu'il était à Buenos Aires, une autre en Équateur. J'avais ce rêve récurrent d'entrepôt – un box de rangement avec un volet roulant dans lequel se trouvaient toutes les performances de ma mère, quoi que ce mot signifiât. Entre ces quatre murs, il y avait aussi ses effets personnels. La paire de gants blancs signés de la main de Charles Laughton. Une chaise sur laquelle Alec Guinness aimait s'asseoir, quand il passait en ville. Ses récompenses ! De grosses boules en verre ou métal, lourdes et souvent pointues, dont l'une était si acérée que nous la rangions dans l'abri du jardin de peur que quelqu'un ne vienne à s'empaler dessus. Dans mon rêve, ces choses n'étaient pas perdues, j'avais juste oublié où elles étaient. Une nuit même, assise dans un coin (je suis gênée de l'avouer), il y avait Kitty, son plumeau à la main.

Je me réveillai face à une triste vérité : nous avions vidé la maison si vite que je me souvenais à peine de l'avoir fait. Il n'y avait pas de box de rangement. Tout ce que nous n'avions pas mis dans nos valises, nous l'avions jeté. Nous avions distribué quelques bribes, en avions vendu quelques autres pour trois sous, à peine de quoi payer le camion de déménagement. Et Kitty avait disparu depuis longtemps elle aussi. Elle était morte depuis plus de quinze ans.

J'ai rencontré un jour un Français qui avait vécu à Dublin. Il disait : "Vous les Irlandais, vous êtes si merveilleux. Nous avions une femme de ménage là-bas, elle chantait en travaillant.

— Vraiment", dis-je.

Kitty ne chantait pas. Notre Kitty soupirait. Elle avait un rang de perles en plastique, une robe du dimanche en crêpe bleu marine. Elle portait une robe de chambre d'un bleu éclatant dont on percevait le froissement du nylon quand elle passait et elle sentait un mélange sucré de térébenthine, chiffons, savon et sueur. Quand j'étais très petite, je grimpais sur ses genoux à l'heure du déjeuner, la radio était en marche, il y avait son magazine de vie chrétienne sur la table. Je jouais avec ses bajoues et avec la masse ronde et spongieuse de ce qui était probablement un goitre. À l'époque – je devais être très jeune – j'adorais faire tourner les grosses perles sur le cordon en plastique. Et lorsqu'elle portait la main à son cou pour m'empêcher de jouer avec, je me tortillais jusqu'à ce qu'elle me repose par terre.

Son nom complet était Kitty McGrane. Une femme de Dublin, elle me racontait toujours les trois mêmes histoires sur son enfance, comme si elle ne méritait pas d'en avoir quatre. Ses frères étaient tous mariés – ce qui demeurait à ses yeux un mystère – et ses sœurs vivaient ensemble dans une petite maison sur Warren Street. Quand j'avais cinq ou six ans, Kitty m'y conduisait les samedis matin, je paradais et mangeais quelques biscuits. Puis elle m'emmenait à la bibliothèque publique ou à la messe.

"J'emmène juste la petite à la messe." Elle toquait à la porte de ma mère et passait une tête à l'intérieur pour lui rappeler discrètement un jour de fête oublié, puis nous nous mettions en route vers l'immense église de Rathmines. Ou parfois vers la bibliothèque pour aller chercher un nouveau livre, et nous prenions le bus pour remonter le canal parce que c'était un long trajet pour mes petites jambes.

Kitty allait au théâtre parfois, mais uniquement pour voir Jimmy O'Dea faire des numéros comiques et de la pantomime. Jamais, à notre connaissance, elle n'a vu ma mère jouer. Je crois qu'elle aurait trouvé cela vaguement indécent.

À un moment donné, Hughie Snell avait fait courir la rumeur qu'elles dormaient dans le même lit.

Après la vente de la maison, elle était allée s'installer à Warren Street avec les sœurs qui lui restaient. C'est là que je lui ai amené mes bébés, je paradais et mangeais quelques biscuits. Puis elle envoyait une carte pour les anniversaires avec un billet de cinq dans l'enveloppe. Mais c'était un périple compliqué depuis Bray et, à sa mort, je me sentis très coupable. Je croyais avoir été trop occupée à aimer les gens autour de moi, en fait j'avais aussi été très occupée à fuir.

L'enterrement eut lieu à Rathmines. L'église était toujours aussi vaste, de sorte que l'assemblée paraissait encore plus clairsemée. Deux toutes petites vieilles – les dernières sœurs de Kitty – étaient assises au premier rang. Leurs descendants disposés derrière elles. La différence de taille entre un rang et le suivant était frappante : une tête de moins à chaque génération. Les plus jeunes formaient une bande d'adolescents longilignes, et à la sortie de l'église, ils dominaient les plus vieux avec une sorte d'embarras affecté, tandis qu'on leur donnait des instructions trop vagues ou trop anodines pour pouvoir se tenir correctement.

Je serrai quelques mains et me frayai un chemin jusqu'aux sœurs, vêtues de deux manteaux aux styles différents mais dans le même polyester mauve. Elles hochèrent la tête, ravies, elles savaient exactement qui j'étais – c'était si sympathique de revoir tout le monde. Elles pressèrent ma main entre leurs mains fragiles, remuant leurs doigts secs dans l'intérieur de mon poignet, leurs iris fanés mais rayonnants. De l'ardente affaire d'être en vie.

J'avais Max avec moi ce jour-là, il devait avoir trois ans. Il ne fut pas du tout impressionné par l'enterrement. En réalité, il était scandalisé par toute cette histoire de mortalité – qui bien entendu ne pouvait pas s'appliquer à *tout le monde*.

"Si, à tout le monde", répliquai-je.

Max refusa de me croire, ce qui au fond nous arrangea tous les deux, j'imagine. Je le pris sur ma hanche et le laissai me tirer et me malaxer la peau du visage. "Sois gentil, maintenant." Mais il était déjà gentil. Max était né doux. L'accouchement n'avait pas été particulièrement doux, tout le contraire en fait, mais de l'œil de ce cyclone avait jailli un bébé facile, qui avait ouvert les yeux et m'avait considérée d'une manière presque amusée.

Quand je l'avais emmené à Warren Street, Kitty avait jeté un œil par-dessus le porte-bébé et posé la main sur son cœur.

"Oh, quel soulagement." Puis elle avait levé les yeux vers moi et dit : "Mr FitzMaurice est de nouveau parmi nous."

Kitty appartenait à une génération qui croyait au mauvais sang. Pas le mien bien sûr, elle était assez délicate pour croire que le mauvais ADN – qu'elle supposait venir de mon père – ne s'exprimait qu'à travers la lignée mâle. Une fois remise de l'affront, je constatai qu'elle avait raison. Max avait les yeux de mon grand-père, d'un bleu pervenche. Il ressemblait à Fitz : un homme génétiquement incapable de faire du mal à qui que ce soit.

Voilà donc une chose qui n'a pas été perdue, je suppose.

Après m'être une fois de plus réveillée dépourvue de tout box de rangement, je décidai de me tourner vers la nièce de Kitty – celle qui faisait le service traiteur pour les dîners au saumon de ma mère à Dartmouth Square. J'appelai à une adresse que je croyais la sienne sur Sweetmount Road et l'appel fut intercepté par l'un des adolescents longilignes de l'enterrement ; son fils, Ned, devenu un jeune homme. Il dit qu'elle serait ravie de me voir. Il ajouta qu'il y avait peut-être deux ou trois choses au grenier, oui, sans doute. Il allait monter pour vérifier.

J'arrivai le samedi après-midi suivant, et il me dévisagea comme on découvre un personnage de fiction, soudain matérialisé sur le perron de sa mère. Puis il reprit ses esprits et dit :

"Entrez, entrez. Venez saluer maman. Est-ce que vous voulez une tasse de thé ?"

Sa mère était dans le salon, assise dans un énorme fauteuil orthopédique, son visage penchait du côté droit tandis que l'œil opposé luisait. Ouverte sur une table à côté d'elle, il y avait une boîte de chocolats qu'elle bouscula d'un coup sec, pressée de me les faire partager. Je me baissai pour l'embrasser quoique nous n'ayons jamais eu ce genre de proximité auparavant.

"Bonjour, Detta."

C'était quelqu'un que j'aimais beaucoup.

Ned m'indiqua un siège et en prit un à son tour. Il était d'humeur très bavarde.

"Je me souviendrai toujours, j'ai vu votre mère un jour près de la fontaine en forme de tulipe dans le parc Stephen Green. Elle m'a serré la main, je devais avoir dans les sept ans. J'ai dit à ma propre mère, n'est-ce pas que je t'ai dit ça, maman ? Je lui ai dit : « C'est la plus belle dame que j'aie jamais vue. »"

Je ne crois pas qu'il y ait une fontaine en forme de tulipe au Stephen Green, il s'agit d'une autre fleur, mais je n'en ai rien dit à Ned. Les gens se souviennent toujours de ma mère dans des endroits légendaires ou imaginaires, comme si elle n'avait jamais foulé le sol d'une rue ordinaire. C'étaient les sornettes habituelles, en somme, mais venant de lui, c'était sympathique.

"Allez, je vais vous descendre tout ça."

Il me laissa avec sa mère.

"Je suis contente de vous voir, Detta."

Elle me reproposa des chocolats, avec le même enthousiasme maladroit. Je crois qu'elle me reconnaissait, elle n'arrivait tout simplement pas à comprendre ce que je disais.

C'était une pièce agréable, ensoleillée. Il y avait des objets en cristal de Waterford dans une desserte vitrée, où se trouvaient également des photos de famille, quelques tableaux étaient accrochés aux murs, dont deux huiles. Je crus en reconnaître une qui se trouvait à Dartmouth Square autrefois, et détournai le regard. Il aurait été grossier de vérifier – impensable, vraiment. Je pensais à cette femme que j'aimais enfant ; à la manière qu'avait Kitty de baisser la tête quand elle traversait une pièce.

"Vous savez, Kitty continue de me manquer."

Je baissai les yeux vers le tapis, prise d'un sentiment d'auto-apitoiement, songeant à tous ces moments de ma vie où je n'avais personne au monde, à tous ces moments où je serais morte, si je n'avais pas eu Kitty McGrane.

Ned avait rassemblé les objets dans le hall d'entrée ; deux valises : une grande, souple, en vinyle bleu, et une petite marron, qui semblait celle d'une petite fille évacuée dans un film sur la Seconde Guerre mondiale. Mais ce n'était pas une fausse valise, elle était bien réelle.

"Me ferez-vous l'honneur ?" interrogea-t-il.

Et dans un geste théâtral, il mit un genou à terre pour appuyer sur le loquet métallique de la petite valise marron et l'ouvrit d'un geste. Une pauvre chose en carton, dont l'intérieur était imprimé dans un motif vichy, avec une étiquette au milieu de l'abattant qui disait *Made in England.* Un peu comme ma mère, pensais-je, me penchant sur son contenu : une fleur en soie sur une épingle de nourrice, une grande carte dans laquelle il y avait d'autres cartes plus petites, glissées les unes dans les autres. Une improbable jarretière bleue. Je soulevais une petite collection d'images religieuses ; des cartes commémoratives de défunts catholiques. Je fouillai et tout à coup, les uns à la suite des autres, ils étaient tous là : les Cassin et les McCormick, le pauvre mari d'Anna Manahan, Colm, mort durant leur lune de miel en Égypte cette année-là. Une des cartes m'invitait à "Prier pour l'âme de Niall Duggan".

Le Baiseur.

Je pourrais. Mais finalement, je pourrais aussi m'abstenir.

"Oh mon Dieu", dis-je.

Je refermai l'abattant et replaçai les clapets du fermoir. La pitié de Ned coulait sur moi comme les larmes sur mes joues, agenouillée dans ce hall. Voilà ce qui reste. Des objets magiques que la magie a désertés. Quelques cassettes, mais plus de lecteur pour les écouter.

Aussitôt rentrée à la maison, je recensai les débris intimes de la petite valise marron. Je trouvai deux carnets. L'un porte l'inscription *Memoranda* en lettres d'or sur sa couverture pliable verte, avec à l'intérieur, d'une écriture d'écolière, "Merci de me retourner à Kitty FitzMaurice, aux bons soins de Pleasance McNamara, Bailey View, Howth".

Un journal intime.

Je caresse le verso frais des pages que je tourne, ma main indiscrète glisse entre les feuilles, impatientes de dévoiler leur contenu pour la première fois depuis des décennies.

"Lundi de Pâques, 1942"

Mais lorsqu'il s'agit de poser les yeux sur les mots, de les laisser prendre sens dans mon esprit, cela me semble difficile tout à coup.

"J'ai mis mes perles en cristal de Bohême et joué avec Floss. Je n'ai pas du tout pensé à lui."

Il y a une différence, ai-je découvert, entre l'impression puissante que procure le toucher de ce genre d'objet et l'effort qu'il faut pour en assimiler l'existence. Elle y mentionne Pleasance, un garçon qu'elle appelle "T. M." et un chien appelé, je crois, "Floss". Le journal comporte exactement seize pages noircies d'encre, les autres sont vierges. Sur la dernière, elle a rédigé un poème :

Le désir du papillon pour l'étoile,
De la nuit pour l'aurore,
La dévotion vouée à l'objet astral
Depuis la sphère de nos remords.

Elle avait quatorze ans. Je n'ai aucune idée de la raison qui l'a poussée à sauver ce carnet du naufrage de sa vie. Elle devait l'avoir donné, avec assez de précaution, à Kitty. Ou bien Kitty l'avait-elle gardé précieusement pour une raison aujourd'hui perdue. Mais le livre n'est pas perdu, lui. Il est encore ici.

Le deuxième carnet est noir, luxueux et semble fait pour la poésie, mais il est en réalité chargé d'annotations difficiles à déchiffrer. "Sam. 9, num. B, lt × 120, pplm × 1 26 L Dobbins, vin ????" Au bout de quelques pages, je comprends que Katherine listait les calories qu'elle ingurgitait chaque jour. Son régime semble composé de pamplemousses et tasses de thé, entrecoupés d'un long déjeuner ou d'un dîner bien arrosé. Des pages et des pages de listes dans une écriture serrée recensant tous les détails de sa nourriture, sa boisson et des calories ingurgitées de l'âge de trente-neuf ans, avec quelques coupures, à l'âge de quarante-cinq ans, où son poids est consigné à cinquante-sept kilos. Tout ce qu'elle a mangé, tous les jours, durant sept ans – à part les innombrables calories contenues dans une bouteille de vin rouge, manifestement. Et je ne l'ai jamais vue prendre aucune de ces notes.

N'est-ce pas complètement fou ?

Pour me réconforter, je me tourne vers la valise bleue, légère, remplie de vêtements. La première chose que j'en sors est un vrai trésor : un kimono en soie couleur crème – je crois qu'on appelle cela du pongé de soie – au motif de chrysanthèmes, bleu sarcelle et abricot, plus épais sur les rebords. Elle adorait ce vêtement ; je me demande presque s'il n'appartenait pas à ma grand-mère. Il y a une robe de gala roulée en boule, et sous ce tourbillon de tulle et de paillettes, une étole en fourrure de renard ; témoin malheureux de la mortalité animale sur les routes irlandaises. J'ai toujours détesté ce truc. Elle le portait pour aller chez le coiffeur, pour que sa couleur soit juste. Je l'enroule autour du dossier d'une chaise, ainsi ses minuscules dents mortes font face au sol.

Une taie d'oreiller jaunie renferme une autre fourrure, un chapeau cette fois : très doux, immense, il éclôt à l'air libre, comme un chat qui se hérisse. Dans l'arrondi du chapeau, se trouve un écrin délicat en bois de rose, avec un clapet sur le côté – ce doit être la relique de Padre Pio, me dis-je, un peu fébrile, en me souvenant de la tache de sang derrière le plastique bulle, des mots sérieux *"ex sanguine"* tracés sur le dessus. Mais en ouvrant l'écrin, je trouve une autre sorte de médaille : une croix blanche en émail épinglée dans un taffetas bleu délavé. Sur l'autre face se trouve une photo du soldat qui en a été décoré, le grand-père de ma mère, le capitaine John FitzMaurice.

Je n'avais plus revu cet objet depuis soixante ans.

Le capitaine FitzMaurice était le plus bel homme que la terre ait jamais porté. Mon arrière-grand-père avait de grands yeux sombres, une moustache exubérante enroulée autour d'une bouche malicieuse. Sur la photo, son uniforme est impeccable : col impérial rond, passepoil blanc, gants de cuir glissés dans sa main gauche. Il est si désinvolte, si tranquille. La légende de la photo indique : *Fermoy, comté de Cork, 1899*.

Derrière la photo, je découvre un papier plié : "Le capitaine John FitzMaurice a reçu une citation militaire pour sa bravoure par le major général R. A. P. Clements et a été décoré à titre posthume par le Distinguished Service Order*", la citation mentionne les faits suivants : "Pour son courage manifeste et sa dévotion à son devoir à la tête de son peloton dans l'assaut d'un col de montagne appelé Slabbert's Nek, et dans la consolidation de ses positions suivantes sous des tirs de barrage importants. Lorsqu'il fit face à un tir d'artillerie ennemi, lui et un autre homme se précipitèrent pour l'anéantir, tuèrent deux soldats et récupérèrent l'arme."

Dessous, d'une écriture moulée féminine : "On l'a vu gravir la colline, malgré l'atmosphère saturée de plomb fondu, et marcher comme s'il était sorti prendre l'air."

Plus tard, incapable de dormir, je traîne mon ordinateur portable au lit et regarde Slabbert's Nek sur internet, je trouve un campement nu au milieu de nulle part en Afrique du Sud – quelques bâtiments à l'intersection de longues routes droites qui s'étendent vers la steppe sur des centaines de kilomètres. Je suis

* Le Distinguished Service Order (l'ordre du Service distingué), créé par la reine Victoria, est la deuxième récompense militaire la plus prestigieuse, après la Croix de Victoria. Il récompense des services méritoires ou distingués en temps de guerre.

sidérée que cet endroit existe, sidérée de n'avoir qu'à taper son nom pour le voir apparaître sous mes yeux. Je fais descendre ma souris au niveau de la rue et atterris à un croisement où une femme marche sur une piste de terre dans de lourdes bottes et une robe de haillons gris. Elle porte un drap blanc sous son bras et un grand parapluie replié dans son autre main, elle regarde la caméra passer devant elle. La robe est sans doute un uniforme de domestique, mais il me faut un moment pour m'en rendre compte, tandis que je remonte vers le haut de l'image et observe le col de montagne. Ce ne sont, partout où se porte le regard de cette femme, que des plaines immenses, à moins qu'elle ne se tourne vers le nord et Bethlehem, où dépassent quelques pics pointus, impressionnants, à plusieurs jours de trek.

C'est là qu'il est tombé.

La terre est d'un mauve éteint, les roches nues des sommets sont à vif, à blanc – ou bien est-ce de la neige. Cela semble si loin pour aller mourir, à vingt-cinq ans. J'ai envie de te montrer cet endroit, mais tu dors à côté de moi dans le lit, tes paupières tremblent légèrement à l'idée de te réveiller dans la lumière bleue de mon écran.

Le lendemain matin, je trie le reste des débris entassés dans la petite valise marron – billets d'avion usagés, un certificat de vaccination contre la petite vérole, un permis de conduire irlandais (bien qu'à ma connaissance, elle n'ait jamais passé l'examen), ainsi que d'autres morceaux de papiers, officiels ou non, trop passés pour être encore lisibles. Pourquoi gardait-elle ces choses ? Des invitations à des événements, un paquet maigrelet de lettres d'admirateurs ;

je trouve aussi deux brouillons d'une note envoyée en 1951 depuis l'adresse de Brentwood : "Merci pour le dîner d'hier soir. Oui, je suis ~~dure~~. Oui, je suis un petit renard", "Quelques mots pour te remercier pour le dîner d'hier soir. J'ai eu un Je me suis réveillée ce matin, fraîche et dispose, ~~Ta petite renarde~~ Ton petit renard irlandais."

J'observe ces brouillons durant un long moment. Ils ont été envoyés – ou pas – l'année précédant ma naissance. Je me demande si ce mot était adressé à un amant, peut-être même à mon père, à ce fantôme dans mon sang – un homme qui pourrait être n'importe quel homme au fond, mais il n'était pas n'importe quel homme, c'était un homme bien spécial, j'en suis sûre. C'est lui, je m'en rends compte maintenant, que je cherche dans ces papiers.

Un après-midi, à l'hôpital, elle dit : "Il n'y a absolument rien de lui en toi. À part peut-être tes petites oreilles."

Commentaire jailli de nulle part. Je résistai à la tentation de toucher mes petites oreilles. Et sautai sur l'occasion.

"Est-ce qu'il a un nom ? dis-je.

— Non.

— Non ?

— Non, il n'a pas de nom.

— Tout le monde a un nom, maman."

Elle leva la main bien plate devant son visage et cracha sur sa paume. Puis elle plaqua la main sur la table et décrivit de petits cercles comme si elle effaçait quelque chose.

"Pas. De nom.

— Non ?

— Il mérite pas", ajouta-t-elle d'une voix paisible et gentille, et lorsqu'elle releva les yeux vers moi, ils étaient d'un vert brillant et muqueux.

Quelque chose s'éleva en moi tandis que je la dévisageai en retour ; l'idée que j'étais, parfois, un être très flegmatique. Tout à coup je fus frappée par le fait que sans doute j'étais en train de la regarder d'une manière semblable à la façon dont il l'aurait regardée, lui, ce père. Je l'observais, ou bien il l'observait, depuis une perspective très calme.

Finalement cet homme n'était peut-être pas seulement dans mes petites oreilles dépourvues de lobes. Peut-être se trouvait-il dans ma pensée, dans mon circuit cérébral. Car mon esprit était comme un globe de verre, avais-je envie de lui dire. Et ce n'était pas une bonne ou une mauvaise chose – c'était juste quelque chose qui me tenait à l'abri des blessures.

Sa folie tremblait sous la surface ce jour-là, on aurait cru voir le couvercle d'une bouilloire en ébullition. Mais sa syntaxe était correcte, elle réussissait à créer des connexions, ce que je pensais encourageant. J'avais l'impression que c'était bon signe. Quand j'y retournai la semaine suivante, elle était de nouveau diminuée, assommée, absente.

N'ayant plus rien à attendre de ces valises, je remonte à mon bureau sous les toits et me glisse par une trappe dans le grenier à proprement parler, où je manipule les cartons jusqu'à mettre la main sur celui qui contient ses manuscrits. Ceux-ci n'ont malheureusement pas été retenus par les Archives nationales, et je n'ai pu me résoudre, après sa mort, ni à les jeter ni à les consulter. J'évite ces pages depuis des décennies ; des copies jaunies de *Copper Alley*, sa pièce sur la prostituée meurtrière Dorcas Kelly, dont les agrafes rouillent dans un coin ; trois versions différentes de sa pièce sur Asenath Nicholson, sans aucune indication de valeur entre chaque version. Des impasses. D'innombrables brouillons. J'ai toujours trouvé l'écriture de ma mère insupportable. Je transbahute les cartons jusqu'au salon, parce que je ne peux pas rester seule là-haut avec ces pages, et je m'attelle à leur étude, de la poussière plein les narines et une couche de graisse antique et non identifiée sur les mains.

C'est là que tu me retrouves, en larmes, un peu plus tard, incapable de continuer.

"Laisse tomber", dis-tu.

Mais je ne peux pas juste laisser tomber. J'y retourne chaque jour. Je lis, je classe, je prends des notes. Des choses folles se cachent dans ces pages. Des fiches, portant des inscriptions pointues et erratiques.

"ses dents jaunes qui se moquent de moi"

"des pavés de caca jaune"

C'est son écriture psychotique. Je la reconnais de l'époque d'avant les médicaments, quand ses phrases repoussaient les marges et basculaient dans le non-sens au moment de tourner la page.

"Il ne ressent pas la chaleur ou le froid comme moi autrefois"

"ces tableaux de vagins qui sont en fait des cathédrales"

Mais il y a aussi des notes de production tout ce qu'il y a de plus sain et presque intéressantes. Un petit carnet à spirale, portant le titre *Mère Courage*, contient des notes sur la guerre de Trente Ans, sur Lotte Lenya et l'hygiène dentaire au XVIIe siècle. "La mère C ne marche pas droite. Elle avance <u>penchée</u>, toujours à tirer un wagon mental." Il y a un ensemble de dessins merveilleux intitulé "Tatiana", sans aucune indication sur leur auteur, une carte postale de Seán O'Casey dans une casquette brodée. Également un cahier d'écolier français portant la mention *La Bête*, et acheté à Lyon. Cela date de l'époque où elle a travaillé, nue et violée, avec Bernard DuBois, acteur qui s'avéra être un voyou dans la vraie vie aussi. D'ailleurs, la carrière du metteur en scène, Aleksy Wójcik déclencha la controverse et se termina en fiasco, lorsqu'il essaya d'exporter son esthétique de la cruauté du mauvais côté de l'Amérique. Aujourd'hui je me demande ce que cela devait être pour elle de travailler avec ces hommes. Et même si, à l'époque, elle avait l'air plutôt heureuse, son écriture n'est pas joyeuse. Son écriture est totalement folle.

Le cahier débute sur quelques pages ordinaires détaillant les répétitions, suivies de quelques termes de mise en scène français, jetés sur le papier avec leur traduction anglaise. Il y a une coupure de presse extraite d'un magazine français sur la boucherie, indiquant sur la photo d'une vache sympathique les différents morceaux de viande. Je feuillette un peu plus loin, reviens en arrière. Puis je vais lentement à la cuisine, où tu attends tranquillement que le thé infuse. Je demande : "Est-ce que tu pourrais lire quelque chose pour moi, s'il te plaît ?

— Dans une minute.

— Pas dans une minute. Non. Pas dans une minute. Maintenant."

L'écriture occupe toute la page, désordonnée et énorme. Elle s'est servie d'un marqueur vert, il n'y a que quelques mots par page.

quand j'avais vingt-trois ans

j'étais une femme adulte

j'ai été

par un homme appelée

et je

me suis réveillée avec

je suis partie avec

mon bébé mon bébé

parce que je voulais tenir à quelque chose

Il a dit que j'avais appris à être une bonne petite

Il a dit que j'étais une méchante

Il m'a convaincue que

où vais-je aller maintenant

J'ai essayé de sceller mon vagin, je croyais que je pourrais le faire disparaître qu'il n'y aurait plus d'ouverture mais il a créé sa propre ouverture pour la forcer encore et encore je me souviens des ruisseaux de sang sur mes jambes de mon corps tremblant à tout rompre j'avais tellement froid

Le pire c'est que maintenant il se moque de moi

C'était un homme important. Vraiment c'est drôle. Porc.

Il était si important, à tourner un film qui ne s'est jamais fait. JE TROUVE QUE C'EST DRÔLE. Jamais dépassé le stade des bobines éparpillées par terre dans la salle de montage.

Mort de toute façon à présent.

La première fois c'était au restaurant et je portais ma. Je suis allée aux toilettes et C'était sur mon cou. Mon corps défaillant. poussée aux épaules froissée comme une feuille de papier les genoux sur les carreaux. Des sanitaires. Le préposé n'était pas là. très soudain très soudain autour de mon cou une main tire en arrière une main sur sa braguette LÀ sortie poussée dedans coincée dedans de nouveau étouffer plus d'air dans mes poumons qui explosent. J'ai vu le monde pour la dernière fois dans ces horribles toilettes. mourante-tuée.

Je l'ai vu depuis le plafond

c'était sa ceinture autour de mon cou très soudain et puis L'HOMME a dit, L'HOMME a dit Aide-moi à sortir de là, aide-moi à sortir et il a DIT Enlève ce truc, s'il te plaît. Est-ce que tu peux faire ça pour moi ? Je rampais au sol sur les carreaux il a toussé il a dit Silence. Et je ne savais pas comment nous avions j'avais forcément aidé. C'était Quand ce qui était arrivé était fini qu'il a dit Seigneur Dieu, essuie-toi. Je suis ressortie ensuite et je me suis rassise bien maquillée Madame prendra la crème glacée, je crois. posé sa main dans mon dos quand nous sommes partis

Je déambulai dans mon salon en regardant partout. Puis je suis rentrée et j'ai mis mon chapeau et mes gants et je suis allée droit à l'église du Saint-Sacrement. Il faut que je recommence. Je me suis agenouillée dans l'église, le corps en feu, les organes incandescents, d'une chaleur épaisse. J'ai attendu le prêtre parce que j'avais peur et que je ne savais pas quoi faire.

Il faut que je recommence. J'étais dans l'église du Saint-Sacrement et je traversais une très mauvaise passe et j'ai prié si fort qu'en relevant les yeux j'ai vu Notre Sauveur dans un rayon d'or. Il est descendu pour me toucher. C'était indescriptible. J'ai reçu l'amour par la main de Notre Sauveur posée dans le creux de mon dos. Je songeais alors à mettre fin à mes jours, c'était une très mauvaise passe. Mais Sa main, je ne peux pas le décrire. J'ai senti Sa pitié. J'ai senti la propre et infinie pitié de Dieu. J'ai regardé le visage de Notre Sauveur et j'ai vu Ses larmes. Je n'ai jamais cessé de croire en Dieu car Il m'a relevée. Dès que j'ai dit "Oui". Au moment même où j'ai dit "Oui", il m'a relevée. Et quand je dis que je L'ai vu dans un rayon d'or, on aurait dit une vieille statue en bois sculpté peinte en or, c'était tangible, et les larmes de Notre Sauveur étaient réelles et mouillées. Elles m'étaient destinées. Il a posé la main dans le creux de mon dos et je l'ai sentie se mouvoir dans tout mon corps. J'étais emplie d'or fondu.

Quand ma mère avait blessé Boyd O'Neill – qui n'était pas un homme mauvais d'après ce que j'en savais – quand tout ceci s'était produit, j'étais avec Mark, qui n'était pas un homme mauvais, lui non plus, et je travaillais pour un magazine appelé *Irish Life* qui faisait des reportages sur des maisons de campagne, quand nous arrivions à les décrocher, ainsi que des articles sur la poterie artisanale, les fabricants de fromage du West Cork, suivis d'innombrables pages de gazette mondaine que nous appelions les *frocks**. Le magazine n'employait pas assez de monde, mais le résultat était loin d'être affreux. L'essentiel des recettes venait des ventes d'espaces publicitaires, qui nous échappaient lentement au bénéfice de publications plus contemporaines et plus clinquantes. Nous perdions pas mal d'argent tous les mois, et le journal mourut petit à petit, comme ces grenouilles qui semblent d'abord vaguement gênées par la chaleur et finissent bouillies.

* *Frocks* est un mot d'argot pour se moquer des robes de cocktail des femmes dans les soirées mondaines, par extension, le mot est utilisé ici pour désigner les pages de photos de ces robes.

Et j'avais beau vivre encore à la maison, j'avais pris mon propre chemin. J'avais un vrai travail, qui s'avéra ne pas être le bon, et un homme bien, qui s'avéra ne pas être le bon – si tant est que le contraire existe.

Et j'aurais sans doute persisté dans ces voies, je serais sans doute demeurée joyeuse, saine et loyale – ce que Duggan aimait appeler "banlieusarde" – pour le restant de mes jours. Bien entendu, par "banlieusarde", Duggan voulait dire "féminine" et "artificielle" ; une femme quelconque derrière son tablier, car toutes les femmes sont des hypocrites quand elles font une tarte aux pommes.

Mais je me disais que c'était mieux d'être gentille plutôt qu'horrible – enfin, si tant est que l'un ou l'autre ait un sens. Et les tartes ne me posent aucun problème.

J'ai failli acheter une maison avec Mark – c'était si peu cher à l'époque. Je passe devant de temps en temps, c'est une belle maison en briques rouges que même en trois vies de labeur je ne pourrais plus m'offrir aujourd'hui, et je me dis que j'aurais dû l'épouser, *Peut-être que ça aurait valu la peine.* Mark était irréprochable.

Mais elle a tout pulvérisé. Lorsqu'elle a monté les escaliers étroits jusqu'au bureau de Boyd et levé son arme contre lui.

J'aurais peut-être fait des enfants avec lui, oui, j'aurais certainement fait des enfants avec Mark si ma mère n'était pas allée là-bas, semer le chaos et la destruction. J'aurais sans doute eu au moins deux enfants avec Mark O'Donoghue, une fois devenue Mrs Mark O'Donoghue. Je les aurais regardés et j'aurais été saisie par leur existence incontournable et juste.

(En réalité, le vrai atout de Mark c'était l'athlète qu'il était au lit, c'était comme de coucher avec un joueur de football. Il était si splendide qu'on y aurait passé la journée, vraiment. Même si cela ne débouchait pas nécessairement sur un orgasme. Mais je me perds en digressions. Ou peut-être pas, peut-être que c'était ce que j'avais envie de raconter depuis le début.)

Ma mère alla jusque chez Boyd O'Neill réclamer qu'on lui rende son scénario. Apparemment, c'est ce qu'elle a dit, avant de vider son chargeur : "Rends-moi mon *Copper Alley* !" et la vie que j'avais prévue s'est détournée de moi. Trois mois plus tard l'ulcère que je m'employais à ignorer décida de perforer mon estomac et je passai plusieurs semaines à l'hôpital, à me remettre d'une péritonite. Mark était à mon chevet. Ce n'était pas du tout ce qu'il avait envisagé mais il faisait de son mieux. Il m'avait apporté ma trousse de toilette. Il oubliait tout le temps ma brosse à cheveux. Il rapportait mes vêtements de nuit à la maison pour les laver.

Il disait qu'il m'aimait.

Mais je ne le croyais pas, je me disais qu'il faisait son devoir, voilà tout.

Certains épisodes de cette époque tournent en boucle dans ma tête, mais je peine à me souvenir de l'ordre dans lequel ils se sont produits. La séquence ne me semble pas logique, et les choses qui font sens pour moi sont difficiles à partager.

Un après-midi, à mon réveil, il y avait une dame âgée roulée en boule dans le lit voisin. Elle me tournait le dos, la couverture bleue de l'hôpital lui descendait à la taille. Sa blouse était fendue de sorte que je distinguais, ramassée le long de sa colonne lombaire, un amas de chairs meurtries de longue date. Elle demeurait immobile tandis que je l'observais – et peut-être que c'était à cause de la morphine, mais tout ce qui la concernait me semblait merveilleux et triste : la peau diaphane, fine, qui semblait n'avoir jamais vu le soleil, le sillon au-dessus de ses fesses luisant telle une coquille d'escargot ou la nacre d'un quelconque coquillage. Et cela ne semblait pas étrange de songer ainsi à la beauté de son postérieur, tandis que je veillais sur elle en silence l'après-midi durant. Elle était réveillée. À un moment, elle avait déplacé la couverture, l'avait rabattue sur elle, je guettais alors un mouvement du côté de ses jambes, mais rien. Les ongles de ses mains, vis-je, étaient vernis d'un rouge incendiaire.

Ou bien la femme suivante, loquace, sifflante, dont le visage partait de travers lorsqu'elle parlait, comme si elle avalait des choses molles. Des choses mauvaises, une bouillie anormale – du pudding au tapioca sans sucre, du yaourt étonnamment lisse que sa langue repoussait sans cesse. Un mari et des enfants venaient s'asseoir autour de cette grosse baba chaque soir, désireux de la contenter, mais rien ne lui faisait plaisir, rien n'allait jamais. Un matin, elle partit et une jeune femme prit sa place, presque une enfant, qui passa l'après-midi assise bien droite, comme si elle venait de comprendre quelque chose, et qu'il était temps de partir maintenant.

La douleur rendait tout cela lointain ; le bruit des semelles en caoutchouc sur un sol en caoutchouc, le tintement des porte-blocs métalliques qu'on décrochait du bout des lits. Mark venait chaque jour à sept heures et demandait : "Comment vas-tu ?" tout en traînant la chaise d'hôpital sous ses fesses. Et je répondais : “Tu vois cette femme là-bas ? Non, ne *regarde* pas.”

Plus tard, il fallait traverser la nuit. Impossible d’y échapper. Chaque fois que je me réveillais, quelqu’un d’autre se retournait dans des draps inconnus, les yeux grands ouverts dans le noir.

Je suis quelqu’un de loyal, je l’ai déjà dit je crois, et je serais restée loyale à Mark et à l’avenir que nous nous étions fixé, mais au fil de ces jours et de ces nuits interminables, une version de moi-même s’assécha, se fissura et tomba en poussière. J’en ressortis, comme une femme sortant d’une robe. M’éloignant d’une vie toute tracée, nue, fraîchement éclose. Pour revenir à toi.

Enfin, pas directement. Il a fallu du temps, comme tu le sais.

Il fallut presque un an pour que l'affaire soit instruite au tribunal, mais le procès en lui-même ne dura que trois jours. Il n'y avait aucun doute sur le fait qu'elle avait tiré sur Boyd, ainsi que sa secrétaire Mary Bohan en témoigna en larmes, il n'y avait aucun doute sur le fait qu'elle était dingue, tout le monde était d'accord sur ce point : Martin Rice, un homme charmant, qui argua pour sa défense qu'elle était aussi folle qu'une plante verte, Melody Ffrench, une femme tout aussi gentille, qui confirma qu'elle était effectivement complètement folle.

Le père Des fut appelé à la barre le premier jour pour l'exposé des faits. Ses cheveux blancs flamboyaient en contre-jour tandis qu'il remontait le long de l'aile pour rejoindre la barre et jurer sur la Bible avec une intensité si intime que c'était un spectacle difficilement soutenable. Lorsqu'il se retourna face au public, je me sentis étrangement optimiste. Je crois que j'espérais qu'il explique ce qui clochait chez elle, et qu'en l'écoutant énoncer toutes ses raisons, toutes ses circonstances atténuantes, nous apprendrions enfin la vérité.

Des Folan convint qu'en effet, il rencontrait régulièrement ma mère en sa qualité de psychanalyste depuis douze ans. Il dit qu'elle ne l'avait pas autorisé à dévoiler ses notes de consultations devant la cour, mais qu'elles avaient été remises aux psychiatres de la criminelle chargés de récolter des preuves dans les deux camps.

Tout en parlant, il demeurait de marbre, le visage lisse et calme.

Le procureur dit : "Merci, père Folan, ce sera tout."

Je portai le regard vers ma mère et la découvris en proie à la tourmente, sa beauté défaite.

En redescendant, Des Folan se cramponna un instant à la barre. Son visage pivota pour la fixer dans le box, puis il inclina sa jeune tête blanche.

Elle n'écouta plus personne d'autre, je crois. Elle passa le reste du procès à regarder ses mains, serrées l'une contre l'autre, ou bien elle dardait un regard noir sous ses sourcils, on aurait dit une petite fille triste et rabougrie dans un coin.

Le Dr Tim Ryan, médecin généraliste, expliqua que ma mère prenait une faible dose de lithium depuis le printemps 1977, à l'époque il lui avait également prescrit un antidépresseur tricyclique de type IMAO, ainsi que du Valium, un somnifère qu'elle prenait depuis de nombreuses années. Il renouvelait ses ordonnances pour cette raison. Au bout de six mois, le dosage de l'antidépresseur avait été diminué graduellement, et par la suite, au bout de douze mois, son neuroleptique avait été ramené lui aussi à une dose de confort. Elle était une patiente difficile. Elle prétendait que le lithium interférait avec son jeu et lui faisait prendre du poids. Il n'est pas impossible qu'elle ait arrêté son traitement de manière soudaine, contre l'avis médical, et qu'elle ait déclenché un épisode psychotique en réaction au sevrage. C'était un effet secondaire de l'arrêt du médicament, qui devait respecter un protocole strict.

L'officier qui avait procédé à son arrestation déclara qu'elle s'était montrée docile et calme pendant qu'il la conduisait au poste, mais que les réponses qu'elle fournissait aux questions posées étaient complètement incohérentes. Elle se présenta comme étant membre de l'IRA et déclara qu'elle ne reconnaissait pas leur juridiction. Elle prétendait refuser de répondre autrement qu'en irlandais, mais les mots qui sortaient de sa bouche n'étaient pas dans cette langue, même si elle semblait convaincue du contraire. Lui-même était originaire de Gweedore, dit-il, dont quiconque vous dira que c'est l'accent irlandais le plus difficile à comprendre, mais le sien n'avait rien à voir, c'était un galimatias, quoique très raffiné dans le genre galimatias. Elle avait persisté dans cette langue inventée deux heures durant en y mêlant des expressions et des slogans utilisés par les militants républicains. Toute tentative de lui parler en vrai irlandais se heurtait à un "silence puissant", dit-il.

Boyd O'Neill déclara que ma mère lui avait envoyé un manuscrit quelconque, trois mois environ avant l'incident. Une pièce de théâtre à propos d'une prostituée meurtrière, Dorcas Kelly, elle avait envie d'en faire un film, dans lequel elle pourrait également jouer. Rien de tout cela n'était réaliste. Le "scénario" avait rejoint la multitude d'idées qui passaient sur son bureau chaque mois, il l'avait fait passer à un auteur expérimenté pour le développer avec l'appui de fonds européens. Il n'avait jamais été question d'en confier la rédaction pour le grand écran à Katherine O'Dell. Peut-être Mrs O'Dell n'avait-elle pas saisi la procédure, mais ce qui lui avait également échappé, dit-il, les dents serrées, était que ce film ne se ferait jamais, peu importe son auteur, et que s'il finissait par se faire, ce qui n'arriverait pas, elle n'en tiendrait jamais le rôle principal, ni même celui de sa mère, parce qu'elle était trop vieille pour l'un comme pour l'autre des rôles. De plus son nom n'avait, malheureusement, plus aucune valeur en matière de levée de fonds, plus maintenant.

Tout ce qu'il faisait, dit-il. Tout ce qu'il *faisait*, avec l'idée de ma mère, son synopsis, quel que soit le nom qu'elle donnait à ce qu'elle avait envoyé, était de renvoyer la balle. C'était sa manière d'entretenir son réseau jusqu'à ce que la bonne idée se présente à lui.

Au passage, ajouta-t-il, ce qu'elle avait écrit était épouvantable. De plus, l'histoire était basée sur le personnage historique de Dorcas Kelly, dont la vie appartenait au domaine public. Et parfois, oui, ces choses-là ont leur propre existence. Parfois, à la surprise générale, ces choses-là deviennent des films, car bien sûr, d'une certaine manière, il s'agit de jeter une poignée de spaghettis contre le mur et d'attendre de voir lequel va rester collé.

Mais il n'y a rien de plus partagé que la paternité d'une bonne idée. Et il y a un monde entre un long métrage international et une idée griffonnée sur un sous-bock.

Boyd paraissait authentiquement perplexe. On aurait dit qu'il ne se comprenait pas lui-même, alors il se répétait encore et encore. Il pensait sincèrement faire honneur à l'idée de ma mère en se l'attribuant. Quand vous assistez à ce genre de scène, comme moi ce jour-là, et finalement c'est assez fréquent, cela demeure quelque chose de très étrange

– la capacité d'un homme comme Boyd à partir du principe que c'est parce qu'il s'intéresse à une chose qu'elle en devient intéressante. Comme s'il lui suffisait de fermer les yeux pour rendre le monde entier parfaitement ennuyeux.

Quoi qu'il en soit, c'était la raison pour laquelle elle lui avait tiré dessus. Impossible de ne pas en tenir compte.

Après ce qui fut dans l'ensemble considéré comme une déposition arrogante, Boyd se leva et quitta le box. Il s'emmêla dans ses béquilles, reprit pied pesamment, et cette manœuvre laborieuse sembla lui apporter quelque satisfaction. Je me souvenais de cet homme appuyé contre le mur de notre salon, surplombant de son regard l'assemblée qu'il semblait mépriser. À présent, il semblait se mépriser lui-même. Je me demandais s'il avait provoqué ma mère d'une quelconque manière, s'il l'avait narguée, s'il s'était montré condescendant. Probablement.

Quant au scénario : ma mère était une auteure maladroite, c'était incontestable. Dieu sait ce que Boyd aurait fait de l'histoire de Dorcas Kelly, la meurtrière en série et prostituée maquerelle des années 1750. À l'époque, on ne regardait le passé que comme une succession de décolletés généreux et pintes mousseuses ; quelques années plus tard, on se serait cru dans un tableau de Vermeer. Je me demande parfois quelle option il aurait choisie – la mauvaise, j'imagine, Boyd était assez bon en termes de refoulement, mais le sexe lui-même, ce n'était pas son truc.

Katherine O'Dell ne fut pas appelée à la barre, impossible de savoir quelles avaient été ses intentions. L'arme était un pistolet militaire des années 1950, sans lien identifié avec une quelconque organisation terroriste. Hughie Snell déclara plus tard qu'elle venait du vieux Pike Theatre, dont le metteur en scène, Alan Simpson, était un officier réserviste. Elle était à Dartmouth Square depuis des lustres.

À moi, ma mère dit qu'elle avait tiré sur Boyd parce qu'il lui avait volé sa proposition. Elle me raconta cela à Nerja, une petite ville du Sud de l'Espagne, où nous étions allées passer une quinzaine de jours hors saison l'année suivant sa libération. Je trouvais le mot intéressant.

"Ta proposition ?

— Je voulais la lui offrir, mais il l'a quand même volée."

Puis elle déclara qu'elle lui avait tiré dessus parce qu'il était chiant comme la pluie.

Il y a deux semaines, j'ai reçu un très bel échantillon de spam – enfin, dans le genre spam. Il était adressé à une dénommée Honey Schwall, et je n'aurais pas dû l'ouvrir, parce que bien entendu je ne m'appelle pas Honey Schwall, mais comme il n'y avait pas de pièce jointe, j'ai tenté ma chance et j'ai cliqué. C'était un extrait de texte :

> et l'hymne aux voix rocailleuses et profondes de la congrégation des pêcheurs. Au loin devant, le détroit était rempli de glace. Non pas qu'on vît la glace, mais les étranges stries verticales, bleu d'acier qui se déployaient tel du stuc sur le ciel à perte de vue ne trompaient pas l'œil avisé, il y avait bien de la glace. Plus loin à droite, les hauteurs interminables de Terre-Neuve se dressaient, intensément…

C'était tout.

C'était suffisant.

Terre-Neuve, intensément quoi ?

Quelques rapides recherches m'indiquèrent que c'était extrait d'un texte publié dans l'*Atlantic Monthly* en 1865, qui s'appelait "Glace et Esquimaux". Quant aux hauteurs interminables de Terre-Neuve, elles étaient “intensément bleues, à part sur certains pans où luisait la neige blanche”. Cet horizon de glace était si évocateur pour moi que je n’arrivais pas à croire que ces mots fussent envoyés au hasard, convaincue au fond qu’ils ne m’étaient destinés qu’à moi et moi seule. Ou à nous. J’ai toujours voulu aller à Terre-Neuve.

Je me retrouvai à consulter des horaires de vols vers St John’s, jusqu’à ce que je me souvienne que nous ne pouvions pas nous le permettre. Je montai à la chambre où tu étais en train de lire, couché sur le lit, ton whisky à côté de toi. Une bonne dose de Jameson – juste exactement trop.

“Tout va bien ?

— Ça va.”

Et je me glissai à tes côtés, parce qu’il faisait si froid.

Je n’arrive pas à me souvenir du moment où tu m’as envoyé cette carte postale de Londres. Ma mère était dans un asile, en attente de son procès, Kitty était plus ou moins installée avec sa nièce, qui avait ses petits bébés là-bas à Sweetmount Road. Je vivais seule. Tu m’as envoyé une carte postale avec Charles et Diana dessus, dans le message que tu avais écrit au dos, tu ne mentionnais pas ma mère, alors qu’à l’époque elle était connue dans le monde entier. La photo avait été prise durant la période de fiançailles du couple – Diana portait un pull péruvien rose, ses joues rougies étaient du même rose que son pull. Au dos, tu avais écrit : “Que Dieu nous vienne en aide à tous.”

Ce devait être autour du printemps 1981. Il y aurait tout un foin, plus tard cet été-là, à propos du mariage, même si en réalité j’avais bien d’autres choses en tête.

C'était tout toi – et très agaçant, me disais-je – d'avoir l'air de reprendre au vol une conversation que nous n'avions jamais réellement commencée, de même que de faire comme si rien de grave ne se passait dans ma vie.

"C'est ma nouvelle adresse", écrivais-tu (je n'avais jamais eu l'ancienne) sous tes coordonnées postales.

Je te rendis visite quelques mois après la fin du procès. J'étais sur le point de quitter mon travail, mais ça, je ne le savais pas encore, et rien dans ce premier rendez-vous n'allait m'indiquer que ce serait peut-être une bonne idée. Je pris le ferry, nous étions convenus de nous retrouver dans un pub non loin de la gare d'Euston. Je m'installai entre le juke-box et le distributeur de cigarettes, les yeux rivés sur la moquette beigeasse, levant un œil chaque fois que la porte s'ouvrait. Et, tandis que les hommes entraient, l'un après l'autre, je me demandais pour chacun, très intensément, si c'était un homme avec qui j'avais couché autrefois. Tout était possible. Je n'avais pas la moindre idée de ce dont tu avais l'air à présent.

Et de fait, lorsque tu arrivas, tu étais une tout autre version de toi-même : super entraîné, du gel dans les cheveux. Tu travaillais à la City, me racontas-tu, même si ce n'était pas vraiment la City, dans une société d'imprimerie portée sur le baratin et l'autocongratulation, sans parler des longues soirées au pub, et je pensais que c'était en train de te tuer.

Tu étais passé de la panoplie socialiste à favoris au costume en lin, et tu pérorais sur le parc immobilier londonien largement surévalué et dont la croissance ne saurait être contenue.

Je t'embrassai, pourtant. L'intérieur de ta bouche avait toujours le même goût.

En rentrant à ton appartement de Camden, nous étions deux paumés cramponnés l'un à l'autre, pour un soir au moins, bien que, dans notre cas, il semble que cela en soit devenu onze mille trente-neuf.

Plus tard cette année-là, tu vins à Dublin voir ta famille et passas la soirée avec moi à Dartmouth Square. Nous nous embrassâmes dans le hall et les escaliers de cette triste maison. Nous ne pouvions ni nous arrêter ni vraiment commencer. Tu t'attardas, un moment. Tu t'installas, en quelque sorte. Et nous vécûmes comme des orphelins, jusqu'à la mort de ma mère.

Par la suite, dans notre grand et vieil appartement, nous avons essayé de faire un bébé, et échoué. Nous n'arrivions pas à décider d'un endroit où acheter une maison, et puis nous en avons acheté une au mauvais moment. Du moins, le moment semblait mal choisi – aujourd'hui cela ne semble plus grand-chose. Mais cette conversation sur le parc immobilier aurait dû augurer des dérives et des incertitudes à venir. Nous n'avons jamais su nous décider pour quoi que ce soit, je crois. À part l'un pour l'autre.

Rentrer à Dublin était une bonne chose, mais cela te donna l'impression d'un échec et tu me le reprochas (tu m'aimais cependant). Nous nous disputions beaucoup. L'argent te mettait toujours dans des états impossibles. Tu ne supportais pas d'avoir simplement un travail – même quand j'étais enceinte –, il fallait toujours que tu développes une grande théorie autour de ton travail.

Je t'aimais, cependant.

Après une longue discussion toute en provocations sur, par exemple, l'avenir des cours des monnaies internationales, tu décidas de postuler dans des bibliothèques. Et durant les quinze années suivantes, tu t'habillas en bibliothécaire, veste décontractée et pantalon en velours ; tu rentrais chaque soir retrouver une collection de disques de plus en plus impressionnante, un projet de soirée Trivial Pursuit, une liasse de billets, et un bébé, pour qui tu avais, là encore, de grandes théories sur le développement de sa motricité fine. La petite fille qui t'attendait à la maison grandit. Puis il y eut un fils. Puis deux adolescents.

Tu étais souvent en retard.

(Je t'aimais, cependant.)

À quarante-sept ans, malgré tout mon amour, tu décidas que tu étais vieux. Tu te mis au jogging et retrouvas un corps d'athlète – à un point qui me surprit. Tu étais devenu un autre homme. Quand Pamela quitta l'école, tu décidas de vendre et de déménager en Italie, c'était un départ précipité. Tu étais malade, soudain – il y a tout juste deux ans –, et te voilà, de nouveau en pleine forme. Tous les deux ans, tu te laissais pousser la barbe et puis tu rasais tout et ne laissais plus qu'une toute petite repousse, tu n'aimais pas voir ta barbe grisonner.

J'aimais la barbe. J'aimais la barbe de trois jours. J'aimais le joggeur, les grands discours, j'aimais ton baratin. Ou bien je t'aimais, toi, malgré ton baratin. C'était moi qui étais constante. Mon rôle était de te porter, quel que soit l'homme que tu décidais d'être d'un jour à l'autre, et de te dire que tu n'allais pas mourir même si tu décidais un moment de cesser de t'agiter.

Maintenant que tu es presque vieux, tu lis le soir, avec un whisky à côté du lit, et certains soirs, je viens te rejoindre tôt, pour vérifier qui tu es ce jour-là. Ce qu'il y a, ai-je envie de dire en me rapprochant de toi et en t'enlevant ton livre. Ce qu'il y a, c'est que je change moi aussi. Pas juste mon corps, qui, ne nous le cachons pas, part à vau-l'eau ("Quoi ? Pas du tout", prétends-tu), après deux enfants et quarante ans. Je change tout le temps. Je ne sais juste pas d'où je pars. Tu as toujours été si sûr de toi.

La seule constante est ce pivot, cette jonction où nous nous rencontrons, moi autour de toi en moi. Ton corps, légèrement capitonné à présent, mais toujours parfaitement accordé. Étonnant, toujours, combien le sexe insiste sur l'existence de l'autre, l'autre qui dérive ailleurs pour revenir encore et encore. Et je me souviens, tandis que nous recommençons, de toutes ces fois que nous oublions aussitôt passées, des chambres, des lits, des corps différents que nous avons eus, de toutes nos incarnations diverses et incertaines, ici réunies.

Un jour, ma mère m'a raconté que les arbres poussaient de l'intérieur. Nous étions dans le parc de Dartmouth Square. Il y avait un tapis sur l'herbe, des sandwichs, une théière. J'étais immensément heureuse. Elle posa la main sur les fronces de ma robe en coton américain – je devais avoir sept ans – et dit : "Si tu y réfléchis, la partie la plus jeune se trouve au cœur de l'arbre. C'est cette petite tache qui s'élargit et devient un anneau l'année suivante. La partie la plus jeune de n'importe quel arbre, c'est son cœur. "

Holly Devane m'a écrit pour m'annoncer qu'elle avait décidé que ma mère était une grande féministe irlandaise. Ma mère était une grande tragédie irlandaise, ai-je envie de répondre à Holly. Une immense concentration d'angoisse, de folie et de chagrin. Et, au fait, elle n'était pas irlandaise pour un sou.

Par ailleurs, cette interprétation est très injuste pour Boyd O'Neill. Il a agi, pourrait-on arguer, ainsi que très souvent les hommes agissent, et elle a réagi d'une manière dont les femmes ne réagissent presque jamais. Elle a fait de lui un fantasme, puis elle s'est attaquée à ce fantasme, et c'était absolument affreux parce que Boyd était une personne réelle, de chair et de sang. On pourrait dire aussi qu'elle a pris une blessure ancienne et l'a confondue avec une nouvelle (idée que je m'abstiens de développer auprès d'Holly Devane). Elle a fait peser tout le mal sur lui, alors qu'il n'avait fait qu'une chose, et que même ça, c'était minime.

Holly me répond en disant que tout homme qui tue, insulte ou avilit une femme, s'en prend toujours à une version fantasmée de la femme qu'il a dans son esprit. C'est ainsi que les hommes agissent.

Je trouve cela déprimant. Et celles qu'ils aiment ? ai-je envie de lui demander. Est-ce encore permis ?

Chère Holly Devane,

J'ai écrit cinq romans depuis la mort de ma mère et ils sont encore présentés comme "écrit par la fille de Katherine O'Dell". Je ne peux pas me plaindre, c'est la stricte vérité après tout. Ils sont posés sur une étagère dans mon bureau, cinq volumes rectangulaires sur la vie et l'amour. Avec beaucoup de ciel (rien de tel qu'un beau ciel) et pas mal d'eau (je suis accro aux grandes étendues d'eau). Les personnages sont légèrement insignifiants. Ils font rarement l'amour et ils se gardent bien de s'en prendre les uns aux autres. Ils se contentent de comprendre certaines choses et d'en concevoir quelque tristesse.

Je m'assieds et tape. Les jours sont assez mornes, mais pas les années, et les décennies, elles, sont merveilleuses. J'ai eu tellement de chance dans ma vie d'écrivain. Comment ai-je réussi à si bien m'en tirer ? D'une certaine manière, c'est presque criminel.

Bealtra en été, Le Réalignement, De bois et de pierre. *Avec les années, mes livres sont devenus de plus en plus simples et modestes. J'entends chacun d'entre eux comme une note étouffée (ensemble, ils forment une sorte de chœur), et cette note, si belle et fugitive, résonne dans ma tête – ou presque – tandis que je les écris.*

Les gens les aiment alors qu'ils ne sont pas vrais. Ils sont le mensonge que j'ai besoin de raconter, il ne s'est rien passé, oh regardez ! il ne s'est toujours rien passé, il n'y a rien à voir, mesdames et messieurs, passez votre chemin.

Chacune de ces raisonnables et charmantes supercheries est dédiée à ma muse et ma peine, Katherine O'Dell.

Salut, maman.

Mais vous savez, je vous écris depuis mon ordinateur portable, assise sur le lit de ma fille. Je suis même sous la couette, tellement il fait froid. Nous n'avons pas assez d'argent pour chauffer toute la maison, et, comme vous l'avez constaté, ce n'est pas une grande maison. Je devrais écrire un livre là-dessus, vous ne croyez pas ? C'est une question bien plus tangible : qui faut-il blâmer pour le froid.

Pour le moment, vous blâmez vos parents quand quelque chose ne va pas. Si vous avez de la chance, vous trouverez ensuite un partenaire amoureux à blâmer à leur place. Mon mari me blâme moi, et je le blâme lui, et cet arrangement nous rend tous les deux heureux depuis un bon moment déjà.

Il y a deux ans, il est allé voir un médecin pour une douleur à la nuque, en fait c'était un problème de thyroïde, je n'ai pas su qui blâmer à ce sujet. J'ai entendu le mot "papillaire" de nombreuses fois. Plus souvent que le mot "cancer" très rarement utilisé, si ce n'est par le grand ponte, qui l'utilisait tout le temps. (J'ai d'ailleurs beaucoup blâmé ce grand ponte pendant un long moment.) Quoi qu'il en soit, ils le lui ont retiré. Ils lui ont enlevé le papillaire en nœud papillon, les lobes et les ganglions enroulés autour de sa trachée et tout le cancer avec, qui a disparu à présent. Il ne va pas mourir donc, plus maintenant. Jusqu'à sa mort. Car il n'y a pas d'exception à la règle finale.

Je ne le blâme plus pour rien maintenant. Ou si peu.

Tout ceci, sous une forme ou une autre, vous arrivera. Vous vous réveillerez un matin et calmerez vos ardeurs toute seule. Vous comprendrez que vous pensez trop et vivez trop peu, et que la plupart des gens, hommes et femmes confondus, sont globalement des gens bien. Vous aimerez plus aisément et renoncerez à chercher qui blâmer. Du moins je vous le souhaite.

Amitiés

Norah FitzMaurice

Je ne l'envoie pas, bien sûr. Je pense à ma mère, violée. Je pense à mon père, qui ne méritait pas même un nom. Et je ne sais pas comment réprimer, en moi-même, la rage, la rage, la rage.

Jamais Katherine n'a cessé de me reconnaître dans les années suivant sa sortie de l'asile, mais elle ne m'appelait pas toujours par mon prénom. Et nous avions beau entretenir des conversations apparemment normales, cela n'avait rien à voir avec le style de conversation qu'elle pouvait tenir auparavant. Elle n'avait pas l'intention de retravailler.

Nous avons déménagé dans notre vieil et grand appartement près de l'église de Pepper Canister, pendant qu'elle continuait d'habiter à Dartmouth Square. La maison avait été, si seulement je l'avais su, réhypothéquée jusqu'au bout. Mais elle refusait d'envisager de déménager et nous avions cru bon de ne pas modifier son environnement habituel : le lait déposé sur le perron, son tour dans le petit parc. Elle avait Kitty, qui était revenue de chez sa nièce et qu'elle semblait payer ; toutes deux avaient de plus en plus l'air du vieux couple de lesbiennes qu'Hughie Snell avait autrefois prétendu qu'elles étaient. Elle se nourrissait d'œufs, d'après ce que j'en voyais, et d'alcool.

Elle finançait également mes travaux d'écriture à coups de liasses de billets, sur l'origine desquelles je ne l'interrogeais pas, ou pas assez.

Une semaine, elle me demanda de la conduire chez RTÉ, et à l'époque, je n'avais qu'une horrible petite Mazda. Je baissai la vitre, humiliée par la poignée déglinguée qui couinait et se coinçait, et annonçai le nom de ma mère au vigile dans sa guérite. Il le répéta, avec ce qui était sans doute un accent polonais, et le griffonna attentivement sur son bloc-notes. Il me demanda de le lui épeler à deux reprises.

"O. Apostrophe. D majuscule. E. L. L."

Sa voix, depuis le siège passager, était celle d'une enfant fatiguée, chantonnant les lettres, suivant, fatiguée, les envolées et les chutes des notes. Au-delà de la barrière, se trouvait le plateau de télévision où elle avait joué le soir où la chaîne nationale avait émis pour la première fois en direct, le studio où elle s'était rendue pour le *Late Late Show* après avoir "tout cassé" au Gate Theatre, ce soir-là les gens prétendirent qu'elle était ivre en plateau alors qu'elle, mit sur le compte de la fatigue le verre d'eau qu'elle avait renversé sur les genoux du présentateur, Gay Byrne, et refusa de s'excuser.

"O. Apostrophe. D majuscule. E. L. L."

Elle chanta plus fort, puis détourna le regard de son côté de la voiture, tandis que le vigile consultait sa liste. Il arriva au bas de la page, recommença du début, et je ne suis pas fière de le dire, mais le fait qu'il ne soit pas irlandais m'agaça soudain. Elle ne faisait pas partie de son ADN culturel. Ce n'était pas le genre à se draper dans un châle imaginaire en disant "Bien sûr c'n'est qu'du beurre" face à une situation absurde. Il n'avait jamais rêvé d'elle, apparaissant dans la cuisine familiale pour prendre le thé.

Je prononçai donc les mots fatals. Je les balançai par-dessus la vitre de la portière, aux pieds du type.

"Vous ne *savez* donc pas qui elle est ?"

Il se pencha pour la regarder sous le toit de la voiture, minuscule amas de chair humaine, son corps perdu et méconnaissable sous les couches de vêtements.

"Pas vraiment", dit-il.

Elle coula vers lui un œil fou, vengeur, et, pour être honnête, je la reconnaissais à peine moi-même.

Une rangée de comprimés lui était servie chaque matin dans son assiette. Elle était de nouveau sous lithium, antidépresseurs, une petite dose de Librium, un bêtabloquant, du Brufen pour ses douleurs articulaires, du Tagamet pour protéger son estomac de la bombe pharmaceutique qui explosait en elle trois fois par jour, un laxatif émollient pour évacuer le tout par l'autre extrémité, et du Krystexxa pour une suspicion de goutte. Ç'aurait pu être pire – elle vivait dans la hantise de la matraque hospitalière quoi que cela signifie, et prenait volontiers n'importe quelle gélule jaune et rouge. Et bien sûr le soir, des somnifères.

J'étais habituée.

J'avais été instantanément habituée. Je n'eus pas besoin de temps pour m'adapter quand elle rentra de l'hôpital. Je ne sais pas ce que j'aimais, mais je manipulais ses os fragiles avec précaution, et je pensais au point auquel j'aimais ma mère. Elle était toujours la même personne à mes yeux, peu importe son apparence, son état mental, et que certaines personnes trouvent cela surprenant.

Je n'avais aucun problème, c'est cela que je veux dire, à reconnaître ma mère sous les traits de cette minuscule créature, quel que soit le nom sous lequel elle était enregistrée sur la liste de ce vigile. Même si, parfois, je ne suis pas sûre qu'elle-même se reconnaissait.

Peut-être n'en avait-elle aucune envie. Quand elle se regardait dans le miroir, ce n'était plus qu'un regard. Pas de sursaut de concentration, de métamorphose en personnage public, cela me manquait ; cette légère tension dans l'iris soudain, avant de s'agrandir de nouveau dans le ravissement de son propre reflet.

Bonjour, vous.

Elle se tourna vers le vigile qui continuait de scruter à l'intérieur pour l'identifier. Le plafonnier de la voiture projetait une lumière brute sur elle, et la peau sous ses yeux apparaissait bleue et si fine qu'on y voyait pulser un battement. Le chagrin avait figé sa lueur dans ses orbites. Elle le regarda droit dans les yeux. Lui offrit une vue panoramique sur le désastre présent et qui avait autrefois été Katherine O'Dell.

"Vous me reconnaissez maintenant ?" demanda-t-elle.

L'homme recula de la vitre et trouva rapidement, ou fit semblant de trouver, nos noms sur sa liste. La barrière se leva pour nous laisser entrer et lorsque je regardai dans le rétroviseur, il repoussait la visière de sa casquette en arrière comme un flic de dessin animé, et se grattait la tête.

Elle dit : "Nous avons enterré un lapin ici. Pas un lapin, un lièvre."

Nous étions en train de dépasser l'antenne de radiodiffusion, un énorme pylône adossé au mur du studio, s'élevant sur quatre poutrelles d'acier. Le transmetteur était perché à près de cent vingt mètres, il planait jusqu'au sud de Dublin, à la source de tous les programmes télévisés.

Je me souvenais d'une anecdote – elle et Hughie Snell, quand le site était encore en construction, vers 1968 peut-être. La seule sécurité à l'époque consistait en deux hommes de la Branche spéciale qui traînaient autour de la cantine, empêchant quiconque d'y fumer de la marijuana, alors que tous les producteurs de l'époque citaient Gramsci et portaient des pantalons à carreaux.

Assis devant la cantine, ils fumaient et relisaient leurs répliques, elle et Hughie Snell, quand ils avaient entendu un son sauvage et horrible venant de la grande étendue d'herbe qui longeait le site de construction. Un hurlement de *banshee**. Lorsque ma mère alla voir d'où cela venait, un ruisseau luisant de sang frais la conduisit à un creux dans l'herbe, et au bout, à un lièvre blessé. Découverte affreuse, car ce n'était pas n'importe quel animal : tuer un lièvre était de très mauvais augure. L'animal frissonnait de tout son corps, ses puissantes pattes arrière fendaient l'air dans des mouvements spasmodiques, et l'œil qui se tourna vers elle depuis la masse qu'il formait dans l'herbe était véritablement humain. C'est ainsi qu'elle le décrivit. Elle dit qu'un chien mourant sait qu'il est un chien, qu'un chat s'en fiche, mais que le lièvre avait l'œil marron, d'une couleur qui vous rappelait quelqu'un d'autre, et qu'en même temps il était absolument sauvage. Elle glissa la main sous sa fourrure et sentit quelque chose d'humide. Lorsqu'elle essaya de la soulever, la pauvre créature se vida de ses entrailles, et elle dut s'enfuir pour aller chercher une pierre. Elle revint et frappa le petit crâne de toutes ses forces – une fois, deux fois – et le lièvre la regardait droit dans les yeux tout en quittant ce monde.

* Créature féminine surnaturelle de la mythologie celtique irlandaise, considérée comme une magicienne ou une messagère de l'autre monde.

À l'époque, Hughie était un arnaqueur de première, d'une beauté inconséquente. Il extorqua une pelle à un ouvrier bien charpenté, il était allé droit sur lui, au culot, et l'avait eu au charme. Et il était si excessif qu'il aurait aussi bien pu se faire fracasser le crâne, au lieu de quoi l'ouvrier – pour on ne sait quelle raison – décida de lui prêter main-forte. Ils marchèrent tous trois jusqu'au pied de l'antenne et creusèrent un trou. Ils enterrèrent le lièvre directement au milieu des quatre étais, de sorte qu'en levant les yeux les lignes des poutrelles convergeaient en un point dans le ciel.

J'avais toujours connu cette histoire. Je pensais au lièvre chaque fois qu'on allumait la télévision, ce personnage magique, sa fugacité, "le lièvre sous la lune" l'appelait-elle, ou "le dur à cuire".

Je la fis entrer dans le bâtiment de la radio où la réceptionniste la reconnut instantanément, décrocha son téléphone et dit : "Miss O'Dell vient d'arriver pour vous à l'instant." On nous conduisit en bas et j'attendis sur un canapé défoncé dans le couloir tandis qu'elle pénétrait dans le studio 7. Au bout d'un moment, la documentaliste me fit entrer, et j'allai m'asseoir derrière la table de mixage pour observer ma minuscule mère derrière une vitre, un casque énorme posé sur ses cheveux teints en roux. Elle loucha exprès sur la mousse qui recouvrait le micro et je me dis : "Ferme les yeux." "Ferme les yeux", me répétai-je en attendant que la lumière passe au rouge et que les accents clairs et posés de ma mère jaillissent, libres, de sa vieille bouche de folle dans un bavardage charmant : "Oh, bonjour, oui, quelle belle matinée, merci de me recevoir", après quoi je n'avais plus qu'à incliner la tête en arrière pour sentir ses paroles se poser sur mon visage chaviré comme une pluie joyeuse : Katherine O'Dell se souvient des jours de gloire.

Quand ce fut fini, la lourde porte insonorisée s'ouvrit et la documentaliste la raccompagna jusqu'à moi. Elle était très fatiguée. Elle s'était renfermée en elle-même, les traits verrouillés, concentrée sur l'indicible, les lèvres scellées. Mais je rencontrai son regard et elle s'agrippa au mien du fond de sa douleur – une enfant consciente d'avoir bien travaillé, ou une vieille femme qui n'a pas dit son dernier mot. "Tu as été merveilleuse", dis-je, et elle répliqua : "C'est vrai ? C'était bien ?"

Tandis que nous quittions le bâtiment de la radio, un des présentateurs historiques passa devant nous dans le foyer puis revint sur ses pas pour lui faire tout un plat, prenant sa main dans les siennes, lui servant même une sorte de révérence, qui réussit l'exploit d'être à la fois badine et appuyée.

"La merveilleuse Katherine O'Dell, s'exclama-t-il. Vous ne vous souvenez certainement pas de moi. Je faisais l'un des jeunes hommes dans *Easter Rising*, vous vous rappelez ?

— Oh, si, je m'en souviens.

— Vous étiez tout simplement…

— J'aurais mieux fait de m'abstenir.

— … merveilleuse.

— Mes robes !

— Enfin, j'avais juste envie de pouvoir dire à tout le monde que je vous ai revue. Vous ne vous souvenez sûrement pas de moi, mais.

— Bien sûr que je me souviens de vous, dit-elle. Je vous écoute tous les jours.

— Ne me faites pas marcher.

— À la radio. C'est vrai !

— Ne me faites pas marcher. Vous allez me rendre nerveux. Dieu du ciel, Katherine O'Dell."

Je fis un pas en arrière et les laissai. À leur numéro de claquettes poussiéreux.

Quand ma mère s'est rapprochée de la mort, je croyais que ce serait trop dur, que la fréquentation de son corps, ce corps que j'avais connu et évité toute ma vie me serait insoutenable dans le dernier stade de sa maladie. Je faisais rouler son pelvis concave vers moi, installais l'alèse sur le matelas derrière elle, puis la refaisais rouler dessus. Je renouvelais l'opération pour lisser l'alèse, ôter les languettes collantes et la fixer au drap. Elle râlait tout du long, mais pas contre moi.

Je comprenais que ce que je faisais était aussi insupportable qu'ordinaire.

"Courageuse femme", disais-je comme si je ne la connaissais pas.

Nous l'avons maintenue à Dartmouth Square jusqu'au bout, avec une aide-soignante matin et soir, et la promesse d'une infirmière hospitalière, le moment venu. Je ne savais pas combien de temps il restait, je voulais me souvenir de tout. Le papier peint lui déplaisait, je promis de repeindre sa chambre dès que possible. Elle avait étalé des nuanciers sur son couvre-lit : blanc os, blanc lin, blanc voile. J'avais envie de dire : "Blanc, quoi !" Elle étudiait la question, encore et encore. Passait le pouce sur l'un, puis l'autre, demandait des échantillons, n'oubliait jamais lesquels elle avait demandés, et les redemandait le lendemain. Je peignis quelques feuilles cartonnées et les punaisai dans la chambre. Elle était sur cette crête, dans ce moment où tous les choix que vous faites sont minuscules et absolus. Blanc os ou blanc voile ? La lumière du jour caressant la moquette, la manière qu'elle avait d'illuminer peu à peu toute la pièce. Que pouvait-il exister de plus important ?

Dans le même temps, il fallait s'occuper de ce qui arrivait à son corps. J'étais sidérée par l'évanescence et le relâchement de la chair sur ses os. Elle n'était que récession et défaite. J'avais acquis un certain respect pour les articulations – qui continuaient à la maintenir d'un seul tenant alors qu'elle semblait susceptible de s'effondrer comme une poupée de chiffon.

Rien de tout cela n'était plaisant, j'étais étonnée de la gratitude que je ressentais malgré tout. Mon amour pour elle, tandis que j'épongeais, rangeais, soulageais, comptait énormément, mais certaines personnes font la même chose pour des inconnus, et le font très bien. Je m'attendais à de l'aversion et trouvais de la simplicité. J'essayais de mettre un mot sur ce sentiment et m'arrêtais, non sans surprise, sur le mot "piété". J'étalais de la crème sur ses jambes, la soulevais pour la sortir ou l'emmener aux cabinets, voire pire, et je ne ressentais que de la paix.

Cependant, j'éprouvais une sorte d'angoisse à quitter la pièce ne serait-ce que pour aller préparer du thé, je me hâtais, jetais la bouilloire sur le feu, un sachet de thé dedans. Il était quasiment impossible d'aller à la pharmacie renouveler le stock de gants, de langes, récupérer un paquet de ces petites sucettes spongieuses qu'on utilise pour humidifier les lèvres des mourants, dont la langue est si desséchée mais dont l'estomac ne supporte ni ne retient plus l'eau qu'ils absorbent. "Comment ça va aujourd'hui ?", disait le médecin en se penchant sur elle, et lorsqu'elle ouvrait les yeux, ils brûlaient d'une ferveur angoissée, avides de la prochaine heure, du prochain jour. Katherine O'Dell n'allait plus nulle part. Elle était partout. Elle était absolument elle-même.

L'après fut beaucoup plus simple. Quand elle fut partie, et qu'il n'y eut plus personne à qui s'accrocher. J'étais seule à la maison quand c'est arrivé. Elle prenait des pauses de plus en plus longues entre chaque respiration, l'une de ces pauses s'éternisa.

Je restai assise un long moment à côté d'elle, sans être distraite par aucune pensée. En moi aussi le silence était complet.

Soudainement, j'étais affamée. Je me suis levée et j'ai franchi le seuil de la porte – et pour une raison qui m'échappait, c'était un geste incroyable. Je suis allée à la cuisine avec une légèreté nouvelle, car, pour la première fois depuis des semaines, je pouvais quitter son chevet. Je pouvais aller et venir d'une pièce à l'autre. Je n'ai prévenu personne qu'elle était partie – je ne savais pas quels mots employer –, je n'ai appelé personne à part le numéro que l'hospice m'avait donné. Katherine est morte un dimanche soir, la veille d'un jour férié, il s'est passé un long moment avant qu'un médecin finisse par venir constater son décès. Elle est restée étendue là, des heures durant, dans un silence magnifique. Je sais que c'était triste. Les cadavres sont des choses horribles sans doute, ou bien des affronts, mais il y avait dans la dépouille même de ma mère une forme de réconfort à savoir qu'elle n'y était plus. Qu'elle n'était pas là.

Un mot en passant sur ma mère aux enterrements. Elle en avait fait beaucoup et en maîtrisait parfaitement les codes. Elle aurait aimé l'assemblée réunie par un jour de printemps, l'église décorée de fleurs de cerisier dans un style, ainsi que les comédiens présents ce jour-là le firent remarquer, "positivement japonais". Tout le monde en noir. Peu d'enfants, malheureusement, dans l'assemblée, mais toute une chorale enfantine en revanche sur le jubé, qui chantait en irlandais pour elle, cela lui aurait beaucoup plu. De nombreux médecins, plusieurs hommes de loi, deux infirmières de l'hôpital psychiatrique central, mais il en venait de tous les horizons, et cela aussi lui aurait plu. À l'époque, en 1986, Dublin pratiquait encore les enterrements en grande pompe. Les gens qui ne la connaissaient pas personnellement vinrent rendre un dernier hommage à ma mère comme si c'était la leur. Cela ne la gênait pas d'appartenir ainsi aux gens, en particulier aux gens de Dublin, et nous leur avons offert un beau spectacle.

Un enterrement de théâtre est, par-dessus tout, un morceau de bravoure. Les gens se sont faits beaux, ils ont l'air affreux. Les larmes coulent à flots, sincères. Les acteurs passent leur vie à épier et capturer leurs chagrins éphémères. Ils le font avec une totale générosité, parce que personne ne pleure seul. Avoir soif des larmes d'autrui, c'est avoir soif de justice : cela libère le pouvoir consolateur des foules. Ma mère eut de merveilleux adieux. Nuancés, authentiques. Tous les acteurs de Dublin étaient là, certains prirent même un vol pour être présents. Ils n'hésitèrent pas à s'asseoir dans les premiers rangs et à donner de la voix.

"Fay-haith OF *our Fa-ha-the-errs,* HOL*-y Faith."*

Et les lectures étaient si parfaitement réalisées qu'on aurait dit qu'ils en croyaient chaque mot : l'Ecclésiaste, oui, il y a pour chaque chose un temps et un jugement. Les Corinthiens, car nous voyons maintenant par un miroir, obscurément, Matthieu v, aussi n'allume pas une lampe pour la mettre ensuite sous le boisseau. À moins de pouvoir faire autrement, très cher.

Si vous pensez que les Irlandais sont forts en enterrements, ce n'est rien à côté d'une cérémonie d'adieux menée par des acteurs. Le cercueil sortit de l'église sous les applaudissements de l'assemblée debout, évidemment, quoique, cela reste surprenant une *standing ovation* dans une église. Ils jetaient des roses, des lys. J'eus l'impression que j'aurais dû leur envoyer un baiser de la main. "Plus haut ! Toujours plus haut !" disait-elle – Katherine O'Dell, dont, d'après le père Des (dressé sur l'autel, bien entendu), le jeu d'actrice avait le pouvoir de donner foi en Dieu.

Il y a quelques jours, j'ai trouvé un lecteur de cassettes sur le comptoir de la cuisine. Une machine énorme, crasseuse. En plastique gris foncé, avec de gros boutons poussifs, et je dois bien admettre que j'étais fâchée de tomber sur ce truc bon à mettre aux ordures dans ma maison.

"D'où ça venait ?" Puis j'ai vu la cassette à côté : *Poèmes au crépuscule, lus par Katherine O'Dell.* C'était l'une des cassettes que j'avais trouvées dans la petite valise marron. L'appareil était un cadeau : tu l'avais sans doute déniché pour moi quelque part en ligne, et sa petite mâchoire rectangulaire béait, avide de faire son ouvrage. Je glissai la cassette dans un bruit de plastique entrechoqué, refermai le clapet, mais je ne savais pas si je serais capable d'appuyer sur le bouton. J'étais sûre que la bande allait s'étirer et claquer, comme elles le font parfois. J'avais peur de ce que je pourrais entendre.

La voix de ma mère.

"Est-ce que tu es à la maison ?"

Pas de réponse.

Je regardai la liste des titres : Yeats, Pearse, James Clarence Mangan ; sa photo sur l'insert en papier, ardente et impériale. Beaucoup de cheveux, une cape avec une broche celtique. Ce n'était pas elle. C'était impossible. C'était juste le prodige de sa voix, piégée sur un ruban brun brillant, attendant qu'on la libère.

J'appuyai sur le bouton *Eject* pour empêcher que la bande commence à tourner pour une raison ou pour une autre, en mon absence, je quittai la maison, glissai la clé de la porte sous un caillou dans le jardin. Je refermai le petit portail et descendis la rue vers la promenade.

Je n'avais rien emporté. Le temps était en train de changer pourtant. C'est comme ça que j'aime marcher – sans téléphone, sans clés, sans sac, sans argent. J'aime sentir l'air dans mes poches vides et le vent dans mon dos. Si je m'écoutais, je ne porterais même pas de chaussettes, mais j'ai certaines limites. On ne s'aventure pas dans le monde sans être totalement vêtu. Non pas que je puisse l'oublier. Mais je fais souvent ce rêve dangereux où je me déshabille, un vêtement après l'autre, tout en traversant la plage de galets jusqu'aux vagues. Ce n'est pas un suicide, c'est une baignade, que ce soit bien clair. Pourtant, si on mettait un rêve en comprimé, c'est celui que je prendrais pour vivre mes derniers jours, rien qu'en le posant sur la langue, on aurait le goût de la mer.

Nous adorons vivre à Bray. C'est une petite ville à l'écart de Dublin, une station balnéaire victorienne avec un charme d'arrière-saison permanente. Il y a des galeries de jeux d'arcade, un kiosque à musique, des mouettes guettant les chutes de crème glacée. Le bord de mer attire les gens de l'arrière-saison : ceux qui travaillent en horaires décalés, ou ne travaillent pas du tout, et nous avons quelque chose de désespéré et joyeux, à déambuler sur la promenade, nos silhouettes penchées dans le vent.

Je tournai vers le sud et Bray Head, une colline inquiète au bout de la plage qui passe le plus clair du jour recroquevillée dans sa propre ombre. Bray est une ville du matin, face à l'est. J'en vois rarement la pointe totalement au soleil, aujourd'hui ne faisait pas exception, le front de la colline était plissé et les rochers d'un brun velouté semblait céder à la mousse.

La mer se trouvait sur ma gauche. Les rampes qui courent le long de la promenade dessinent une ligne régulière et familière sur près d'un kilomètre. De paysage sauvage. J'apercevais la pluie approchant du rivage dans une brume verticale et tranchante, déjà la mer se soulevait. Un grain arrivait. Les vagues s'agitaient, désordonnées, dans des éclaboussures sous lesquelles l'eau prenait des nuances de jade, évoquant même fugitivement la pierre obscure sur la bague de ma mère. Précisément. La mer était couleur de l'émeraude noire, elle retenait la lumière dans ses profondeurs. Et cette teinte me noya sous le souvenir de ces derniers jours, où, mourante, ma mère était si profondément elle-même, que je ne pouvais envisager de quitter la chambre un seul instant.

Je me rendis compte que j'étais en train de m'agripper à la rambarde et cela semblait une drôle de chose à faire à mon âge. C'était si lointain. Par ailleurs, il n'y avait aucun message à lire dans la couleur des vagues – bien sûr que non. Ma mère n'était pas "là" pour moi, dans cette tempête qui arrivait. Elle n'avait pas envoyé de signe pour me consoler.

Cependant j'éprouvais, en me retournant pour rentrer à la maison, le sentiment profond de la générosité du monde. Même s'il ne s'agissait que de mes propres espoirs déguisés. Même si la mer n'était que la mer – ce qui suffisait d'ailleurs. La mer suffisait bien sûr.

Suffisait à continuer, pensais-je, en laissant la pluie me mouiller le visage.

REMERCIEMENTS

Anew McMaster est une personne réelle, même s'il n'a jamais eu de fille dénommée Pleasance. Il va sans dire que les personnages principaux de ce livre sont entièrement fictifs et ne se fondent sur aucune personne réelle, vivante ou morte – c'est particulièrement vrai concernant Niall Duggan, Boyd O'Neill et Katherine O'Dell.

L'essentiel de l'amour présent dans ce roman, je le dois à mes amis dans le milieu du théâtre irlandais. Un grand merci à Hilary Fannin et Pom Boyd, deux écrivaines dublinoises qui ont dressé les portraits de leurs mères actrices : Pom, dans *Shame* à l'Abbey Theatre et Hilary dans ses Mémoires, *Hopscotch*.

Le soldat qu'on “a vu gravir la colline, malgré l'atmosphère saturée de plomb fondu, et marcher comme s'il était sorti prendre l'air” était le second lieutenant George Dennis, ainsi décrit dans une lettre envoyée à sa famille après qu'il fut mort au combat à Wagon Hill, Ladysmith, le 6 janvier 1900.

Merci à Paul Greene S. C., Claire Bracken, James Ryan, Kathy Strachan, et à tous les universitaires irlandais qui n'ont jamais hésité à satisfaire mes demandes urgentes de conversations sur d'obscurs sujets devant un verre de vin blanc.

Merci aussi à mon agent Peter Strauss, mon éditeur Robin Robertson, Julia Reidhead, Marion Kohler, Beth Humphries, Mary Chamberlain, la merveilleuse équipe de RCW et tout le monde chez Jonathan Cape.

OUVRAGE RÉALISÉ
PAR L'ATELIER GRAPHIQUE ACTES SUD
ACHEVÉ D'IMPRIMER
SUR ROTO-PAGE
EN SEPTEMBRE 2022
PAR L'IMPRIMERIE FLOCH
À MAYENNE
POUR LE COMPTE DES ÉDITIONS ACTES SUD
LE MÉJAN
PLACE NINA-BERBEROVA
13200 ARLES

DÉPOT LÉGAL
1re ÉDITION : OCTOBRE 2022

N° impr. : 101056
(Imprimé en France)